Carolin Schairer

DIE STERNE VOM HIMMEL HOLEN

Carolin Schairer

Die Sterne vom Himmel holen

Roman

Ulrike **HELMER** Verlag

Bibliografische Information der Deutschen Nationalbibliothek
Die Deutsche Nationalbibliothek verzeichnet diese Publikation in der Deutschen Nationalbibliografie; detaillierte bibliografische Daten sind im Internet über http://dnb.d-nb.de abrufbar.

Gedruckt auf säurefreiem, alterungsbeständigem Werkdruckpapier.

ISBN 978-3-89741-387-0

Covergestaltung: Atelier KatarinaS / NL
unter Verwendung des Fotos »Dots«
© Francesca Schellhaas / photocase.de

Ulrike Helmer Verlag
Neugartenstraße 36c, D-65843 Sulzbach/Taunus
E-Mail: info@ulrike-helmer-verlag.de

www.ulrike-helmer-verlag.de

Vor zehn Jahren

Die Luft in unserer Wohnküche war zum Schneiden dick. Gerade noch hatte ich mit meiner Familie friedlich am Mittagstisch gesessen und mit dem panierten Schnitzel gekämpft, das mir Mama unbarmherzig auf den Teller schob, obwohl ich ihr am Vorabend erklärt hatte, dass ich ab sofort Vegetarierin sei. Mama ließ das unbeeindruckt wie so vieles, was mir wichtig war. Jetzt lag mir nicht nur das Schnitzel im Magen, sondern auch die Tatsache, dass sie schon wieder Theater machte.

»Du hast morgen Latein-Schulaufgaben und übermorgen Probe für das Schulkonzert, und du hast bisher keinen Strich getan – weder für das eine noch für das andere!«

Mama warf mir einen bitterbösen Blick zu, während sie die Schnitzelpfanne energisch mit der rauen Seite des Geschirrschwamms bearbeitete. Papa hatte ihr schon oft genug gesagt, dass sie damit die Beschichtung ruinierte, aber das war ihr anscheinend egal. Viel wichtiger war ihr, meinen Tag zu zerstören.

»Und deshalb wirst du heute Nachmittag zu Hause bleiben, während wir Bronko ohne dich abholen!«

Ich sprang auf, Tränen in den Augen. Das konnte sie mir nicht antun!

Ich hatte mich so darauf gefreut! Nach fünf Jahren unermüdlicher Überzeugungsarbeit hatten meine Schwester Lisi und ich endlich gegenüber unseren Eltern durchgesetzt, dass wir einen Hund bekamen. Bronko war ein neun Wochen alter Golden Retriever-Welpe, den wir an diesem Sonntag vom

Züchter abholen und nach Hause bringen durften. Meine Enttäuschung wurde zu Wut.

»Du bist so gemein!«, schrie ich Mama an. »Wir hatten abgemacht, dass Lisi und ich mitfahren dürfen!«

»Wir hatten auch abgemacht, dass du gestern um vier Uhr nachmittags zu Hause bist, aber gekommen bist du drei Stunden später«, konterte Mama gereizt. »Du wolltest uns in der Gärtnerei helfen, lernen und Klarinette üben. Stattdessen bist du bei dieser Kathrin herumgehangen.«

»Kathrin und ich«, begann ich mit meiner Verteidigung, brach aber ab, weil mir nichts einfiel. Was sollte ich auch sagen? Dass wir stundenlang auf Kathrins Bett herumgelegen und gequatscht hatten, bis wir ... Unwillkürlich dachte ich an dieses neue, prickelnde Gefühl, das ich in meinem Körper trug, seit Kathrins Lippen gestern zum ersten Mal die meinen berührt hatten.

»Erzähl mir bloß nicht, dass ihr gemeinsam gelernt hättet! Das nehme ich euch sowieso nicht ab.« Mama war mit der Pfanne fertig. Nicht so mit ihrer Predigt. Sie hielt nichts von Kathrin, weil diese einmal sitzengeblieben war und immer noch schlechte Noten hatte, ihr Haar grün färbte, zerrissene Jeans trug, sich auffällig schminkte und aus tausend anderen Gründen, die meine Mutter mir ständig unter die Nase rieb, wenn es um meine beste Freundin ging. »Ich habe es schon hundert Mal gesagt, und ich sage es auch gerne noch einmal: Ich finde nicht, dass dieses Mädchen einen guten Einfluss auf dich hat! Außerdem, sie ist schon sechzehn.«

»Na und?«, blaffte ich zurück. »Ich bin fast fünfzehn!«

»Du bist vierzehneinhalb«, stellte Mama unbarmherzig klar. »Michael, sag doch auch etwas!«

Mein Vater, der bisher geistesabwesend in seiner Brieftasche herumgekramt hatte, sah zum ersten Mal seit Beginn unserer Diskussion auf.

»Deine Mutter hat völlig recht. Du bleibst jetzt hier, lernst Latein und übst Klarinette. – Im Übrigen werden wir uns bei diesem Hundezüchter sowieso nicht lange aufhalten. Ich habe insgesamt nur eineinhalb Stunden Zeit, danach habe ich einen Termin am Krankenhausgelände, schauen, wie die Hecke neu gepflanzt werden soll. Wir müssen uns also ohnehin beeilen.«

Wütend stampfte ich auf. Das konnte doch nicht wahr sein! In Latein würde ich auch durch üben nicht besser, und meinen kleinen Klarinetten-Part in diesem Orchester-Werk konnte ich auch noch morgen nach der Schule einstudieren. Ich dachte an die süßen kleinen Welpen beim Hundezüchter, die ich unbedingt streicheln wollte, und an Kathrins Hand auf meiner Brust.

»Ihr seid so gemein!«, schrie ich die beiden an und rannte an der verdutzten Lisi, die in Turnschuhen und Jacke abfahrbereit ins Zimmer kam, vorbei in mein Zimmer. Heulend warf ich mich auf mein Bett. Ich war echt enttäuscht wegen des ins Wasser gefallenen Ausflugs zum Züchter, aber hauptsächlich war ich völlig durcheinander.

Seit dem Vortag wusste ich nicht mehr, was ich denken sollte. War ich jetzt eine Lesbe?! Mit dem Küssen hatte Kathrin den Anfang gemacht, aber ich hatte mich nun wirklich nicht geweigert. Im Gegenteil. Es war so aufregend, so schön ...! Doch als sie dann ihre Hand unter mein T-Shirt schob, bekam ich Panik. Ich verabschiedete mich hastig und radelte zurück nach Hause, so schnell ich nur konnte.

Jetzt tat es mir leid. Kathrin hatte traurig gewirkt, als ich so hastig aufgebrochen war. Ich hatte sie nicht kränken wollen. Ich dachte sowieso die ganze Zeit nur an sie, seit Wochen. Genauer gesagt, seit dem Tag, an dem Frau Maier, unsere Professorin, sie in die Klasse schleppte und als neue Mitschülerin vorstellte. Wir wurden sofort Freundinnen. Aber was waren wir jetzt, wo wir uns geküsst hatten?

»Hei ... Paulina.« Lisi stand im Türrahmen. »Kann ich hereinkommen?«

Ich nickte unter Tränen und richtete mich auf.

Lisi setzte sich auf die Bettkante.

»Ich werde ein paar Fotos von den anderen Welpen machen«, versprach sie. »Und Bronko nehmen wir ja sowieso mit nach Hause. Du hast ihn dann die ganze Zeit.«

Sie lächelte mich aufmunternd an, und ich wusste in diesem Augenblick, dass ich sie liebte. Natürlich nicht liebte wie Kathrin. Falls es überhaupt Liebe war, was ich für Kathrin empfand. Aber so sehr liebte, wie man eine zwei Jahre ältere Schwester, die immer für einen da war, eben lieben konnte. Lisi war schon immer mein rettender Fels in der Familienbrandung gewesen. Seit ich denken konnte, waren meine Eltern mehr mit ihrer Gärtnerei beschäftigt als mit uns. Immer war es Lisi gewesen, die mit mir Fangen und Verstecken spielte, mich später bei den Hausaufgaben unterstützte und sich meine Sorgen und Träume anhörte. Lisi und ich würden später beide in Wien studieren und in einer WG wohnen, das stand für mich fest. Oder vielleicht bei Oma, die ein kleines Häuschen im 17. Bezirk hatte, falls sie genug Platz für uns schaffen konnte. Da könnten wir dann auch Bronko mitnehmen.

In unseren Vorstellungen von der Zukunft waren wir uns ähnlich, äußerlich dagegen grundverschieden: Während ich die rotblonden Haare meiner Mutter geerbt hatte und sicherlich nicht größer als 1,65 Meter werden würde, wenn überhaupt, ging Lisi optisch voll und ganz nach unserem Vater. Sie war schlank und hochwachsen wie er, hatte sein dunkelbraunes, dünnes Haar.

»Von mir aus kann Bronko auch gerne bei dir im Zimmer schlafen, in der ersten Woche«, bot Lisi nun noch an. »Wir können uns abwechseln.«

Ich zog die Nase hoch. Ein Taschentuch hatte ich wie so oft nicht parat. Bereitwillig stellte ich mir vor, wie Bronko künftig an meinem Fußende kuscheln würde. Trotzdem fühlte ich mich nicht besser. In mir herrschte Chaos.

»Ich glaube, ich bin eine Lesbe«, platzte es aus mir heraus. »Ich habe Kathrin geküsst!«

Lisi sagte erst einmal nichts. Mein Herz schlug bis zum Halse. Ich hatte Angst vor ihrer Reaktion, auch wenn ich intuitiv wusste, dass sie mich nicht verurteilen würde.

»Ich habe auch schon einmal beim Flaschendrehen im Skilager meine beste Freundin geküsst«, erwiderte sie nach einer Weile schulterzuckend. »Deshalb ist man nicht gleich lesbisch.«

»Es war aber nicht beim Flaschendrehen. Es war bei ihr im Bett.«

Lisis Augen wurden groß.

»Wow!«, sie atmete tief durch. »Na und?«, sagte sie dann. »Selbst wenn du es bist, was macht das schon?«

Ich begann wieder zu weinen. Zwar war ich erleichtert über ihre coole Reaktion, aber immer noch durcheinander.

»Ich weiß nicht, was Mama und Papa dazu sagen würden …«

»Denen musst du das ja nicht gleich erzählen.« Lisi strich mir über das Haar. »Sei dir erst einmal sicher, was du wirklich fühlst, dann kannst du es ihnen immer noch sagen. Vermutlich sind sie anfangs geschockt, aber sie werden sich früher oder später damit abfinden. Entspann dich. Das ist echt kein Weltuntergang!«

Ich schniefte und wischte mir mit dem Handrücken meine Tränen aus den Augen. Langsam fühlte ich mich etwas besser. Was Lisi sagte, klang ziemlich vernünftig. Warum hatte ich ihr nicht schon am Vortag davon erzählt? Ich hätte mir vielleicht eine schlaflose Nacht erspart.

»Elisabeth!« Selbst durch die geschlossene Türe war Mamas kräftige Stimme nicht zu überhören. »Wir fahren!«

Ich begleitete Lisi zur Türe. Wir umarmten uns.

»Können wir später noch darüber reden?«, flüsterte ich ihr ins Ohr. »Ich weiß nicht, was ich jetzt machen soll. Wegen Kathrin. Und so.«

»Ja, klar.« Lisi schenkte mir ein weiteres aufmunterndes Lächeln. »Mach dir einstweilen keinen Kopf. Du bist eine wunderbare kleine Schwester, und ob du dich in Mädchen oder Burschen verliebst, spielt wirklich keine Rolle.«

Vom Erdgeschoss drangen Bruchteile des Wortwechsels meiner Eltern nach oben.

»Paulina ... mitten in der Pubertät ... zurzeit wirklich nicht auszuhalten!« – »... schwierige Phase ... sicherlich wieder besser ... Lisi ... umgänglicher ...« – »... tut mir auch leid ... aber ... müssen jetzt eben konsequent sein.«

Lisi und ich grinsten uns an. Dann ging sie hinaus.

»Bis später, Paulina!«, rief Mama von unten hoch. »Wenn wir zurückkommen, fragt Papa dich Vokabeln ab!«

Die Drohung ließ ich unerwidert, ich war schon sauer genug. Diesen Sonntag hatte ich mir wirklich anders vorgestellt.

Als sie gleich darauf aufbrachen, wartete ich, bis die Türe hinter ihnen ins Schloss gefallen war, dann ging ich die Treppe hinunter und ins Wohnzimmer. Ich wollte gerade den Fernseher einschalten und durch die Kanäle zappen, als ich nochmals die Haustüre hörte. Vor Schreck fiel mir die Fernbedienung aus der Hand und landete mit lautem Krachen auf dem Parkett. Die Türe zum Wohnzimmer, die ich angelehnt gelassen hatte, öffnete sich langsam.

Ich rechnete mit meiner Mutter und machte mich bereits auf die nächste Schimpftirade gefasst, doch es war Lisi, die den Kopf zur Wohnzimmertür hereinstreckte.

»Erwischt, du Fernsehsüchtlerin!« Sie kicherte. »Keine Panik«, fügte sie hinzu, als ich sie noch immer wie schockgefroren anstarrte. »Mama und Papa sitzen schon im Auto. Aber es regnet ziemlich heftig, daher hole ich vorsichtshalber noch Schirme und meine Regenjacke.«

Ich folgte ihr zur Garderobe und sah zu, wie sie ihr knallgelbes Outdoor-Cape zwischen unzähligen weiteren Jacken aus der Tiefe des Kastens herausfischte. Ehe sie das Haus verließ, drehte sie sich nochmals zu mir um.

»Viel Spaß beim Latein lernen!«

Die Art, wie sie es sagte, ließ keinen Zweifel offen, dass sie mich für die nächsten Stunden nicht über meinen Büchern vermutete. Sie warf mir noch einen amüsierten Blick zu, dann verschwand sie nach draußen.

Es war das letzte Mal, dass ich sie lebendig sah.

Meine Oma

Oma sitzt auf dem alten beigefarbenen Kanapee, das linke Bein hochgelagert. Das rechte steckt in einem dicken Seidenstrumpf, obwohl es draußen 30 Grad hat. Über ihrem buntgemusterten Hauskleid trägt sie eine graue Wolljacke. Die Sonnenstrahlen dringen durch das geschlossene Fenster ins Innere des Hauses. In ihrem Lichtkegel tanzen Staubkörner.

Egal, ob Winter oder Hochsommer, Oma ist es immer kalt. An dem Tag, an dem sie ihren eigenen Sohn beerdigen musste, kroch diese Kälte unerbittlich in ihre Knochen und drang bis in die tiefsten Leibestiefen. Das Frieren lässt sich seither ebenso wenig vertreiben wie die Streptokokken, die vor einiger Zeit über eine offene Wunde in Omas Körper gerieten und ihr Bein rot anschwellen ließen.

»Oma, hast du deine Tabletten heute schon genommen?«

Sie antwortet nicht, weil die Talkshow auf ORF 1 sie gefangen nimmt. Es geht um Leute, die ihr Geld sprichwörtlich zum Fenster hinausschmeißen. Oma schüttelt immer wieder fassungslos den Kopf. Sie kann die aufgetakelte Kosmetikerin, die, rein privat, im Monat 500,– Euro für Make-up ausgibt, genauso wenig verstehen wie den jungen Türken, der immer das neueste Smartphone haben muss.

Ich setze mich kurz zu ihr, kann das Programm aber nicht lange ertragen. Die dreisten finanziellen Ansprüche der Studiogäste machen mich wütend. Oma und ich sind seit Jahren mit dem puren Überleben beschäftigt. Die Rechnung meines eigenen

Handys überschreitet nie den von der Telefongesellschaft festgesetzten Pauschalbetrag.

Ich gehe in die Küche, sehe Omas prall gefüllte Medikamentenbox und unterdrücke ein Seufzen. Wenn ich nicht danebenstehe, nimmt sie ihre Tabletten nicht. Oma ist etwas vergesslich, aber ihre unzuverlässige Medikamenteneinnahme hat andere Gründe. Von dem »Pulverl«, wie sie die Medizin nennt, hält sie nichts. Lieber kocht sie sich Tees mit Kräutern, die sie in ihrem kleinen Garten findet. Dass gegen die Bakterien in ihrem Bein nur Antibiotika helfen, will sie nicht einsehen, und auch ihr vom Internisten diagnostiziertes Vorhofflimmern und den Bluthochdruck verleugnet sie beharrlich.

Ich sehe die Post durch, die heute gekommen ist. Wir müssen rund 200,– Euro Energiekosten nachzahlen! Damit erhöhen sich die monatlichen Raten um jeweils zehn Euro. 120 ,– Euro mehr im Jahr, das klingt nicht viel, für Oma mit ihrer Rente und mich mit meinem kärglichen Einkommen ist es eine deftige Summe.

Der nächste Brief kommt per Nachsendeauftrag. Er ist an Michael Ziegler gerichtet. Die Privatbank, die meinem Vater immer wieder beharrlich einen Kredit anbietet, will auch nach zehn Jahren nicht zur Kenntnis nehmen, dass er nicht mehr unter den Lebenden ist.

Papa, Mama und Lisi starben auf einer Landstraße in Niederösterreich, nur dreißig Kilometer von unserem damaligen Heimatort entfernt, auf der Fahrt zu einem Golden Retriever-Welpen, der niemals unser Hund werden sollte. Ihr Auto kam auf regennasser Fahrbahn ins Schleudern, überschlug sich und prallte gegen einen Baum. Papa und Mama starben im Wagen; Lisi wurde nach draußen geschleudert. Die Polizei rekonstruierte anhand von Reifen- und Bremsspuren, dass Papa offensichtlich einem anderen Auto ausgewichen war. Der Fahrer des Wagens konnte nie ermittelt werden.

Ich zerreiße den Werbebrief und widme mich dem nächsten Umschlag. Ein Schreiben vom Wirtschaftsförderungsfonds. Eine

Dame mit Doktortitel und in der tragenden Position einer Ressortleiterin teilt mir mit, dass ich im letzten Quartal fünfundvierzig Fehlstunden hatte. Sie spricht mir eine Verwarnung aus. Sollte ich noch fünf Stunden fehlen, werde mir die weitere Finanzierung des Lehrgangs gestrichen. Schlimmer noch: Ich müsste die Gebühren der ersten zwei Semester zurückzahlen.

Die Dame, die mich und mein Leben nicht kennt, weiß nichts von Oma und nichts von deren Arztterminen, erst recht nichts davon, dass ich sie immer dorthin begleiten muss. Allein in eine Straßenbahn steigen, das schafft Oma nicht mehr mit ihrem kaputten Bein. Wir können uns nur ganz langsam fortbewegen. Beim Hausarzt warten wir rund eine Stunde, bis wir an der Reihe sind, dann geht das Warten weiter: Die Antibiotika-Infusionen, die ihr in den vergangenen Wochen alle zwei Tage wegen der Infektion verabreicht wurden, tröpfeln mit qualvoller Langsamkeit durch den Schlauch in die Venen.

Und dazu mein Job. Ich arbeite in einem Callcenter, Markt- und Meinungsforschung. Das heißt nichts anderes, als dass ich Menschen, die arglos genug waren, ihre Telefonnummer ins Telefonbuch drucken zu lassen, beispielsweise darüber ausfrage, welches Duschgel sie benutzen und wie ihre Ernährungsgewohnheiten aussehen. Ich brauche diesen Job, weil er mein einziges Einkommen ist, aber nicht immer sind meine Schichten mit dem Zeitplan meines Lehrgangs vereinbar.

Der Lehrgang ist wichtig für mich. Das hat mir zumindest meine damalige Betreuerin vom Arbeitsamt eingebläut, die mich auf den Wirtschaftsförderungsfonds und die dort angebotene Ausbildungsmöglichkeit zur Werbe- und Marketingfachfrau aufmerksam machte. Ich selbst habe im Moment etwas Bauchweh, wenn ich samstags über den Stellenmarkt schaue und feststelle, dass die wenigen Firmen, die Werbe- und Marketingfachleute suchen, für gewöhnlich auf mehrjährige Arbeitserfahrung in diesem Bereich bestehen. Die kann ich nicht bieten. Nach der AHS Matura, die nichts wert ist, wenn du nicht an die

Uni gehst, habe ich mich verzweifelt um eine Ausbildung zur Bürokauffrau bemüht. Abgesehen von zwei Vorstellungsgesprächen, die beide ein einziger Horror waren, sprang nichts dabei heraus. Also ging ich bei einer großen Versandfirma kuvertieren. Leider sind solche Jobs meist nur von kurzer Dauer.

Immerhin, den Callcenter-Job habe ich inzwischen seit fünf Monaten.

Ich entdecke einen Topf auf Omas altem Gasherd und hebe neugierig den Deckel. Griesbrei. Oma liebt diese Art von Essen. Da streiche ich mir lieber ein Butterbrot und setze mich hinaus in den Garten, um die letzten Sonnenstrahlen einzufangen.

Zwischen den Tomatenstöcken steht Lisi und winkt mir zu. Ich winke zurück. Es ist immer eine schöne Überraschung für mich, sie zu sehen. Mal zeigt sie sich, dann wieder bleibt sie fort. Oskar gießt im Nachbargarten Blumen. Er sieht Lisi nicht. Oskar bezieht mein Winken auf sich.

»Hallo, Paulina«, ruft er über den Zaun und wedelt enthusiastisch mit den Händen. »Meine Paprika wird schon rot.«

Ein breites Grinsen legt sich auf sein pausbäckiges Gesicht.

»Das ist wunderbar!«, sage ich und freue mich für ihn.

Ich mag meinen Nachbarn, weil er immer freundlich ist und niemals laut wird. Oskar ist mit Trisomie 21 geboren. Er lebt bei seinem Vater, einem pensionierten Beamten. Oskar ist ein Jahr älter als ich und langsamer als andere, aber das heißt für mich nicht, dass er dümmer ist. Ich mag ihn, und uns verbindet mehr, als für die meisten Menschen auf den ersten Blick ersichtlich ist. Dass wir beide so sehr Pflanzen lieben, ist nur eine gemeinsame Vorliebe von vielen.

Manchmal reden wir über das Gemüse, das wir anbauen, er links vom Gartenzaun, ich rechts davon, und über den Marillenbaum, der direkt auf der Grundstückgrenze steht und um den wir uns beide kümmern. Heute mag ich nicht reden. Oskar auch nicht. Er gießt weiter seine Beete, etwas, das auch ich noch erledigen muss.

Drinnen im Haus sind die Stimmen verstummt. Omas Sendung ist vorbei; sie hat abgeschaltet. Schon humpelt sie in den Garten, nimmt auf der Bank neben mir Platz. Sie betrachtet die Tomatenstöcke. Ich sehe Lisi an, die mir zulächelt.

»Ein schöner Sommerabend«, sagt Oma und betrachtet mich prüfend. »Aber du bist wieder einmal traurig.«

Ihre Stimme beinhaltet keinerlei Vorwurf. Oma weiß, dass sich die Traurigkeit hin und wieder über mich legt wie eine Schicht frisch gefallener Schnee, und dabei ist es ganz egal, in welcher Jahreszeit wir uns befinden. Wie der Schnee, so schmilzt auch meine Traurigkeit, um wie in einem ewigen Kreislauf der Natur irgendwann wieder zurückzukehren – meist dann, wenn ich am wenigsten damit rechne.

Diesmal lässt sich für meine Traurigkeit immerhin ein Grund benennen.

»Ich habe die Klausur für Marken- und Urheberrecht nicht geschafft«, gestehe ich zerknirscht.

»Paulina, davon geht die Welt nicht unter.« Oma tätschelt mit ihrer knochigen Hand meinen vom Sommerrock bedeckten Oberschenkel. »Eine Prüfung kann man doch nachholen.«

Ich nicke automatisch.

»In drei Wochen habe ich Nachprüfungstermin.«

»Na, siehst du.« Sie steht auf und geht ins Haus zurück. Diese schwüle Hitze kann Oma nicht lange ertragen. Mit jedem Jahr, das sie älter wird, verbringt sie mehr Zeit im Haus und weniger in ihrem Garten. Vor zehn Jahren, als ich zu ihr kam, war das noch anders. Da gruben wir gemeinsam das Erdreich um, und ich mit meinem rotblonden Haar und meinen Sommersprossen war diejenige, die als Erste in den Schatten flüchtete. Oma wurde braun, während ich am Ende des Tages aussah wie ein gekochter Krebs.

Ich gieße den Garten. Lisi folgt mir. Ihr vertraue ich an, was ich Oma verschwiegen habe: dass ich einfach nicht weiß, wann ich für diese Klausur lernen soll. Ab nächster Woche hat das

Institut über den Sommer geschlossen. Lehrgangsfreie Zeit, heißt das. Die meisten meiner Kommilitonen fahren in den Süden oder machen unbezahlte Praktika. Ich habe mich Vollzeit in der Markt- und Meinungsforschung einteilen lassen. Ich weiß jetzt schon, dass ich weder vor noch nach meiner Schicht die Energie haben werde, mich durch Paragraphen zu wühlen. Im Auswendiglernen war ich noch nie gut.

Trotzdem versuche ich es an diesem Abend. Die Buchstaben verschwimmen vor meinen Augen. Nach einer Stunde habe ich dröhnende Kopfschmerzen. Ich nehme ein Aspirin und lege mich ins Bett. Unten im Wohnzimmer hat Oma wieder den Fernseher laufen.

Das Callcenter

Wir sitzen nebeneinander wie in einem Hasenstall: in kleinen Kojen, getrennt durch Stellwände. Unsere Tischnachbarn können wir nur sehen, wenn wir aufstehen und über die Wände schauen. Hören können wir sie dagegen umso besser. Manchmal ist es schwierig, sich auf das eigene Telefonat zu konzentrieren, wenn nebenan jemand sitzt und immer dieselben Fragen stellt.

Gewöhnlich beachten wir unsere Tischnachbarn nicht. Auch nach fünf Monaten kenne ich nur wenige meiner rund fünfzig Kollegen namentlich. Zu Beginn einer Schicht setzen wir uns an die vorgegebenen Computerplätze, loggen uns ein und beginnen die Telefonnummern anzurufen, die uns übermittelt wurden. Alle fünfzig Minuten legen wir zehn Minuten Pause ein.

Die meisten gehen dann in den Innenhof, um zu rauchen. Manchmal stelle ich mich zu ihnen, obwohl ich für Zigaretten nichts übrig habe. Es sind vor allem Studenten oder Hausfrauen, die sich hier etwas dazuverdienen. Ich gehöre weder zu der einen noch zur anderen Gruppe. Mein Institut gehört zwar zur Uni, mein Lehrgang ist aber eine Weiterbildungsmaßnahme, die das Institut über den universitären Rahmen hinaus anbietet. So wie mir, wird den meisten von uns die Teilnahme am Werbe- und Marketing-Kurs durch staatliche Förderungen ermöglicht. Nur wenige zahlen ihn privat. Ein Studentenausweis für die Teilnehmer ist nicht vorgesehen.

Die Studenten reden über die Partys und Clubbings, die sie

abends besuchen. Vom Alter her sollte ich da locker mitreden können. Dem ist jedoch nicht so. Ich mag weder laute Musik noch Alkohol – keine guten Voraussetzungen, um auf Clubbings Spaß zu haben. Also stehe ich dabei und höre meinen Gleichaltrigen zu. Manchmal lache ich höflich über einen Witz, den ich nicht verstehe. Ich bin vierundzwanzig und komme mir neben ihnen uralt vor.

Wenn Mama, Papa und Lisi nicht gestorben wären – wäre ich dann so wie die anderen? Ich stelle mir die Frage oft, habe aber noch keine Antwort darauf gefunden. Der Tod meiner Familie hat mir den Boden unter den Füßen weggezogen, aber Oma hat mich aufgefangen. Jetzt stehe ich wieder auf beiden Beinen, irgendwie.

Um 19 Uhr ist meine Schicht aus. Nach acht Stunden telefonieren will ich nur noch nach Hause und nichts mehr reden. Aber Jacqueline, die Gruppenleiterin, will unbedingt mit mir sprechen. Sie ist ein Jahr jünger als ich und dennoch meine Chefin. Das Leben kann schon seltsam sein.

Ich sitze Jacqueline in ihrem kleinen Büro gegenüber. Es hat kein Fenster und ist so groß wie eine Besenkammer. Auf dem engen Schreibtisch türmen sich links und rechts neben dem altertümlichen Monitor Stapel von Papier. Das Polster des Schreibtischstuhles hat ein paar undefinierbare Flecken. Die Neonröhre flackert. Eine verirrte Fliege surrt um uns herum und sucht verzweifelt den Ausgang.

Jacqueline hat hinter mir die Tür geschlossen.

»Nimm doch Platz«, sagt sie und deutet auf den Stuhl. Nur widerwillig lasse ich mich auf dem fleckigen Polster nieder, während sich Jacqueline auf eine Schreibtischkante setzt. Sie trägt einen kurzen schwarzen Rock und ein tief dekolletiertes weißes Top mit goldenen Pailletten. Um ihren Hals hängt eine auffällige Kette mit in Gold gefassten Edelstein-Imitaten. Ihre Fingernägel sind knallrot lackiert.

Manchmal finde ich Jacquelines Stil ziemlich protzig. Trotzdem kann ich nicht anders, als auf ihre braungebrannten, langen Beine zu starren.

»Paulina, deine Leistung ist im Moment nicht wirklich so, wie wir uns das wünschen«, kommt sie nun gleich zur Sache. »Die anderen führen durchschnittlich vier bis sechs Interviews pro Stunde. Du kommst nur auf drei Komma vier.«

Ich denke an den Pensionisten, der mir am Telefon drohte, mich wegen Belästigung zu verklagen. An die offensichtlich Betrunkene, die Unverständliches in den Hörer lallte. Und an Harry, den Brauereifahrer, der mit mir über alles Mögliche plaudern, aber auf keinen Fall jene Fragen beantworten wollte, die ich ihm im Sinne meines Arbeitgebers stellen musste.

»Ich hatte Pech«, rechtfertige ich mich. »Was soll ich machen, wenn Leute nicht wollen oder gar mittendrin abbrechen? Ich kann sie doch nicht zwingen!«

Jacqueline verdreht die Augen.

»Die anderen schaffen es doch auch«, erwidert sie.

Ich zucke mit den Schultern, weiß nichts darauf zu sagen.

»Bitte verbessere dich«, sagt sie knapp und rutscht vom Schreibtisch. Ich stehe auf. Sie ist kaum größer als ich, doch auf ihren Absätzen wirkt sie riesig. »Paulina. Du weißt, dass ich dich darauf aufmerksam machen muss. Ich weiß selbst, dass es manchmal einfach blöd läuft in dem Job, aber ich muss Harald auch gute Zahlen liefern ... und wenn die Statistik nicht stimmt, bekomme ich Druck.«

Ich nicke stumm. Jacqueline und ich sitzen in einem Boot, auch wenn sie meine Vorgesetzte ist.

»Morgen läuft es bestimmt besser«, meint sie nun aufmunternd. »Schönen Abend noch, Paulina.«

*

Am nächsten Tag ist alles ganz anders. Ich habe mich gerade ins System eingeloggt, da kommt Harald, der Chef. Er klatscht in die Hände, um unsere Aufmerksamkeit zu wecken, und verkündet mit sonorer Stimme: »Ihr könnt alle nach Hause gehen. Das Callcenter ist ab heute geschlossen.«

Auf seiner breiten Stirn glänzen Schweißperlen. Auch unter seinen Achselbeugen haben sich dunkle Flecken gebildet, obwohl die Klimaanlage auf Hochtouren läuft.

Tumult bricht aus. Irgendwo in der hinteren Reihe fällt ein Stuhl um.

»Wieso denn?«, ruft einer der Studenten.

»Was ist mit unserem Geld?«, kommt es aus der linken Ecke hinten.

Harald ringt verzweifelt seine dicken Finger ineinander.

»Wir sind insolvent«, sagt er. Seine Unterlippe zittert. Er sieht aus, als würde er gleich in Ohnmacht fallen. »Aber ihr bekommt euer Geld! Jacqueline gibt euch am Ausgang ein Formular, das müsst ihr bei der Behörde einreichen ... Das Geld fließt dann aus einem Ausgleichsfonds, wenn unser Fall abgeschlossen ist.«

»Oh mein Gott«, schluchzt eine der Hausfrauen neben mir auf. »So ein Insolvenzverfahren kann ja ewig dauern!«

»Ich kann auch nichts dafür«, sagt Harald. »Ich weiß selbst, dass es manchmal blöd läuft im Leben.«

Dass es manchmal blöd läuft im Leben, weiß ich auch, aber nun denke ich an mein Gespräch mit Jacqueline und frage mich, ob die Führungsetage des Callcenters wohl irgendwann ein Seminar besucht hat, in dem derartige Floskeln trainiert wurden.

Harald hat es jetzt eilig, wegzukommen.

Am Ausgang steht tatsächlich Jacqueline. Sie überreicht mir das Formular mit perfekt manikürten Fingern und wirkt im Gegensatz zu ihrem früheren Boss kein bisschen bestürzt.

»Ich muss mir halt was Neues suchen«, meint sie lapidar. »Und einstweilen arbeite ich eben mehr in meinem anderen Job.«

Jacqueline hat noch einen weiteren Job? – Ich weiß, dass sie BWL studiert und nur noch zwei, drei Semester vor sich hat. Ihre Tätigkeit als Gruppenleiterin lief auf Teilzeitbasis. Mich hat immer schon gewundert, weshalb sie die neuesten Klamotten tragen und öfter den Friseur besuchen kann als meine Oma den Arzt. Nun scheint das Rätsel gelöst. Im Gegensatz zu mir hat sie ein zweites Standbein. Ich frage mich, wann sie noch Zeit findet, für die Uni zu lernen.

Schon als ich in die Straßenbahn steige, ist mir Jacqueline ziemlich egal. Ich bin sicher, dass ich sie nicht wiedersehen werde. Stattdessen denke ich jetzt nur noch an das Geld, dem ich nun wahrscheinlich monatelang hinterherlaufen darf. Es ist Mitte Juli, ich habe zwei Wochen umsonst Vollzeit gearbeitet. Für die Klausur habe ich noch immer nicht gelernt.

*

Seit mehr als einer Stunde sitze ich an dem kleinen Küchentisch, an dem Oma und ich gewöhnlich gemeinsam essen. Vor mir liegt aufgeschlagen der dicke Wälzer über Marken- und Urheberrecht, den ich mir aus der Bibliothek geholt habe. Mit den krakeligen Aufzeichnungen, die ich mir während des Seminars gemacht habe, kann ich jetzt nichts mehr anfangen.

Die Küchenuhr tickt lauter als sonst. Auf dem Kanapee sitzt Oma mit geschlossenen Augen. Sie ist über ihrer KRONEN ZEITUNG eingenickt. Seit drei Tagen bin ich nun ohne Unterbrechung zu Hause und lerne. Verwundert über meine permanente Anwesenheit, fragte mich Oma heute früh: »Musst du denn nicht mehr zur Arbeit?«

Ich log sie an und sagte, ich hätte mir freigenommen, um mich auf die Klausur vorzubereiten. Fakt ist, dass ich es nicht über mich bringe, ihr die Wahrheit zu sagen. Noch habe ich um die zweihundert Euro auf meinem Konto. Wenn ich bald wieder einen Job finde, wird es Oma gar nicht auffallen, dass ich den alten verloren habe. Ich will nicht, dass sie sich Sorgen macht. Sie hat schon genug Kummer in ihrem Leben ertragen müssen.

Die Türglocke lässt uns beide auffahren.

Es ist der Postbote, der mir ein durchnässtes Päckchen überreicht. Seit dem Vortag gießt es ununterbrochen. Ich hasse den Regen so sehr, seit er mir meine Familie nahm!

Ich kritzle meine Unterschrift auf das Display des Geräts, das er mir entgegenstreckt. Benommen starre ich auf den Namen der Absenderin, während der Bote sich wieder in Richtung seines Autos begibt. Auf den Holzstufen vor unserem Gartentor gerät er ins Rutschen und stößt einen Fluch aus, der meine Aufmerksamkeit unweigerlich wieder von dem Paket auf ihn und die Straße lenkt.

Ich kneife die Augen zusammen. Nicht mehr der Postbote hat mein Interesse, sondern der Wagen, der gegenüber parkt. Es ist ein dunkelblauer Golf. Vom Fahrersitz starrt ein bebrillter Mann mit Glatze in meine Richtung. Als ihm bewusst wird, dass auch ich ihn anschaue, greift er nach einer Zeitung und versteckt dahinter sein Gesicht.

Ich habe ein komisches Gefühl im Bauch. Mir ist so, als hätte ich dieses Auto vor ein paar Tagen schon einmal gesehen, mit demselben Mann, in der Nähe des Callcenters. Schon da hatte ich den Eindruck, beobachtet zu werden. Möglicherweise drehe ich langsam durch. Ich sehe nicht nur meine Schwester, sondern irgendwelche Verfolger.

Ich spiele mit dem Gedanken, einfach hinüberzugehen, an die Scheibe zu klopfen und ihn direkt zu fragen, was er von mir will. Dass ich es nicht tue, schiebe ich auf den Regen. In Wahrheit habe ich Angst. Es ist niemand auf der Straße und auch kaum Verkehr. Keines der vorbeifahrenden Autos würde stoppen, wenn der Mann versuchen sollte, mir Übles anzutun. Oma und ich wohnen in einer äußerst ruhigen Siedlung.

Ich schiebe mein beklommenes Gefühl auf eine selbstdiagnostizierte Paranoia und schließe die Haustür von innen. Oma hat sich vom Sofa erhoben und humpelt mir entgegen.

»Ist das der neue Katalog vom Gartencenter?«

»Nein.« Ich packe das Paket vor ihren aufmerksamen Augen aus. Es gibt nichts zu verbergen, schon gar nicht das dunkelblaue T-Shirt mit dem roten Schriftzug LOVE, das ich jetzt in den Händen halte. Denise hat eine Karte beigelegt.

Hi Paulina, ich habe noch ein T-Shirt von dir in meinem Schrank gefunden. Ich hoffe, dir geht's gut? Jana und ich fliegen jetzt für zwei Wochen nach Korfu, ich bin schon ganz kribbelig! Bussi, Denise.

Meine Großmutter hat zwar ein kaputtes Bein und einen Herzfehler, aber immer noch gute Augen und einen wachen Verstand. Wir lesen die Karte gemeinsam.

Oma schnauft verächtlich.

»Ist Jana die, wegen der sie dich sitzen hat lassen?«

Ich nicke stumm, halte das T-Shirt auf dem Schoß.

Meine Trennung von Denise liegt inzwischen acht Monate zurück. Wenn ich jetzt an sie denke, verspüre ich einen kleinen Stich im Herzen. Mehr nicht.

Ich habe es Oma nie gesagt, aber verlassen hat mich Denise nicht direkt wegen Jana. Die war nur zur rechten Zeit am richtigen Ort. Denise hat mich verlassen, weil sie mit meinen Lebensumständen nicht klargekommen ist. Nach einem Jahr Beziehung wollte sie unbedingt mit mir zusammenziehen. Ich aber werde mich nie von Oma trennen, weil sie mich braucht.

Dass mir Denise ein T-Shirt zurückschickt, das ich einst von Nicki, einer anderen Ex-Freundin, bekommen habe, finde ich unnötig und amüsant zugleich.

Mit Nicki war ich volle zwei Jahre zusammen. Ich habe sie wirklich geliebt, aber dann bekam Nicki mit, wie ich mit Lisi redete, und das war der Anfang vom Ende unserer Beziehung.

Oma legt mir tröstend die Hand auf die Schulter.

»Kopf hoch, Stumperl«, sagt sie und benutzt den Kosenamen, den sie wegen meiner nicht gerade hochgewachsenen Statur schon von Kindheit an für mich hat. »Für dich hält das Leben auch noch jemanden bereit, der dir die Sterne vom Himmel holt.«

Den Spruch sagt sie mir, seit meine erste Freundin Daniela mit mir Schluss gemacht hat. Das war kurz vor meinem achtzehnten Geburtstag. Allmählich verliere ich den Glauben daran, dass Oma mit ihrer Prophezeiung recht behalten wird.

Im Moment ist es auch weniger mein nicht vorhandenes Liebesleben, das mich beschäftigt, als diese verdammte Klausur, die ich bestehen muss.

*

Bei der Marken- und Urheberrecht-Klausur falle ich zum zweiten Mal durch. Ein Punkt fehlt mir, um zu bestehen. Ein einziger Punkt!

Auf diese Weise lerne ich Dr. Renate Grabenreiter, die Dame, die mich schriftlich über meine Fehlstunden informiert und mit Rückzahlung der Kursgebühren gedroht hat, persönlich kennen. In einem historischen Altbau in der Innenstadt thront sie hinter einem Schreibtisch, der fast so groß ist wie Omas kleine Küche, und wirkt dabei selbst wie ein Teil des antiquarischen Mobiliars.

Ich sitze ihr auf einem grazilen, unbequemen Thonetstuhl gegenüber und fühle mich klein und verloren.

»Fünfundvierzig Fehlstunden und eine trotz Wiederholung nicht bestandene Prüfung«, hält sie mir vor, was ich ohnehin schon weiß. »Wie soll das weitergehen mit Ihnen?«

Ich sage nichts. Schweigen ist meine einzige Verteidigungswaffe.

Sie schlägt eine dünne Mappe auf, blättert langsam durch ein paar Seiten. Ich erkenne, dass sie sich meine Akte hat kommen lassen – mit Lebenslauf, Maturazeugnis und Förderungsantrag.

»Sie sind jetzt Mitte zwanzig, und neben Matura haben Sie nichts vorzuweisen außer Gelegenheitsjobs.« Sie sieht mich über den Rand ihrer metallenen Brille mit diesem typischen Lehrerinnenblick an, den offensichtlich auch Ressortleiterinnen einer staatsnahen Behörde gut beherrschen. »Andere haben in diesem Alter schon ein abgeschlossenes Studium.«

Andere haben eine Familie, die am Leben ist.

Ich behalte den Satz für mich. Tief in meinem Inneren weiß ich, dass es nicht richtig ist, alle Niederlagen meines Lebens auf den Tod meiner Eltern und meiner Schwester zu schieben.

»Wir fördern junge Leute wie Sie, damit Sie einen Abschluss bekommen und folglich bessere Chancen am Arbeitsmarkt«, fährt Dr. Renate Grabenreiter fort, mir Dinge zu erzählen, die ich längst schon weiß. »Wir übernehmen die Gebühr für diesen Lehrgang nicht, wenn unsere Stipendiaten nicht regelmäßig an den Kursen teilnehmen und nicht für die Prüfungen lernen. Das ist Ihnen doch bewusst, oder nicht?«

Ich presse die Lippen aufeinander, um nicht laut zu schreien.

Die Ressortleiterin schlägt die Mappe zu und legt sie zur Seite. Sie seufzt.

»Paulina«, sagt sie eindringlich, und ich bin im ersten Moment schockiert, dass sie mich beim Vornamen nennt. »Sie sind so jung. Bitte, machen Sie etwas aus Ihrem Leben. Ihr Maturazeugnis war nicht das Beste, aber ich bin ganz überzeugt davon, dass Sie eine intelligente junge Frau sind. Dieser Lehrgang umfasst nur drei Semester. Riskieren Sie nicht, dass Sie insgesamt viertausendachthundert Euro für die ersten zwei Semester zurückzahlen müssen, nur, weil Sie an dieser Klausur scheitern.«

Viertausendachthundert Euro? – Ich wage kaum zu atmen.

»Soweit mich der Lehrgangsleiter informiert hat, gibt es einen dritten Nachprüfungstermin Mitte September. Wissen Sie darüber Bescheid?«

Ich nicke.

»Gut. Dann haben Sie ja noch ein paar Wochen zur Vorbereitung.« Zum Abschied nimmt sie meine Hand und drückt sie. Eine vertrauliche Geste, die mich überrascht. »Sie schaffen das, Paulina. Ich glaube an Sie.«

Ich hätte Dr. Renate Grabenreiter aufgrund ihrer Position gerne gehasst, aber es will mir nicht gelingen.

Als ich hinaus auf die Straße gehe, fühle ich mich erneut beobachtet. Ich sehe mich um, entdecke aber weder den verräterischen Golf noch den Mann mit der Brille.

Auf Jobsuche

Zwei Tage später sitze ich wieder vor einem Schreibtisch. Diesmal ist es kein großes Antiquitätsexemplar, sondern eines dieser Pressholzplatten-Metallgestelle, die so typisch sind für Amtsräume. Auf der Tischplatte stehen ein relativ moderner PC und eine Menge Krimskrams. Neben den üblichen Büroutensilien fallen mir mehrere aufgestellte Bilderrahmen, eine Vase mit frischen Blumen, eine bunte Kerze und eine Sonnenbrille besonders ins Auge. An der Pinnwand hinter dem Tisch hängen unzählige Postkarten verschiedenster Urlaubsziele, daneben ein Poster mit einem Spruch: *Schwache Menschen nehmen Rache. Starke vergeben. Und Schlaue ignorieren.*

Es ist klar, zu welcher Kategorie sich meine Sachbearbeiterin zählt, die dem Anschein nach jünger ist als ich selbst. Zwanzig Minuten hat sie mich trotz Termins vor der Türe warten lassen, während ich sie im Inneren des Büros mit ihrer Kollegin schäkern hören konnte. Seit gefühlten fünf Minuten sitze ich nun an ihrem Tisch, während sie sich mit Hingabe die Nägel lackiert. Von dem markanten Aceton-Geruch wird mir allmählich übel.

Der letzte Fingernagel ist mit einer Lackschicht überzogen. Meine Sachbearbeiterin vom Arbeitsmarktservice pustet über ihre Fingerspitzen und wedelt mit den Händen in der Luft herum, dann wendet sie sich endlich mir zu.

»Ja, äh … Frau Ziegler. Sie haben ja Anspruch auf Arbeitslosengeld.«

Es klingt fast so, als wäre sie enttäuscht.

»Sie bekommen dann ein Schreiben von uns, in dem Ihnen die Höhe Ihres Anspruchs mitgeteilt wird.«

Schön. Ich weiß auch so, dass es nicht zum Leben reicht. Offenbar kann mein Gegenüber Gedanken lesen: »Wenn Sie unter die Bemessungsgrenze fallen, können Sie Notstandshilfe anfordern.«

Was ich sicher niemals tun werde. Denn dann wird das Privatvermögen unter die Lupe genommen, von mir wie von Oma. Wir haben kein Geld, aber das Haus – besser gesagt, das Grundstück, auf dem es steht. Das kleine Haus selbst ist nicht viel wert. Oma und Opa haben es in den sechziger Jahren erbaut. Sie haben das meiste selbstgemacht. Damals führte zu unserem Wohnviertel nicht einmal eine Straßenbahn, der nächste Tante-Emma-Laden lag ein gutes Stück weg und die Attraktivität der Gegend hielt sich in Grenzen. Jetzt werden die meisten dieser alten, kleinen Häuser durch größere, modernere ersetzt. In unserem Stadtteil zu wohnen ist plötzlich schick.

Aber das ist nicht der Grund, weshalb wir dort wohnen.

Oma und ich lieben das Haus und vor allem den Garten. In diesem Haus wuchs mein Vater auf. In diesem Garten beschloss er schon im Alter von zehn, elf Jahren, dass er einmal Gärtner werden würde. Später haben er und meine Mutter sich diesen Traum erfüllt.

»Ich kann Ihnen über den Sommer leider keinen Kurs anbieten«, fährt meine AMS-Sachbearbeiterin fort. »Aber im September gibt es wieder Möglichkeiten.« Sie schiebt mir ein bedrucktes Blatt Papier über den Tisch. »Hier finden Sie eine Liste der Kurse, die wir über Drittanbieter zur Auswahl stellen. Bewerbungstraining, Englisch, ECDL Computerführerschein – was Sie möchten.«

Ich gebe ihr das Papier zurück.

»Ich bin schon in Ausbildung«, sage ich und ärgere mich, dass sie sich offenbar nicht mit meinem Lebenslauf beschäftigt hat. »Ich habe keine Zeit für noch mehr Kurse.«

Und schon gar nicht für einen dieser grottenschlechten AMS-Kurse, die reine Zeitverschwendung sind. Ich habe Erfahrung damit. Der Englischkurs, den ich vor zwei Jahren besuchen musste, wurde von einem Inder gehalten, der eigentlich Informatik studierte und von Didaktik keinerlei Ahnung hatte.

»Was ich brauche, ist ein Job«, erkläre ich der Sachbearbeiterin.

Sie macht ein Gesicht, als hätte ich sie darum gebeten, mir eine Karibikreise zu organisieren.

»Ich kann doch nichts für Sie suchen«, sagt sie mit großen Augen. »Ich weiß doch gar nicht, in welche Richtung Sie karrieremäßig wollen! Da müssten Sie schon unsere Karriereberatung in Anspruch nehmen.« Ehe ich etwas erwidern kann, tippt sie auf der Tastatur ihres Computers herum.

»Der nächste Termin bei unserer Karriereberatung ist aber leider erst Ende August frei«, sie schenkt mir einen mitleidigen Blick.

Will diese Frau mich quälen oder ist sie einfach nur überfordert? – Ich bin mir nicht sicher.

»Haben Sie keinen Callcenter-Job oder etwas an der Rezeption? Oder irgendeine Bürotätigkeit?«, erkundige ich mich.

»Da müsste ich erst nachschauen.« Sie wirft einen Blick auf die bunte Uhr an ihrem Handgelenk. »Kommen Sie in drei Wochen noch einmal vorbei. Und schreiben Sie einstweilen zehn Bewerbungen die Woche. Vielleicht finden Sie ja selbstständig irgendetwas.«

Vielleicht. Vielleicht auch nicht!

Ich verabschiede mich höflich, doch in mir brodelt die Wut.

Natürlich kann ich stapelweise Bewerbungen schreiben. Erfahrungsgemäß führt das jedoch nur zu Absagen. Mein Matura, das mir zwar Lateinkenntnisse bescheinigt, aber keinerlei Verständnis von Wirtschaft, mein Alter und mein bisheriger Lebenslauf sprechen einfach für sich. Für einfachere Tätigkeiten werde ich als überqualifiziert abgestempelt, Komplexeres traut man mir nicht zu. Schließlich stehen Hunderte von Absolventen mit Wirtschaftsmatura für Bürojobs Schlange! In Gasthäusern und Cafés dagegen sucht man Kellnerinnen mit Erfahrung. Auch die kann ich nicht bieten.

*

Ich treffe mich mit Jacqueline in einem Café am Schottentor. Normalerweise gehe ich niemals in Innenstadtcafés, weil sie mir zu teuer sind, doch Jacqueline will mir einen Job anbieten, daher mache ich eine Ausnahme.

Ich war sehr überrascht, als sie mich am Tag zuvor anrief. In den fünf Monaten, die wir zusammenarbeiteten, hatten wir nur wenig Persönliches miteinander gesprochen.

Jetzt sitzt sie mir gegenüber und strahlt mich an, als wären wir die besten Freundinnen. Mir ist das irgendwie unheimlich. Trotzdem lächle ich zurück.

Jacqueline trägt einen eleganten Hosenanzug und Pumps aus edlem Leder. Auf ihrer Handtasche steht PRADA. Gut möglich, dass es sich um ein Imitat handelt, aber abgesehen von ihrem Stil, der nicht meiner ist, sieht ihr Outfit richtig teuer aus.

»Ich komme gerade von einem Bewerbungsgespräch«, sagt sie. »Ein bezahltes Praktikum bei einer Bank. Aber erst in den nächsten Semesterferien.«

So läuft es in der Welt. Wer BWL studiert und einen geradlinigen Lebenslauf hat, bekommt ein bezahltes Praktikum, Leute wie ich dürfen dagegen um miese Billigjobs betteln. Ich schlucke meinen Ärger mit einem Schluck Sodawasser hinunter. Das alles ist schließlich nicht Jacquelines Schuld.

»Hast du nicht gesagt, du hättest sowieso einen zweiten Job?«, erkundige ich mich stattdessen in Erinnerung an unser kürzlich geführtes Gespräch.

»Ja, aber das ist nichts für den Lebenslauf.« Jacqueline fährt sich mit der Hand durch ihr lockiges Haar und betrachtet mich eingehend. »Du hast noch keine neue Stelle?«

Ich schüttle den Kopf.

»Gut«, sagt sie. »Ich habe ja schon am Telefon gesagt, ich hätte da was für dich.« Sie senkt die Stimme, obwohl die Leute um uns herum sowieso in ihre eigenen Gespräche vertieft sind. »Es ist halt kein Job für den Lebenslauf, wie ich schon sagte.«

Du lieber Himmel. Was will sie mir anbieten? Eine Mitgliedschaft bei der Mafia?

Ich straffe die Schultern.

»Also, wenn es etwas Illegales ist …«

»Nein, nichts Illegales. Nur ein bisschen … nun ja …« Sie lächelt und entblößt dabei eine Reihe blitzweißer Zähne, die mich unwillkürlich an Zahnpasta-Werbung erinnern. »Also, Paulina.« Sie räuspert sich. »Der Job. Meine Schwester hat so eine Agentur … nichts Illegales, wie gesagt. Sie hat ein paar Mädchen in unserem Alter, die für sie arbeiten. Wir begleiten … Herren auf diverse Events. Oder einfach nur zum Essen. Das Ganze ist sehr gut bezahlt, und der Kundenstamm bewegt sich auf hohem Niveau. Es sind wohlhabende Geschäftsmänner, nicht irgendwer von der Straße.«

Es dauert, bis die Information bei mir sickert. Ich kneife ungläubig die Augen zusammen.

»Willst du mir gerade einen Job als Nutte anbieten?«, frage ich, meine Fassungslosigkeit nur schwer verbergend.

»Nein. Wir sind keine Prostituierten!« Jacqueline rutscht nervös auf ihrem Stuhl hin und her. »Es geht wirklich in erster Linie um Begleitung. Meistens sind es Männer, die nur kurze Zeit in Wien sind, aus dienstlichen Gründen, und die es sich nach Feierabend nett machen wollen. Ob wir mit ihnen Sex haben oder nicht, können wir ganz frei entscheiden.«

Ich starre meine frühere Gruppenleiterin an. Die teure Kleidung macht plötzlich Sinn.

»Und? Hast du mit ihnen Sex?«

Jacqueline fährt sich mit der Zunge über die Lippen. Sie sieht mich nicht an, als sie antwortet.

»Ich bin Single«, sagt sie langsam. »Wenn es passt ... und der Typ süß ist ..., dann ja. Aber es ist ganz freiwillig!«

»Aber bezahlt.«

»Es gibt mehr Geld, wenn du mit ihnen aufs Zimmer gehst«, gibt sie zu. »Alles immer sehr diskret. Es läuft komplett über die Agentur.«

Die Jacquelines Schwester gehört – der Zuhälterin.

Ich verkneife mir den Kommentar.

»Und du willst mich jetzt fragen, ob ich Interesse an dieser Art von Job habe?«

Jacqueline hebt die Schultern.

»Ja. Du siehst hübsch aus, Paulina, und mit der richtigen Kleidung könntest du dich auch sexy stylen. Es ist einfach eine Arbeit, die viel Geld bringt – und genau das brauchst du doch ganz notwendig, oder nicht? Das Beste daran ist, dass diese Treffen meistens abends sind. Das heißt, wenn das Semester wieder beginnt, bleibt dein Lehrgang davon völlig unberührt.«

Ich sehe ihr direkt ins Gesicht. An ihren Augen erkenne ich: Sie meint es ernst.

Ich schüttle den Kopf.

»Ich bin lesbisch, Jacqueline. Ich denke nicht, dass ich für Männer in irgendeiner Form unterhaltsam bin.«

Meine Offenbarung bringt Jacqueline nicht aus dem Konzept.

»Es geht doch alles nur ums Vortäuschen«, sagt sie. »Das ist wie in einem Theaterstück: Du spielst eine Rolle, bist nicht du selbst. Und, wie gesagt: Keiner zwingt dich, mit ihnen zu schlafen. Die meisten wollen ohnehin nur Unterhaltung auf höherem Niveau – und ein bisschen flirten. Das wirst du ja wohl auch mit Männern hinbekommen?«

Ich schüttle den Kopf.

»Ich glaube nicht«, erwidere ich wahrheitsgemäß. »Mir fehlt dafür jeder Draht.«

»Schade. Ich dachte, ich könnte dir helfen.«

Von wegen! Sie dachte, sie könnte ihrer Schwester, der Zuhälterin, auf schnelle, einfache Weise ein neues Escort-Girl beschaffen.

Wir zahlen unsere Getränke.

Ehe wir uns erheben, fragt Jacqueline in beiläufigem Ton: »Und wenn es um Kundinnen ginge, nicht um Männer ... könntest du es dir dann vorstellen?«

»Möglich«, sage ich und muss lachen. Die Vorstellung, dass eine Frau einen weiblichen Escort Service bucht, ist zu absurd.

*

Am Sonntag nehme ich mir eine KRONEN ZEITUNG und einen KURIER aus den Plastiktaschen am nächsten Laternenpfosten und bewerbe mich wahllos als Zimmermädchen, Bedienung, Schankkraft und Verkäuferin. Zwei Tage später habe ich bereits fünf Absagen erhalten und meine Vorahnungen wieder einmal bestätigt.

Oma freut sich, dass ich so viel Zeit zu Hause verbringe. Davon, dass das Callcenter dichtgemacht hat und ich weiterhin meinem Gehalt hinterherlaufen darf, habe ich ihr noch immer nichts erzählt. Mein Konto ist mittlerweile um hundertfünfzig Euro im Minus. Die Lebensmittel zahle ich ausschließlich von Omas Rente und fühle mich dabei nicht besonders wohl. Gewöhnlich brauchen wir das Pensionsgeld nur, um Strom, Gas und sonstige Betriebskosten zu begleichen.

Wenn Oma ihre Talkshows ansieht, bin ich draußen im Garten. Ich betrachte meine Tomatenpflanzen, deren Früchte sich allmählich röten, plaudere mit Oskar am Zaun über unsere gärtnerischen Erfolge und erzähle Lisi von meinen Problemen mit dem lieben Geld und dem Lehrgang. Manchmal lächelt sie aufmunternd oder nickt verständnisvoll mit dem Kopf. Trotzdem habe ich immer öfter das Gefühl, dass sie sich in meine Sorgen nur schwer hineinversetzen kann. Sie ist nun einmal erst sechzehn. Für sie verdient Papa das Geld und Mama stellt mittags ein Essen auf den Tisch. Ich kann ihr das wohl auch nicht vorwerfen. Sie hat es nie anders kennengelernt. Ich aber musste leider über Nacht erwachsen werden.

Lisi wusste damals auch nicht, wie sehr dieses Idyll, in dem wir lebten, auf einer Illusion beruhte. Sie hatte so wenig Ahnung wie ich, dass die Gärtnerei verschuldet war.

Für Oma und mich bedeutete es einen zusätzlichen Schock, als wir das Ausmaß der Schulden begriffen. Unsere Lage war mehr als ernst: Wir standen da mit laufenden Krediten und einer Gärtnerei, die im Soll versank, und hatten keine Ahnung von Finanzkram. Ich war zu jung, und Oma hatte sich nie zuvor um Größeres kümmern müssen. Die Finanzen, das war immer Opas Ressort gewesen.

Ein Freund meines Vaters, von Beruf Anwalt, griff uns unter die Arme. Unser Einfamilienhaus und das Gärtnereigelände wurden verkauft. Damit standen wir erst einmal wieder auf Null und waren erleichtert. Erst später begriffen wir, dass der Anwalt ordentlich mitabgesahnt und uns um das Geld gebracht hatte, das wir aus dem Verkauf hätten ziehen können.

*

Ein paar Tage später meldet sich Jacqueline.

»Gute Nachrichten«, sagt sie. »Wir hätten jetzt eine Kundin, die Interesse an einem Treffen mit einer Frau hat.«

Im ersten Moment weiß ich nicht, was ich sagen soll. Tatsächlich spiele ich sekundenlang mit dem Gedanken, nach dem finanziellen Rettungsring zu greifen, den sie mir zuwirft. Doch dann stelle ich mir vor, wie es ist, einer Wildfremden gegenüberzusitzen, die mich gedanklich schon mit ihren Blicken auszieht. Eine Mischung aus Widerwillen, Scham und Ekel steigt in mir auf und überzeugt mich davon, dass es für mich unmöglich ist, dieses Angebot anzunehmen. Ich bin für so etwas nicht geschaffen.

Also sage ich Jacqueline ab und verfolge lieber das Wachstum meiner Gartenpflanzen. Seltene Tomatensorten sind das einzige Hobby, für das ich Geld ausgebe. *Marglobe, Auriga, Ochsenherz, Yellow Submarine* – so heißen ein paar der ausgefallenen Sorten, die in unserem Garten wachsen. Um ihre Samen zu bekommen, besuche ich Tauschbörsen oder durchforste im Internet die Angebote von Hobby- und Berufsgärtnern. Bei guter Ernte kann ich bestimmt so viel Tomatensoße einkochen, dass meine Großmutter und ich für ein Jahr damit versorgt sind!

*

»Aus der Dusche kommt nur kaltes Wasser«, klagt Oma. Ein großes Duschtuch um ihren schmalen Körper gewickelt, das graue Haar in Strähnen am Kopf, steht sie mir gegenüber wie ein nasses Häuflein Elend.

In der alten Gastherme ist die ansonsten gut sichtbare Flamme erloschen. Ich versuche wieder und wieder, das Gerät zu starten. Es gelingt nicht. Das wundert weder Oma noch mich. Uns beiden ist ziemlich klar: Nach dreiundzwanzig Jahren in Betrieb hat die treue Technik ihren Dienst eingestellt.

»Im Krieg haben wir auch mit kaltem Wasser geduscht«, sagt Oma und zuckt pragmatisch mit den Achseln.

Wo sie recht hat, hat sie recht. Aber zu Zeiten des Zweiten Weltkrieges war Oma noch ein Kind. Jetzt ist sie eine alte Frau mit Gelenkschmerzen und Gänsehaut. Kaltes Duschen ist nicht einmal jetzt, in den Sommermonaten eine Option.

Den Installateur, Herrn Müller, kennen wir schon lange. Er weiß um unsere finanzielle Situation. Trotzdem installiert er uns ein neues Gerät.

»Zahlt es mir auf Raten«, sagt er und drückt mir die Rechnung mit den Teilbeträgen in die Hand. Als er weg ist, beginnt Oma zu weinen.

»Woher sollen wir denn das viele Geld nehmen?«, spricht sie die Frage aus, vor der auch ich im Moment große Angst habe.

Ich streichle ihr tröstend über das Haar.

»Ich habe einen neuen Job«, sage ich. Die Lüge kommt mir ausnahmsweise leicht über die Lippen. »Da verdiene ich besser. Mach dir keine Sorgen.«

Oma sieht mich mit wässrigen dunklen Augen an. Dann tätschelt sie meine Hand. Ihre Tränen versiegen.

Gleich darauf rufe ich Jacqueline an.

»Steht dein Angebot noch?«

»Ja«, sagt sie, und ich spüre durchs Telefon ihr zufriedenes Grinsen. Mir selbst ist eher zum Weinen zumute.

Ein erstes Treffen

Ich sitze in einem blauen Sommerkleid vor dem kleinen Spiegel in meinem Zimmer und ziehe mit dunklem Kajal meinen Lidstrich nach. Oma sieht mir dabei zu.

»Es ist gut, dass du dich mit Freunden triffst«, sagt sie. »Immer hier herumzusitzen mit einer alten Frau wie mir, das ist doch nichts ...«

»Ach, Oma«, erwidere ich müde. Am liebsten würde ich ihr sagen, wie sehr ich es vorzöge, mit ihr an diesem Abend auf dem Kanapee zu sitzen. Was mir bevorsteht, hat nichts mit einem netten Treffen unter Freunden zu tun. Schon jetzt fühle ich mich so, als hätte ich meine Seele verkauft.

Ein letzter Blick in den Spiegel. Die junge Frau, die mir mit frisch geföhnten, fast schulterlangen Haaren entgegenblickt, sieht viel zu ernst aus für das, was man von ihr erwartet. Ich versuche es mit einem Lächeln. Es überzeugt mich nicht.

Als ich an der Straßenbahnhaltestelle ankomme, fühle ich mich schon leicht verschwitzt. Ich bin mir nicht sicher, ob nur die sommerliche Hitze daran schuld ist oder meine Nervosität. Die Aussicht, eine Frau zu treffen, von der ich rein gar nichts weiß, beschert mir kein gutes Gefühl.

Jacquelines Schwester Natascha hat mir vorab die Regeln erklärt: Über Geld wird mit der Kundin nicht gesprochen. Es werden keine Telefonnummern ausgetauscht, keine Treffen privat vereinbart. Jeglicher Kontakt läuft über die Agentur, die mir danach mein Honorar auszahlt. Für Sex gibt es mehr Geld.

Letzteres habe ich sofort ausgeschlossen.

»Deine Sache«, erwiderte Natascha gelassen. »Ich vermittle keine Prostituierten, sondern Begleitungen.«

Gefühlsmäßig macht das für mich im Augenblick wenig Unterschied.

Meine High Heels, vor einigen Monaten aus Übermut für fünfzehn Euro in einem türkischen Geschäft gekauft, habe ich bisher kein einziges Mal getragen. Ich bevorzuge Schuhe mit flachen Sohlen. Noch bevor ich bei unserem vereinbarten Treffpunkt angelangt bin, spüre ich schon die Blasen an den Fersen. Das billige Viskosekleid kratzt auf meiner schweißbedeckten Haut.

Als ich endlich das Foyer des *Grand Hotels* an der Ringstraße betreten kann, atme ich bei aller inneren Anspannung erst einmal erleichtert auf. In den angenehm klimatisierten Räumlichkeiten fühle ich mich trotz des ungewohnten Prunks, der mich umgibt, spontan besser.

Inmitten einer kleinen Gruppe japanischer Touristen fahre ich mit dem Lift hinauf ins Dachgeschoss. *Le Ciel* heißt das Restaurant, das mir Natascha als Treffpunkt genannt hat. Ich kenne es nicht einmal dem Namen nach.

Im Eingangsbereich zögere ich. Am liebsten würde ich umkehren. Doch dann denke ich an die Therme, die bezahlt werden muss, und trete beherzt über die Schwelle.

Blauer Teppichboden und ein gelbbraun gemustertes Mobiliar, an dem nicht einmal meine Oma Freude hätte, verleihen dem Raum ein gewisses Kreuzschiff-Flair. Die Tische sind weiß eingedeckt. Auf den Tischdecken stehen kleine Brotteller und elegante Weingläser.

Im Restaurant sitzen nur wenige Leute, was ich für diese Abendzeit überraschend finde.

Nervös lasse ich meinen Blick über die Gäste gleiten. Drei Pärchen, zwei Herren, einige italienisch sprechende Senioren in der Ecke. Keine einzelne Frau, die meine Kundin sein könnte.

»Kann ich Ihnen helfen?«, fragt der junge Kellner, der wie aus dem Nichts auftaucht.

»Ein Tisch, auf den Namen *Engel* reserviert«, wiederhole ich Nataschas Worte.

Mit klopfendem Herzen folge ich ihm durch das Restaurant hinaus auf die Terrasse. Unter einem schattenspendenden Dach inmitten von Blumendekor reihen sich blau eingedeckte Esstische nebeneinander. Noch ehe ich mir einen näheren Überblick über die neue Umgebung verschaffen kann, stehen wir auch schon an einem der Tische.

»Hallo, Paulina.« Die Frau, die meine Kundin ist, erhebt sich und streckt mir die Hand entgegen. Ihre Finger sind ganz kalt. »Johanna Engel. – Schön, dass du gekommen bist.«

Ihre Stimme klingt angenehm und warm. Ich lasse mich ihr gegenüber nieder, ergreife bereitwillig die angereichte Speisekarte und senke mein Gesicht über die schnörkelige Schrift.

Die Speisen haben französische Bezeichnungen, darunter steht die deutsche Erklärung. Für mich hört sich alles chinesisch an.

Die Buchstaben tanzen vor meinen Augen. Über den Rand der Karte hinweg erlaube ich mir einen verstohlenen Blick auf mein Gegenüber.

Johanna Engel hat blondes langes Haar, das ihr offen über die Schultern fällt. Sie ist nicht viel größer als ich, dabei sehr schlank. Die Falten um ihre Augen verraten mir, dass sie deutlich älter ist als ich selbst. Nicht, dass ich nicht damit gerechnet hätte. Ganz im Gegenteil: Intuitiv hatte ich erwartet, eine Frau um die fünfzig zu treffen. Johanna Engel ist maximal vierzig, wenn überhaupt. Sie hat ebenmäßige Gesichtszüge, nur der Mund ist etwas zu groß für das schmale Gesicht. Am auffälligsten sind ihre Augen. Sie haben ein derart intensives Blau, wie ich es noch nie zuvor an einem Menschen gesehen habe. Insgesamt sieht sie aus meiner Sicht zu gut dafür aus, um einen Menschen dafür zahlen zu müssen, dass er ihr ausgeht.

Die Typen sehen in der Regel gut aus und haben echt viel Geld.

Ich erinnere mich an Jacquelines Worte. Warum sollte es bei den Frauen anders sein als bei den Männern?

Der Kellner taucht wieder auf, um die Bestellung aufzunehmen. Mein Mund ist ganz trocken.

Johanna Engel bestellt geeiste Melonensuppe und als Hauptgericht Bachforellenfilets. Ich weiß noch immer nicht, was ich nehmen soll, und sage daher schlicht: »Für mich dasselbe.«

Meine Kundin lächelt. Amüsiert? Ich kann es nicht deuten.

»Möchtest du Wein?«, fragt sie.

Auch wenn ich Alkohol nicht sonderlich mag – in diesem Moment scheint mir das eine gute Idee. Ich nicke und höre, wie sie mit geübtem Zungenschlag einen französischen Weißwein mit einem viel zu langen Namen ordert. Dann lässt uns der Kellner allein.

An den umliegenden Tischen wird angeregt geplaudert und gelacht. Wir beide schweigen uns an. Johanna Engel betrachtet mich mit unergründlicher Miene, während ich verzweifelt nach einem belanglosen Thema suche.

Rede über Theater, Kino, Musik – irgendetwas!, gab mir Jacqueline mit auf den Weg. *Das Gespräch ergibt sich doch von ganz allein.*

Über Theater und Kino weiß ich nur leider nichts zu sagen. Ich war schon lange nicht mehr in einem Stück oder einem Film. Und was die Musik betrifft – ich bin ein Mensch der Stille. Seit dem Tod meiner Familie habe ich sogar meine Klarinette nicht mehr angerührt.

»Warst du schon einmal hier?«, erkundigt sich Johanna Engel nun, und mir kommt es wie eine rhetorische Frage vor: Als wisse sie nicht ohnehin ganz genau, dass dieses Lokal außerhalb meiner finanziellen Möglichkeiten liegt.

Ich schüttle den Kopf.

»Und was ist dein erster Eindruck?«

»Nett«, sage ich vage. Sie hat das Lokal ausgesucht, sie lädt mich ein, was soll ich sonst sagen?

Du musst den Kunden immer ein gutes Gefühl vermitteln, schärfte mir Jacqueline ein. *Ansonsten sei ganz du selbst, das kommt am besten an!* Mir wird peinlich bewusst, dass ich als *ganz ich selbst* nicht besonders unterhaltsam bin.

»Tatsächlich?« Johanna Engels rechte Augenbraue rutscht nach oben. Sie lächelt. Diesmal ist ganz offensichtlich, dass meine Antwort sie amüsiert. »Ich finde es ein bisschen ... angestaubt. Hier auf der Dachterrasse ist es ja ganz okay. Aber drinnen? – Ich habe schon einen leichten Schock bekommen. Hatte es mir moderner vorgestellt.«

»Die Terrasse ist schön«, sage ich ausweichend. Spontan will ich nachfragen, ob es auch ihr erster Besuch ist, was angesichts ihrer Bemerkung aber wohl auf der Hand liegt. Außerdem hätte ich mich dann für ein »Sie« oder ein »du« entscheiden müssen. Ich habe keine Ahnung, was bei derartigen Treffen üblich ist, will mich nicht blamieren und bleibe stumm.

Zum Glück kommt der Kellner mit dem Wein. Er bietet ihn Johanna zur Verkostung an. Sie nippt, nickt mit dem Kopf. Erst dann schenkt er uns beiden ein. Ich fühle mich wie im Film. Bisher kenne ich derartige Szenen nur aus dem Fernsehen.

Die Gläser klirren, als wir dezent anstoßen. Der Wein mag gut sein, für mich schmeckt er bitter. Ich trinke ihn trotzdem.

»Bist du Studentin?«, fragt Johanna. Ihre persönliche Frage wirft mich so aus der Bahn, dass ich mich fast am Wein verschlucke.

»So in der Art«, sage ich, ringe mich dann aber doch zu einer Antwort durch. Über irgendetwas müssen wir ja wohl reden; sie zahlt schließlich dafür. »Ich mache einen Lehrgang über Marketing und Werbung.«

»Das klingt interessant«, sagt sie, und nichts an ihren Augen verrät mir, dass es nur eine Floskel ist. »Erzähl mir darüber.«

Eigentlich gibt es da für mich nicht viel zu sagen. Dennoch

berichte ich brav von den Lehrinhalten. Ich komme mir beinahe vor wie bei einem Bewerbungsgespräch.

Der Kellner bringt uns zwei kleine Teller mit undefinierbaren Pastetchen, dekoriert mit einer hauchdünnen, kunstvoll zu einer Art Locke gedrehten Zucchinischeibe. Einen *Gruß aus der Küche* nennt sich das, was wir gar nicht bestellt haben.

Wir tauschen Oberflächlichkeiten aus, wobei Johanna Engel das Gespräch steuert. Ich werde ruhiger. Der Wein macht mich ein bisschen benommen.

Die geeiste Melonensuppe kommt in einem Glas mit einer Brotscheibe. Die Deko gefällt mir. Ich bin froh, dass die Speisen so klein sind, denn in meinem Magen sitzt immer noch ein dicker Knoten. Meine Kundin scheint nett, aber die Situation ist dennoch befremdlich für mich. Warum zahlt eine Frau, die so gut aussieht wie sie und offensichtlich auch noch Bildung hat, Geld dafür, um mit einer vierundzwanzigjährigen unerfahrenen Person wie mir fein essen zu gehen?

Während wir die nicht einmal handtellergroßen Bachforellenfilets verspeisen, komme ich zu der einzig möglichen Erklärung: Sie ist wahrscheinlich verheiratet und sucht ein heimliches lesbisches Abenteuer, um irgendwelche unterdrückten Phantasien auszuleben. Warum aber zeigt diese Frau sich dann mit mir in der Öffentlichkeit?

Außerdem: Ich werde sie definitiv nicht aufs Zimmer begleiten! Und ich kann nur hoffen, dass Natascha auch *ihr* die Regeln dieser Zusammenkünfte erklärt hat.

Nach dem Hauptgang entschuldige ich mich kurz. Der Wein und vor allem das viele Mineralwasser machen sich bemerkbar. In der mit Marmorfliesen ausgestatteten Toilette atme ich zum ersten Mal seit Betreten des Hotels durch. Ich sehe auf die Uhr.

Zweieinhalb Stunden sitzen wir nun schon gemeinsam auf der Terrasse. Bisher habe ich das Treffen ganz gut überstanden; lange wird es wohl kaum mehr dauern. Leicht verdientes Geld, nannte Jacqueline diesen Job. Vermutlich hat sie sogar recht.

Als ich an den Tisch zurückkomme, leuchten auf der Terrasse die Laternen. Es ist dämmrig geworden.

»Möchtest du noch ein Dessert?«, erkundigt sich Johanna Engel höflich.

»Nein, danke. Ich bin satt. Es war delikat.«

Sie verlangt die Rechnung und zahlt mit Kreditkarte.

»Nun gut«, sagt sie. »Dann ...«

Sie wirkt etwas unschlüssig, als sie sich erhebt. Ich unterdrücke den Impuls, mich so schnell es geht zu verabschieden und das Hotel hastig zu verlassen. Man will ja nicht respektlos sein.

Johanna Engel macht ein paar ungelenke Schritte nach links und greift nach einem Gegenstand, der an der steinernen Brüstung lehnt und mir bisher nicht aufgefallen ist: eine Krücke. Als sie sich damit in Bewegung setzt, sehe ich, dass sie den linken Fuß beim Gehen nicht richtig abrollen kann. Auf dem Weg zum Lift lächelt sie mir zu – unsicher, wie mir scheint. Ich muss mich zwingen, den Blick nicht abzuwenden.

Meine Theorie von der verheirateten Frau, die ein Abenteuer sucht und deshalb ein Escort Girl anheuert, hat angesichts dieser Behinderung Risse bekommen. Aber liefert ein steifes Bein die ausreichende Erklärung für einen Begleitservice?

Ein älteres Ehepaar steigt mit uns in den Lift. Johanna Engel drückt den Knopf für den dritten Stock, das angeregt miteinander plaudernde Ehepaar den für Parterre. Da will auch ich hin.

Als sich im dritten Stock die Lifttüren öffnen, habe ich schon eine unkomplizierte Verabschiedung auf den Lippen, als meine blonde Kundin zu mir sagt: »Komm bitte noch kurz mit auf mein Zimmer.«

Mein Herzschlag setzt ein paar Takte aus. Ich fühle, wie mir das Blut aus den Wangen weicht. Bruchteile von Sekunden starre ich sie schockiert an.

Nein, will ich sagen, doch ich möchte uns vor dem deutschsprachigen Ehepaar Peinlichkeiten ersparen. Also steige ich mit aus. Erst als sich die Lifttür hinter uns geschlossen hat, mache ich den Mund auf: »Also … ich, das … mit aufs Zimmer kommen – das will …«

Johanna unterbricht mich.

»Da sind wir schon.« Sie klemmt sich die Krücke unter die rechte Schulter und schiebt die Schlüsselkarte in den schmalen Schlitz. Ihr Hantieren mit der Beinstütze sieht so geübt aus, dass ich den Eindruck gewinne, sie ist schon Zeit ihres Lebens darauf angewiesen.

Zögernd und mit rasendem Herzen folge ich ihr ins Zimmer.

»Bitte entschuldige mich einen Augenblick«, sagt Johanna Engel. Sie deutet auf ein steif wirkendes Sofa gegenüber dem breiten Bett. »Nimm doch einstweilen Platz.«

Während ich sie im Badezimmer hantieren höre, ringe ich mit meinem Fluchtinstinkt. Ich könnte jetzt einfach abhauen und sie wäre nicht einmal in der Lage, mich zu verfolgen. Meine Erziehung siegt über meinen Instinkt.

Die Klospülung setzt ein. Immerhin bin ich nun vorbereitet, habe die passenden Abschiedsworte parat, als Johanna Engel wieder erscheint. Das schwarze Kleid, das sie trägt, lässt ihre Taille beängstigend schmal wirken. In Gedanken relativiere ich mein erstes Urteil: Das Gesicht ist hübsch, aber ihr Körper zu mager. Insgesamt wirkt sie auf seltsame Weise ausgezehrt.

Vorsichtig lässt sie sich neben mir auf dem Sofa nieder, die Krücke legt sie an die Seite.

Zwischen uns herrscht ein angemessener Abstand. Ich bin um jeden Zentimeter froh.

»Das Zimmer ist noch spießiger als das Restaurant, findest du nicht?«, tönt eine ruhige Stimme neben mir.

Ich lasse meinen Blick über die schweren Vorhänge, den weinroten Teppichboden und den goldbestickten Sofaüberzug gleiten. Eigentlich ist mir das Mobiliar in diesem Augenblick herzlich unwichtig.

»Es ist … ziemlich protzig«, kommentiere ich dennoch. »Ein bisschen wie die Einrichtung in Schloss Schönbrunn.«

»Du warst schon einmal drinnen?«

»Mit der Schule.«

Sie nickt, scheint die Information zu verarbeiten.

»Ich war noch nie dort«, sagt sie dann unvermittelt, und ich bin überrascht. Gehören die Prunkbauten nicht zum fixen Programm Wiener Schulausflüge?

»Lohnt sich der Besuch?«, fragt sie, als von mir nichts kommt.

»Wenn man sich für Schlösser begeistern kann, dann schon.«

Mein Herz pocht rasend. Ich habe dieser Frau noch immer nicht klar gesagt, dass ich keinen Sex mit ihr haben will.

»Das klingt nicht so, als hätte es dich sehr angesprochen.«

Ich fühle, dass ihre blauen Augen fragend auf mich gerichtet sind, senke meinen Blick auf den schwarz lackierten Tisch. Ich will sie nicht ansehen, aus Furcht, dass sie die Angst und den Widerwillen in meinen Augen sieht. Ich möchte es lieber höflich formulieren. Jetzt gleich.

Ich schlucke trocken, öffne den Mund.

»Was gefällt dir gut, Paulina?«

Ich will aber nichts Privates mitteilen!

Jacqueline hat mir gesagt, es liege an mir, das Gespräch mit dem Kunden zu steuern. Mit Schrecken merke ich jetzt, dass ich darin noch schlechter bin als befürchtet.

»Ich ... ich bin gerne draußen«, höre ich mich sagen. »Im Garten. Ich mag Pflanzen.«

Ich bin so furchtbar uneloquent, dass es mir in meinen eigenen Ohren weh tut.

»Welche Art von Pflanzen?«

»Gemüse«, sage ich mit einem Anflug von Trotz. Bestimmt hat sie Blumen erwartet. »Alte Sorten, die vom Aussterben bedroht sind. In den Supermärkten sieht man die nicht mehr.«

»Ich wusste nicht, dass Gemüsesorten auch vom Aussterben bedroht sind«, erwidert sie. »Wie seltene Tiere?«

Ich nicke knapp.

»Aber wahrscheinlich ist die Nachzucht einfacher als bei den Tieren«, stellt sie in den Raum, und ich bewundere insgeheim die Geduld, die sie mir gegenüber aufbringt.

Ich gebe mir einen Ruck und hebe den Kopf. Ihre unglaublich blauen Augen sind interessiert auf mich gerichtet.

»Es kommt darauf an«, erläutere ich vage. Eigentlich will ich nicht von meinen Tomaten erzählen, aber was soll ich sonst mit ihr reden? »Einige Sorten sind sehr schwierig in der Aufzucht – weil sie von irgendwelchen Krankheiten befallen werden, weil sie in besonderem Ausmaß Schädlinge anziehen oder weil das Saatgut gar nicht erst keimt. Im Großen und Ganzen klappt es am besten mit Sorten, die früher schon in Österreich heimisch waren. Sorten, die ursprünglich nur im Süden gediehen sind, haben es hier schon allein wegen des Klimas schwer.«

»Du kennst dich gut damit aus.«

»Es ist mein Hobby.«

Und ich wollte wirklich nicht darüber sprechen! Verstockt richte ich meinen Blick wieder auf die Tischplatte. Wenn wir uns nichts weiter zu sagen haben, ist es leichter, sie dabei wenigstens nicht ansehen zu müssen.

Bisher hat sie sich nur mit mir unterhalten. Von Sex keine Rede. Blamiere ich mich restlos, wenn ich nun das Thema in den Raum stelle? Weil sie es sowieso nicht im Sinn hatte?

Während ich noch darüber nachdenke, ob und was ich wie formulieren soll, um die Etikette der Höflichkeit zu wahren, fühle ich plötzlich ihre Hand auf meiner Haut. Mit zwei Fingern streichelt sie mir sanft uber den nackten Arm.

Stocksteif sitze ich da. Schockgefroren.

Mein Kopf ist wie leer, aber mein Herz hämmert im Staccato in meiner Brust. Es ist das einzige Geräusch, das ich höre. Ansonsten ist es so still, dass die berühmte fallende Stecknadel wahrscheinlich wie der Urknall wirken würde.

Ich weiß nicht, ob Minuten verstreichen oder nur ein paar Sekunden.

Irgendwann lässt Johanna Engel von mir ab.

»Es war ein sehr netter Abend, Paulina. Ich hoffe, wir können das demnächst wiederholen.«

Vor Erleichterung vergesse ich die Regeln des Anstands und springe auf.

Sie erhebt sich mühsam, streckt mir die Hand hin.

Als ich sie nehme, zieht sie mich leicht zu sich heran und verabschiedet sich mit zwei seitlichen Wangenküssen. Ich rieche ihr Parfum – ein leichter, blumiger Duft, der irgendwie gar nicht zu ihrer etwas steifen Höflichkeit passt.

Auf ihrer Krücke begleitet sie mich bis zur Tür.

Ich bin so froh, zu entkommen, dass ich zügig in Richtung Treppenhaus gehe. Nicht einmal auf den Lift will ich mehr warten.

*

Am nächsten Tag um die Mittagszeit ruft Jacqueline an.

»Gratuliere, das war ja ein voller Erfolg«, sagt sie. »Deine Kundin hat sehr positives Feedback gegeben.«

Ich sage nichts. Der Anruf ist mir unangenehm. Aus meiner Sicht steht es Jacqueline nicht zu, mein Treffen mit Johanna Engel zu kommentieren. Die Agentur wird immer noch von ihrer Schwester geleitet. Tratschen die beiden miteinander über ihre Kunden und die Frauen, die für sie arbeiten?!

Mit dem nächsten Satz habe ich Gewissheit.

»Du bist ja gleich aufs Ganze gegangen«, informiert mich Jacqueline über etwas, was nicht einmal ich selbst weiß. »Hab ich's nicht gesagt? Sex ist gar kein Problem, wenn die Chemie passt!«

Was um Himmels Willen hat diese Johanna Engel an Natascha zurückgemeldet?

»Du warst doch mit auf dem Zimmer, oder nicht?«, hakt Jacqueline nun argwöhnisch nach.

Ich will meiner Kundin nicht in den Rücken fallen. Außerdem habe ich keine Lust auf Vertraulichkeiten gegenüber Jacqueline, die mir mit ihrer zudringlichen Art allmählich auf die Nerven geht. Mag sein, dass für sie Sex keine große Sache ist, mit ihr erörtern will ich das Thema jedenfalls nicht.

»Ja, schon«, antworte ich wahrheitsgemäß und verkneife mir das »Aber«.

»Na siehst du.« Sie lacht. »Und mir gegenüber immer so tun, als wärest du die heilige Jungfrau Maria!«

»Hauptsache, alle sind zufrieden«, sage ich und beende das Telefonat.

Als ich am nächsten Tag meine Kontoauszüge kontrolliere, bin ich nicht mehr im Minus. Natascha hat prompt überwiesen. Die Summe, die ich erhalten habe, ist viel zu hoch für ein bloßes Abendessen.

Johanna Engel hat tatsächlich jenen Betrag hinzuaddiert, der nach den Richtlinien der Agentur für sexuelle Dienstleistungen angefallen wäre.

Gewissenskonflikte

Ich hadere mit mir selbst. Für etwas bezahlt zu werden, was ich nicht geleistet habe, erscheint mir unfair. Aber ich brauche das Geld, weil ich noch immer keinen *normalen* Job gefunden habe. Käuflicher Sex ist nach wie vor ausgeschlossen für mich. Bleibt nur die Lösung, Johanna Engel kein weiteres Mal zu treffen. Denn so oder so werde ich an die Grenzen meines Gewissens stoßen. Entweder sie bezahlt mich für etwas, was ich nicht tun werde, oder ich muss es tun, und das will ich nicht.

Ich mag Sex. Das ist es nicht. Es war schön mit Daniela, Nicki und Denise, den einzigen drei Frauen, mit denen ich bisher geschlafen habe. Es war schön, weil ich in sie verliebt war und sie berühren wollte. Aber ich war noch nie der Typ, der auf Partys mal mit dieser, mal mit jener herummacht und vielleicht gar noch mit nach Hause verschwindet. Sex ohne Liebe geht für mich nicht. Und deshalb werde ich mit Johanna Engel nicht schlafen.

Ich bin noch immer hin- und hergerissen zwischen meinen finanziellen Bedürfnissen und meiner emotionalen Ablehnung gegenüber dem, was von mir erwartet wird, als mich Natascha ein paar Tage später über den Wunsch von Johanna Engel informiert, mich abends zu treffen.

Eigentlich hatte ich gehofft, dass sie mich nicht mehr sehen will. Unsere Gespräche waren so mühsam und ich viel zu verkrampft, um freundlich zu sein. Aber anscheinend hat sie das anders empfunden.

Als ich zusage, bin ich voll der guten Vorsätze. Ich versuche die Sache so pragmatisch wie möglich zu sehen: Johanna Engel ist höflich, freundlich und großzügig. Es ist mehr als nur fair, wenn sie für ihr Geld zumindest einen netten, unterhaltsamen Abend bekommt.

Ehe ich zu unserem Treffpunkt fahre, mache ich daher noch einen Abstecher ins Internet-Café und überfliege die aktuelle Tagespresse online. Aufmunitioniert mit potenziellem Gesprächsstoff, erreiche ich pünktlich und diesmal auch ohne Schweißflecken unter den Achseln das Hotel, in das sie mich für heute bestellt hat.

Das *Le Méridien* ist das volle Kontrastprogramm zu unserem ersten Treffpunkt: modernes Design, klare Linien, harmonisch-dezente Farben und ein Mobiliar, das schon fast an die Einrichtung eines Büros erinnert.

»Und? Gefällt dir das besser?«, fragt Johanna sogleich, nachdem ich zur Begrüßung zwei von ihr inszenierte Wangenküsse erwidert habe.

»Hier fühle ich mich zumindest nicht wie Sissi«, sage ich und bringe sie damit zu meinem Erstaunen zum Lachen. Sie sieht plötzlich kaum älter aus als ich selbst.

»Kaiserin Elisabeth war doch eine faszinierende Frau«, stellt sie in den Raum. »Kulturell und politisch interessiert, gebildet – und ausgesprochen gutaussehend.«

Ich nehme dadurch unweigerlich zur Kenntnis, was ihr an Frauen gefällt, und streiche mich selbst von der imaginären Liste jener Frauenbekanntschaften, die für Johanna Engel potenziell interessant wären. Ich sehe nett aus, aber nicht blendend, und was den Rest betrifft – nun ja. Gleichzeitig wirft mich der Name Elisabeth aus der Bahn. Elisabeth, so hieß meine Schwester, und immer, wenn der Name fällt, denke ich automatisch an sie.

Stumm nehme ich Johanna Engel gegenüber Platz. Diesmal sitzen wir im Innenraum. Draußen ist es bewölkt und nicht besonders warm. Johanna trägt ein dunkelblaues Jackett, ich ein flaschengrünes Langarmkleid, das ich an mir hasse. Problem: Ich habe derzeit so gut wie keine Alternative.

Das Hotelrestaurant bietet ein ungewöhnliches Bestellprozedere: Von sechzehn Gerichten aus aller Welt können wir zu einem Pauschalpreis beliebig viele auswählen, und das in selbstbestimmter Reihenfolge. Zum Bestellen müssen wir lediglich einen Zettel mit der entsprechenden Nummer in eine große gläserne Vase auf unserem Tisch werfen, und Minuten später steht das Gericht vor uns. Johanna Engel startet mit einer Wan Tan-Suppe, ich wähle ein Thunfisch-Carpaccio. Die Portionen sind sehr klein und lassen Raum für mehr.

Wie bei unserem ersten Treffen, gibt es auch diesmal wieder eine Flasche Wein. Wie mir nach einiger Zeit auffällt, trinke ich davon mehr als Johanna, die noch immer am ersten Glas nippt. Diesmal finden wir leichter Gesprächsthemen. Möglicherweise hat Johanna dieselben Meldungen gelesen wie ich? Womöglich hat sie sich ebenfalls vorbereitet, frage ich mich kurz, verwerfe den Gedanken aber wieder. Sicher ist ihre Allgemeinbildung von Haus aus besser und sie verfolgt täglich die Nachrichten.

Ich bin davon überzeugt, dass sie irgendetwas studiert hat, wage aber nicht zu fragen. Es ist mir kaum vorstellbar, dass sie private Fragen schätzt. Jedenfalls nicht von mir, die nur dazu da ist, ihr einen schönen Abend zu machen.

Immerhin habe ich diesmal das Gefühl, dass mir das ganz gut gelingt.

Johanna lässt mich von ihren bestellten Speisen probieren, ich sie von den meinen. Fast ist es so, als würden zwei Freundinnen essen gehen.

Erst als sie die Rechnung verlangt, nimmt wieder diese Beklommenheit neben mir Platz.

Auch diesmal will ich nicht mit auf ihr Zimmer, doch als sie mich darum bittet, sie zu begleiten, leiste ich keinen Widerstand. Ich reiche ihr die Krücke. Gemeinsam gehen wir zum Lift.

Auch das Zimmer sieht fast aus wie ein modernes Büro. Das grelle Licht der Deckenleuchte lässt mich blinzeln. Es gibt kein Sofa, nur einen Arbeitsstuhl und einen Schreibtisch.

»Magst du auf dem Bett Platz nehmen?«

Johannas vorsichtige Aussage klingt wie eine Frage, doch ich weiß, dass es eine Aufforderung ist. Der ungewohnte Alkohol benebelt meine Sinne. Das Zimmer dreht sich leicht. Dankbar, festen Untergrund in erreichbarer Nähe zu haben, lasse ich mich auf die Tagesdecke sinken und strecke mich aus. Dass Johanna Engel es mir nur zögernd gleichtut, nehme ich kaum wahr.

Ihr knielanger Rock rutscht nach oben, als sie sich zu mir legt. Sofort zupft sie ihn in seine korrekte Position zurück.

Ich starre an die Zimmerdecke. Das Zimmer dreht sich wieder. Mir ist ein bisschen übel, vermutlich habe ich nicht nur zu viel getrunken, sondern auch zu viel gegessen.

Es erscheint mir mit einem Mal vollkommen aberwitzig, neben dieser im Grunde gut aussehenden, höflichen Frau zu liegen und dafür bezahlt zu werden.

Schon fühle ich ihre Hand auf meinem Arm. Diesmal trennt uns dünner Stoff. Sie streichelt mich, ohne etwas zu sagen, und ich starre hinauf zur Zimmerdecke, weil mir die Situation peinlich ist.

»Hat es dir heute gefallen?«, höre ich sie sagen. Ihre Stimme klingt etwas belegt, aber vielleicht bilde ich mir das nur ein.

»Das Essen war köstlich«, sage ich. »Danke.«

»Nichts zu danken.«

Dafür, dass sie nun zart über meine Wange streichelt, ist unser Dialog reichlich formell. Plötzlich setzt sie sich auf, zieht ihren Blazer aus und dämmt das Licht.

Okay. Da ist er also, der Moment, den ich gefürchtet hatte.

Ich bin froh, dass ich so viel Wein getrunken habe, auch wenn mir davon ein bisschen übel ist. Mein Verstand hat schon besser funktioniert, trotzdem ist er noch in der Lage, die Fakten gegeneinander abzuwägen: Johanna Engel ist gepflegt, attraktiv und bisher freundlich. Die Wahrscheinlichkeit, dass sie sich beim ersten Körperkontakt in eine wilde Furie verwandelt, die mir Böses will, ist eher gering. Und: Sie bezahlt letztendlich dafür, dass du genau das tust, was sie nun von dir erwartet.

Und du hast in den Job eingewilligt, Paulina.

Es ist, als würde sich Jacqueline ungebeten in meinen inneren Dialog einschalten.

Ich versetze mir einen Ruck. Ich muss ja nicht alles geben. Eine Kompromisslösung, sage ich mir.

Unentschlossen beuge ich mich über sie, streichle ihr Gesicht, ihre nackten Arme. Sie liegt ganz still da und schließt die Augen. Vermutlich will sie in dieser Situation so wenig Blickkontakt mit mir wie ich mit ihr.

Ihre Haut ist sanft und glatt. Mein Herz hämmert noch immer wie wild in meinem Brustkorb. Dennoch, bisher ist es nicht schlimm. Aber bisher ist auch noch wenig geschehen.

Mein Finger zeichnet Johanna Engels Profil nach, fährt über ihre trockenen Lippen. An ihrem Kehlkopf sehe ich, dass sie schluckt.

Dann drücke ich ihr einen leichten Kuss auf die Lippen.

Sie öffnet kurz die Augen, schließt sie aber sogleich wieder.

Ich denke flüchtig an *Pretty Woman*, den Film, aus dem ich gelernt habe, dass Prostituierte nicht küssen. Wenn schon. Erstens, ich bin keine Prostituierte, sondern eine *Begleitung*. Zweitens, wenn ich schon nicht mit ihr schlafen werde – irgendetwas muss ich ihr wohl bieten für ihr Geld?

Ich presse meine Lippen erneut auf die ihren, stoße mit meiner Zunge leicht dagegen. Es dauert etwas, bis sie ihre Lippen für mich öffnet. Zu Beginn ist sie sehr passiv. Je länger ich mit dem Küssen fortfahre, desto mehr erwidert sie meine Küsse. Ich stelle dabei fest, dass sie leider keine besonders gute Küsserin ist: Irgendwie scheint sie nicht wirklich zu wissen, wohin mit ihrer Zunge.

Egal. Es geht hier schließlich nicht um mich.

Entgegen meiner sonstigen Natur habe ich vollkommen die Regie übernommen. Meine Hand sucht nach den Knöpfen an ihrer Bluse, um sogleich festzustellen, dass es komplizierte Häkchen sind. Wider Erwarten gelingt es mir schneller als befürchtet, sie zu lösen.

Mein Vorhaben, ihre Brüste zu streicheln, scheitert an ihrem Dessous. Johanna trägt ein eng anliegendes, schmuckloses Mieder in beige, dessen Verschluss eindeutig auf der Rückseite sitzen muss. Mein spontaner Gedanke ist: Wie kann sie mit diesem Ding überhaupt noch atmen?

Da von ihr keine Bestrebungen kommen, es abzulegen, lasse auch ich es sein. Ich küsse weiter, meine Hand gleitet ziellos über ihren Bauch. Der Stoff des bis zum Bauchnabel reichenden Korsetts ist so dick und starr, dass mir klar wird: Diese Frau kann hier gar nichts fühlen.

Tastend schiebe ich meine Hand unter ihren Rock. An ihren Schenkeln fühle ich nackte Haut. Zumindest trägt sie keine Seidenstrümpfe. Ich streichle sie sanft an der Innenseite der Oberschenkel, knapp über dem Knie, sie liegt einfach nur da und bewegt sich nicht. Lediglich ein kurzes, unterdrücktes Stöhnen gibt mir zu erkennen, dass sie mein Tun genießt.

Irgendwann rutscht meine Hand ganz von selbst nach oben und zwischen ihre Beine.

Gleichmäßig bewege ich meine Hand auf und ab. Der Stoff ihrer Unterhose trennt uns voneinander. Ich habe nicht vor, das zu ändern. Es ist wie ein Schutz, der mich vor zu viel Intimität bewahrt. Je länger ich über den Stoff reibe, desto stärker wird die Hitze, die ihr Körper ausstrahlt. Ich selbst schwitze unter meinem Kleid, doch nichts liegt mir ferner, als es auszuziehen.

Johanna liegt noch immer wie festgenagelt auf dem Bett. Ihr Atem geht schnell. Sie beginnt zu stöhnen, als ich meine Hand schneller bewege.

Der Stoff reibt an ihrer empfindlichsten Stelle. Ihr Slip ist inzwischen feucht. Ich will das Ganze zu einem Ende bringen.

Verstärke meine Bemühungen, höre, wie sie nach Luft schnappt. Dann bäumt sich ihr Körper kurz auf, ehe er in sich zusammenfällt.

Im selben Moment gewinnt meine Übelkeit die Oberhand. Ich springe auf und stürze ins Badezimmer. In letzter Sekunde erreiche ich die Kloschüssel.

Mit brennender Kehle und roten Augen stehe ich schließlich vor dem beleuchteten Toilettenspiegel. Für die Frau, die mir mit verwischtem Make-up entgegenblickt, empfinde ich in diesem Moment nur Unverständnis und leichte Abscheu.

Nun bin ich wirklich mit auf ein Hotelzimmer gegangen, um es einer fremden Frau zu besorgen – so, wie ich es nie hatte tun wollen! Es kommt mir vor, als hätte ich jegliche Selbstachtung verloren.

Ich spüle mir den Mund aus, fahre mir mit den Fingern durchs Haar. Meinen ganzen Mut zusammennehmend, verlasse ich das Badezimmer. Mir ist vollkommen klar, dass meine Würgegeräusche nicht zu überhören waren.

Johanna sitzt auf der Bettkante, mit zugeknöpfter Bluse und glatt gestrichenem Rock, die Hände ineinander verknotet.

Sie sucht meinen Blick, doch ich weiche ihm aus.

»Es … es ist nicht wegen dir … Der Alkohol … ich bin es nicht gewohnt.«

Meine Stimme ist dünn.

Johanna sagt nichts. Ich will nur noch weg.

»Ich … ich gehe dann«, sage ich, hoffend, dass sie das Tremolo in meiner Stimme nicht bemerkt.

»Ja. Gut …«

Johanna ist noch dabei, sich zu erheben, doch ich flüchte bereits nach draußen. Als ich die Straßenbahnhaltestelle erreiche, springe ich in die erstbeste Tram, die anhält. So groß ist meine Furcht, eine Frau, die an einer Krücke geht, könnte mich verfolgen und jeden Moment einholen.

Im Haus brennt kein Licht. Oma hat sich schon niedergelegt. Ich bin froh darum. Würde sie mich in meinem derzeitigen Zustand sehen, läge für sie klar auf der Hand, dass etwas passiert ist. Ich will aber nicht, dass sie Fragen stellt oder sich Sorgen um mich macht.

Daher gehe ich auch nicht gleich ins Haus. Ich setze mich in den Garten, die Arme fröstelnd um meinen Oberkörper geschlungen. Die Wolkendecke hat sich inzwischen gelichtet. Der Vollmond taucht meine Tomatenstöcke in fahles Dämmerlicht.

Lisi taucht wie aus dem Nichts auf und setzt sich zu mir auf die Bank. Sie wirkt besorgt. Am liebsten würde ich ihr von allem erzählen, was an diesem Abend passiert ist, doch meine Lippen sind wie zugeknöpft.

Ich beginne zu weinen – um Lisi, die ich nicht mehr in die Arme nehmen kann, und um Johanna Engel, die offenbar dafür zahlen muss, dass es jemand tut. Und dabei an mich geraten ist, die sie zum Höhepunkt bringt und sich danach erbricht.

Ich schäme mich. Ich schäme mich, dass ich meine Prinzipien gebrochen habe und intim mit ihr geworden bin, obwohl ich es für mich ausgeschlossen hatte. Ich schäme mich, dass ich dafür auch noch bezahlt werde. Ich schäme mich, einfach davongestürmt zu sein und Johanna Engel ohne Abschied zurückgelassen zu haben. Ich brauche nicht viel Phantasie, um mir vorzustellen, dass sie mein Verhalten verletzt hat.

Im Nachbargarten löst sich ein Schatten aus der Dunkelheit.

»Paulina. Paulina, nicht weinen.«

Durch die Tränenwand vor meinem Gesicht erkenne ich Oskar. Manchmal kann Oskar nicht schlafen, dann geistert er nachts durch den Garten und sieht Gemüse und Blumen beim Wachsen zu.

Er kommt zum Zaun.

Ich will etwas sagen, doch aus meiner Kehle dringt nur ein bitteres Schluchzen.

Oskar klettert über den Zaun zu mir herüber und breitet

unbeholfen seine Arme aus. Dankbar stürze ich mich hinein und drücke meinen Kopf an seinen wuchtigen Körper.

»Paulina. Nicht weinen«, wiederholt er.

Ich weine weiter. Trotzdem tut mir seine Umarmung gut. Oskar, mein bester Freund, der mir keine Fragen stellt.

*

Das schmutzige Geld füllt erneut mein Konto. Ich kann die erste Mini-Rate für unsere neue Therme davon zahlen. Die Tage kommen und gehen. Ich höre nichts von Jacqueline und folglich nichts von Johanna.

Nachts liege ich lange wach. Immer wieder spiele ich in Gedanken durch, was an jenem Abend passiert ist. Die Wahrheit wird von Mal zu Mal nur erschreckender. Johanna Engel hat nichts getan und nichts verlangt. Alles ging von mir aus, von mir allein. Sie ließ es einfach nur geschehen. Und ich habe sie behandelt, als wäre sie die Prostituierte, nicht ich. Schlimmer noch: wie ein Stück Dreck.

Wir hatten Spaß an diesem Abend. Bis zu dem Zeitpunkt, als wir auf ihr Zimmer gingen.

Hat es dir gefallen?, höre ich sie vorsichtig fragen, und dann mich, ganz sachlich: *Das Essen war köstlich.*

Erst jetzt wird mir bewusst, dass allein meine Antwort schon sehr verletzend gewesen sein muss. Indem ich nur das Essen hervorhob, gab ich ihr indirekt zu verstehen, dass mir ihre Gesellschaft kein Vergnügen bereitete.

Während mich nachts mein schlechtes Gewissen plagt, quält mich tagsüber die Fingernägel-Tussi vom Arbeitsamt. Ich habe das mit den zehn Bewerbungen ein wenig schleifen lassen, weshalb sie mich nun ständig einbestellt und mir wahllos Stellenangebote des Arbeitsmarktservices unter die Nase hält, für die ich teilweise nicht einmal qualifiziert bin. Ihr ist das egal. Für sie geht es darum, ihre Quote an Vermittlungsversuchen zu erfüllen. Wenn es nicht klappt, ist die Arbeitssuchende schuld, nicht sie. Ich bin eben unvermittelbar. Arbeitsunwillig. Ein künftiger Sozialfall.

*

Unser Marillenbaum gehört zu einer spätreifen Sorte. Während die Aprikosen in der Wachau schon längst abgeerntet und auch in den heimischen Supermärkten nur noch als Importe zu finden sind, bekommen unsere erstmals rote Bäckchen. Oskar und ich pflücken täglich Früchte vom Baum und kosten sie, bis wir einstimmig zu dem Ergebnis kommen, dass der richtige Zeitpunkt für die Ernte gekommen ist.

Unter Omas wachsamen Augen und mit Hilfe von Peter, Oskars Vater, holen wir die Marillen vom Baum.

In Omas Küche kochen Oskar und ich gemeinsam Marmelade. Das heißt im Klartext: Ich püriere, zuckere, koche, und Oskar hält das Marmeladenglas, in das ich das heiße Mus anschließend gieße. Wenn er den Deckel daraufschraubt, freut er sich jedes Mal wie ein Schneekönig.

Seine Freude ist ansteckend und lässt mich für ein paar Augenblicke meinen eigenen Kummer vergessen. Dreizehn Tage sind seit meinem Treffen mit Johanna Engel vergangen. Weder Jacqueline noch ihre Schwester haben seither etwas in der Sache hören lassen. Ich bin überzeugt davon, dass es dabei bleiben wird. Schon wieder ein Job, den ich verloren habe, diesmal durch mein eigenes schlechtes Benehmen.

Ich habe die Finger noch voll von Marmelade, als mein Handy klingelt. Erst will ich es ignorieren, dann sehe ich Jacquelines Namen am Display.

»Deine Kundin hat sich wieder gemeldet«, informiert mich Jacqueline. »Kannst du morgen Abend?«

Zum Überlegen bleibt keine Zeit. Die heiße Marmelade brodelt auf dem Ofen, Oskars Blick ruht erwartungsvoll auf mir, und Oma, die nicht registriert hat, dass ich telefoniere, nuschelt irgendetwas im Hintergrund.

»Okay«, sage ich.

Als ich auflege, bin ich noch mehr durcheinander als alle Tage zuvor.

Ein geheimer Garten

Johanna Engel hat mich zu einer Tanzaufführung eingeladen. Die Spielstätten in Wien haben eigentlich Sommerpause, doch das Burgtheater hat seine Räumlichkeiten dem Veranstalter eines Tanzfestivals zur Verfügung gestellt. Ich weiß nicht recht, was ich mir unter *Modernem Ausdruckstanz* vorstellen darf, doch ich bin zunächst einfach nur froh, dass wir uns in einer anderen Szenerie wiedertreffen. Ich brauche kein Abendessen-und-dann-aufs-Zimmer-Déjà-vu.

Es ist heiß an diesem Sommerabend. Als ich gegen 18 Uhr in die Straßenbahn steige, habe ich den Eindruck, eine Sauna zu betreten. Es riecht nach Schweiß, Sonnencreme und billigem Parfum. Auch ich schwitze in meinem dunkelblauen Sommerkleid, jenem Dress, den ich bereits beim ersten Treffen mit Johanna trug. Wie gesagt: Meine Auswahl ist äußerst begrenzt.

Die Hitze macht mir jedoch weniger zu schaffen als die Begegnung an sich. Während der gesamten Fahrt quält mich der Gedanke, was ich denn bloß zu ihr sagen soll. Ich will mich entschuldigen, doch ich bin ratlos, wie ich es am besten formuliere.

Als ich ihr schließlich an den Treppenstufen zum Haupteingang gegenüberstehe, ist meine Kehle trocken und meine Zunge fühlt sich bleiern an. Außer einem unschlüssigen »Hallo« bringe ich kein Wort heraus.

Johanna wirkt nicht anders als bei unseren vorherigen Treffen: höflich, zurückhaltend und elegant. Auf den Wangenkuss verzichten wir diesmal beide, stattdessen reichen wir uns nur die Hand.

Johanna muss noch die Karten abholen. Ich sehe aus einigem Abstand, wie sie mit der Dame hinter der Kasse diskutiert. Als sie zurückkommt, wirkt sie sichtbar angespannt.

»Es gab versehentlich eine Doppelbuchung«, informiert sie mich. »Sie haben uns zur Entschädigung bessere Plätze gegeben, in einer Loge.«

»Aber das ist doch super!«, entfährt es mir. Ich war bisher nur einmal mit der Schule im Burgtheater. Da saß ich in der letzten Reihe Parkett hinter einer Säule.

»Nicht wirklich«, erwidert Johanna und drückt mir die beiden Karten in die Hand. Erst jetzt erfasse ich ihr Problem: Die zugewiesene Loge liegt im zweiten Rang, und bis dort hinauf gibt es keinen Lift.

»Ich schaffe das«, sagt Johanna, als wir im Stiegenhaus stehen. Es ist, als würde sie zu sich selbst sprechen.

»Kann ich ... dir helfen?« Noch immer kostet es mich einige Überwindung, sie zu duzen.

»Natürlich. Du kannst mich auf die Schultern nehmen und tragen.«

Sekundenlang starre ich sie fassungslos an. Erst, als ich ihr Lächeln bemerke, begreife ich, dass sie einen Scherz gemacht hat.

»Bleib hinter mir«, bittet sie mich nun ernst. »Für den Fall, dass ich ausrutsche.«

Wir sind relativ früh dran. Mit qualvoller Langsamkeit steigt Johanna Treppenstufe für Treppenstufe nach oben, den linken Arm an der Brüstung, den rechten an der Krücke. Es ist, als ob das Stiegenhaus niemals enden will.

Als wir unser Stockwerk endlich erreicht haben, erklingt schon der erste Gong. Johanna wirkt völlig erschöpft. Auf ihrer Stirn glänzen Schweißperlen. Auch ich bin verschwitzt.

Johanna will noch auf die Toilette, um sich frisch zu machen, doch dort steht bereits eine Schlange von ungeduldigen Besucherinnen mit voller Blase. Als sie die mürrisch blickende Klofrau bittet, kurz ans Waschbecken zu dürfen, deutet diese ans Ende der Schlange und sagt: »Oder Sie nehmen die Toilette ein Stockwerk tiefer. Da geht es gewöhnlich schneller.«

Abwartend fixiere ich Johanna. Wenn sie der Klofrau in diesem Moment ihre Krücke überzöge – mein vollstes Verständnis wäre ihr sicher. Sie jedoch bedankt sich auch noch höflich für den Hinweis, ehe sie sich wieder zu mir gesellt.

Drinnen im Zuschauerraum kommt es mir noch stickiger vor. Ich verstehe allmählich, weshalb die Wiener Theater eine Sommerpause machen.

Wir nehmen beide Platz. Die Sicht auf die Bühne ist phänomenal. Dass es die Vorführung nicht ist, gestehe ich mir erst nach und nach ein. Der moderne Ausdruckstanz ist für mich eindeutig zu modern. Die Musik hört sich an wie eine Mischung aus Fabrikgeräuschen und Urschreien. Auf der spartanisch wirkenden Bühne zucken schlanke Menschen in hautengen Taucheranzügen unrhythmisch mit den Gliedern. Hin und wieder hüpfen sie auf würfelähnliche Kisten.

Ich blättere im Programmheft. Dort wird mir erklärt, dass dieses Szenario die Einsamkeit des menschlichen Daseins versinnbildlichen will. Ich bin dankbar um die Hilfestellung; von alleine wäre ich wohl nie hinter den Sinn gekommen.

Nach einer halben Stunde Lärm und zunehmender Hitze im Saal habe ich Kopfschmerzen. Mein Blick fällt auf Johanna. Sie hat ihre Augen starr auf die Bühne gerichtet. Dennoch habe ich den Eindruck, dass sie das Geschehen dort gar nicht wahrnimmt. Sie ist ausgesprochen blass, sie schwitzt und presst ihre Lippen zusammen. Es dauert, bis ich begreife: Diese Frau leidet.

Ich denke an ihr dickes Mieder. Wenn mir schon in diesem Kleid heiß ist, wie muss es ihr erst ergehen, sollte sie unter ihrem eleganten schwarzen Oberteil tatsächlich wieder dieses starre Monstrum tragen ... Doch das ist es nicht allein. Sie scheint auch Schmerzen zu haben. Immer wieder reibt sie sich die rechte Schulter.

Erneut flammen Schuldgefühle in mir auf. Jemanden so zu behandeln, wie ich Johanna behandelt habe, ist schon schrecklich genug. Eine Frau so zu behandeln, die es aufgrund ihrer körperlichen Behinderung ohnehin nicht leicht hat, ist absolut letztklassig.

Die Lärmkulisse ist mir inzwischen unerträglich. Kratzende, würgende, quietschende Geräusche dringen auf mich ein. Der Kopfschmerz hämmert gegen meine Schläfen. Sogar die Tänzer scheinen das Ganze kaum mehr zu verkraften. Sie winden sich wie Schlangen am Boden und stoßen dabei Klageschreie aus. Das Programmheft belehrt mich, dass sie damit die Menschwerdung verkörpern, was auch immer darunter zu verstehen ist.

Ich bin froh, als der Pausengong ertönt.

»Es tut mir leid«, sagt Johanna, als wir auf dem breiten Gang stehen. »Ich muss den Abend abbrechen. Du kannst gerne noch bleiben, aber ich möchte jetzt nach Hause. Mir geht es nicht gut.«

Ich glaube ihr aufs Wort. Dennoch spüre ich zu meiner eigenen Verwunderung eine leichte Enttäuschung in mir aufkommen. Dabei tut es mir nicht leid um das grauenhafte Kulturprogramm, sondern ... Ich schlucke trocken, als mir bewusst wird, dass ich gerne noch mehr Zeit mit Johanna verbringen würde. Schließlich habe ich wegen meines Verhaltens letzthin noch immer kein Wort der Entschuldigung über die Lippen gebracht.

»Ich werde auch nicht bleiben«, sage ich.

»Du kannst es dir wirklich noch zu Ende ansehen«, beteuert sie aufrichtig. »Es ist bloß ... ich habe Schmerzen. Es ist nicht wegen dir.«

Sie benutzt im letzten Satz genau die Worte, die ich bei unserem vergangenen Treffen benutzt habe. Ich fühle, dass mir die Röte ins Gesicht steigt. Sind wir jetzt so gut wie quitt? – Aus meiner Sicht sind wir das noch immer nicht.

Der Rückweg nach unten ist für Johanna noch mühsamer als das Hinaufsteigen. Auf der Treppe herrscht reges Treiben. Die meisten wollen schnell nach unten, einige aber auch schon wieder hinauf. Johanna blockiert mit ihrer Krücke und ihrem Klammergriff am Geländer ein Viertel der Treppenbreite. Sie kommt zudem nur langsam voran. Die Leute können wegen des fortgesetzten Gegenstroms schlecht überholen, werden ungeduldig und schimpfen.

»Geht es nicht schneller?«, schimpft ein Rentner. Erst als er die Krücke sieht, entschuldigt er sich. Zumindest das.

Andere sehen ihre Krücke auch, lassen ihrem Unmut aber dennoch freien Lauf.

»Es gibt Rollstuhlfahrer-Plätze im Parterre, können Sie nicht dahin ausweichen, anstatt hier alles zu verstopfen?«

»Meine Freundin sitzt aber nicht im Rollstuhl, machen Sie Ihre Augen auf!«, gifte ich impulsiv zurück. »Etwas Geduld und Rücksicht werden wohl auch Sie aufbringen können!«

Johanna setzt ihren Weg stoisch fort, die Augen konzentriert auf die schmalen Stufen gerichtet.

Als wir endlich im Foyer stehen, habe ich den Eindruck, als würde sie jeden Moment in Ohnmacht fallen. Instinktiv fasse ich ihren freien Arm unter.

»Danke, Paulina, es geht schon«, erwidert sie und macht sich frei. »Ich nehme jetzt ein Taxi.«

Ich habe verstanden. Das Ereignis des vergangenen Abends steht immer noch zwischen uns. Kultur und gepflegte Gespräche ja, aber keine körperlichen Berührungen mehr. Vielleicht wollte Johanna ohnehin nie etwas anderes? Ich könnte jetzt froh sein über die Erkenntnis, fühle mich aber auf seltsame Weise niedergeschlagen.

»Okay, dann ... danke für die Einladung. Gute Besserung.«

Ich strecke ihr zum Abschied die Hand entgegen.

Johanna kramt in ihrer Handtasche. Zu meinem Entsetzen streckt sie mir einen Zwanzig-Euro-Schein hin.

»Für das Taxi. Nimm das Geld und lass dich nach Hause fahren.«

Ich stehe reglos vor ihr. Sie interpretiert mein Verhalten auf ihre Weise.

»Du bekommst selbstverständlich deinen Lohn für den gesamten Abend«, beeilt sie sich zu versichern und bricht damit eine der Goldenen Regeln der Agentur, niemals über das Geld zu sprechen. »Das ist wirklich nur ... zusätzlich, fürs Taxi.«

»Ich fahre mit der Straßenbahn.«

Ich kann nicht verhindern, dass meine Stimme etwas gereizt klingt.

»Na gut. Wenn du meinst.« Unschlüssig lässt sie den Zwanziger wieder in ihrer kleinen Handtasche verschwinden. »Dann also ... schönen Abend noch.«

Sie geht langsam zum Ausgang. Ich sehe noch, wie sie mit der schweren Türe kämpft, dann verschwindet sie aus meinem Blickfeld.

Ich verharre noch immer regungslos inmitten plaudernden, sich amüsierenden Menschen. In meiner Kehle sitzt ein dicker, schwerer Kloß.

Da öffnet sich erneut die Türe vom Foyer und ein Mann mittleren Alters ruft in die versammelte Menschenmenge hinein: »Ein Arzt! Gibt es hier einen Arzt unter Ihnen? – Draußen ist eine Frau gestürzt!«

Ich bin kein Arzt, aber ich renne hinaus. Johanna sitzt auf den Stufen, kalkweiß. Sie wird von einer kleinen Traube umringt. Zwei junge Frauen stehen bei ihr, ein junger Mann im Radfahrertrikot, der offensichtlich zufällig am Theater vorbeigeradelt ist, fühlt ihren Puls.

Ich dränge mich an ihnen vorbei und kauere mich zu ihr.

»Johanna, um Gottes Willen ...!«

»Es ist nichts weiter«, sagt sie leise. »Mir war nur schwindlig.«

»Da haben Sie noch einmal Glück gehabt«, sagt der junge

Radfahrer. »Mit so einem Sturz kann man sich übelste Schädelverletzungen zuziehen!«

»Ich hatte gar nicht vor, zu stürzen«, stellt Johanna klar und lächelt schwach.

Der junge Mann wird rot.

»Entschuldigen Sie. Das war wirklich eine dumme Bemerkung von mir. Wissen Sie, ich bin derzeit Turnusarzt auf der Unfallchirurgie und da sehe ich so schlimme Sachen ... ich wollte nur sagen: Ich bin froh, dass Ihnen nichts passiert ist.«

»Danke«, sagt Johanna.

»Ich bin auch froh«, schließe ich mich an und drücke ihre kalte Hand. »Komm, fahren wir nach Hause.«

Langsam gehen wir zum nahen Taxistand. Ich helfe Johanna beim Einsteigen und rutsche neben sie auf die Rückbank. Erst als ich mich bereits angeschnallt habe, wird mir die prekäre Situation bewusst, in die ich uns damit bringe.

»Entschuldige. Ich ... ich habe nicht nachgedacht ...«

Ich habe den Finger bereits wieder am Verschluss, als Johanna ihre Hand auf die meine legt.

»Es gibt für mich keinen Grund, weshalb du nicht mit mir nach Hause fahren solltest, Paulina.«

Sie nennt dem Taxifahrer eine Adresse im 19. Bezirk. Grinzing. Wo sonst? Wer Geld hat, wohnt in diesem Viertel, das abgesehen von der Innenstadt die teuerste Ecke Wiens ist. In diesem ehemaligen Vorort, der schon vor über hundert Jahren in die Stadt eingegliedert wurde, reihen sich die Schankhäuser – sogenannte Heurige – und Villen aneinander. In den grünen Weinbergen, die das Viertel umgeben, bin ich mit Oma früher regelmäßig spazieren gegangen, als sie dazu körperlich noch in der Lage war.

Das Taxi hält vor einem grünen Doppelflügeltor. Ich lande beim Aussteigen direkt vor einer großen, weißen Mauer. Erst als Johanna die im Tor eingelassene Türe aufsperrt, öffnet sich mir der Blick auf einen kleinen, begrünten Innenhof und ein topsaniertes Winzerhaus im alten Stil. Vorsichtig gehen wir an der Garage vorbei zur Eingangstüre.

Im Inneren riecht es überraschenderweise nach frisch gebackenem Kuchen. Als Johanna das Licht einschaltet, finde ich mich in einem großzügigen, mit Terrakotta verfliesten Vorraum wieder. Die Möbel – ein mit kunstvollen Schnitzereien verzierter Schrank und eine Leiste mit Garderobenhaken neben einem großen Spiegel – sind in bäuerlichem Stil gehalten, hell und unlackiert. Sie sprechen mich sofort an.

»Wenn du durchgehst, kommst du in den Garten.« Johanna weist auf eine bunt verglaste Tür gegenüber. »Mach es dir dort schon einmal gemütlich. Ich werfe kurz noch ein Schmerzmittel ein, dann komme ich mit einer Flasche Wein nach.«

»Ähm ... ich finde die Kombi nicht gerade ideal«, rutscht es mir heraus. Ich spüre, dass ich erröte. »Dir ist doch sowieso schon schwindlig.«

»Der Wein ist für dich.«

»Ich bevorzuge grundsätzlich ... lieber keinen Alkohol.«

»Das sagst du mir jetzt, wo ich dich schon zwei Abende lang damit abgefüllt habe?«

»Ich wollte nur höflich sein.«

»Ach so, du wolltest nur *höflich* sein? – Ich verstehe.«

Sie sieht mich an, ein amüsiertes Lächeln tanzt ihr auf den Lippen. Mir ist klar, welche Szene sie vor Augen hat. Prompt werde ich wieder rot.

»Ich gehe dann mal nach draußen«, beeile ich mich zu sagen.

Johannas sogenannter Garten ist eine riesengroße Terrasse, die von unzähligen kleinen Bäumen, Sträuchern und Blumen in Kisten und bunt lackierten Tontöpfen gesäumt ist. Der Untergrund ist aus Holz, was dem Ort zusätzliche Gemütlichkeit verleiht. Im Schein der Außenbeleuchtung ist das Zentrum der Terrasse nicht zu übersehen: ein türkis schimmernder, von mannshohen Palmen umgebener Whirlpool. Ich tauche meinen Finger ins glasklare Wasser. Es ist angenehm temperiert – nicht zu kalt, nicht zu warm. Lederne Sitzbänke, die den Pool umgeben, verleihen ihm eine edle Note.

Links neben dem Pool, nahe an der mit wildem Wein überrankten Hausmauer, steht eine Garnitur aus edlen Teakholz-Möbeln. Ich nehme Platz und warte auf Johanna, doch bald stehe ich wieder auf und sehe mir ihre Pflanzen an.

Noch viel lieber hätte ich das Innere des Hauses besichtigt, traue mich aber nicht ungebeten hinein. Dass sie mich hierher mitgenommen hat, ist für mich Vertrauensbeweis und Überraschung genug.

Während ich eingehend einen hübschen Feigenbaum betrachte, frage ich mich, womit sie wohl ihr Geld verdient. Was arbeitet sie? Lebt sie immer hier, in diesem romantischen Haus mit Whirlpool? Warum lebt eine so freundliche Person wie sie allein? Oder lebt sie etwa gar nicht allein, sondern betrügt mit mir eine abwesende Freundin oder ihren im Ausland weilenden Ehemann? Fragen über Fragen, von denen ich vermute, dass es meinem derzeitigen Status nicht angemessen ist, ihr auch nur eine davon zu stellen.

»So. Pfefferminzlimonade, selbstgemacht.« Johanna kommt, die Krücke rechts, eine Karaffe mit Wasser und Minze links. »Entschuldige, dass es so lange gedauert hat. Ich war so verschwitzt und musste mich erst frisch machen.«

Tatsächlich trägt sie jetzt eine leggingsähnliche helle Hose und darüber einen weiten Pulli mit Fledermausärmeln. Sie wirkt schon etwas entspannter.

»Kein Problem, ich habe so lange deine Pflanzen betrachtet.«

»Na dann. – Es ist vielleicht schon ein wenig spät für Süßes, aber möchtest du ein Stück Zwetschgenkuchen dazu? Meine Haushälterin hat ihn vorhin gebacken.«

Mein freudiger Blick gibt ihr die Antwort. Tatsächlich habe ich an diesem Tag noch nicht viel gegessen.

»Ich muss noch die Gläser holen«, sagt sie. »Wenn du mitkommst, kannst du den Kuchen gleich mitnehmen.«

Ich folge ihr ins Haus. Die Küche ist weiß, geräumig und blitzsauber. Mit der vollgestopften Küche in Omas Haus, auf deren wenigen Arbeitsflächen sich Öl- und Essigflaschen, Sojasoße und anderer Klimbim nebeneinander reiht, hat sie nichts gemein. Hier hat alles seine Ordnung.

Johanna schneidet mir ein Stück Mürbeteigkuchen mit Zwetschgenfüllung ab und reicht mir den Teller.

»Du selbst magst nichts?«, frage ich sie.

»Im Moment nicht. Mir ist noch immer nicht so ganz wohl.«

»Vielleicht solltest du dich doch besser hinlegen«, meine ich besorgt. Erst als ich den Satz zu Ende gesprochen habe, wird mir die Doppeldeutigkeit bewusst. Ich beiße mir auf die Zunge.

Johanna übergeht meine Bemerkung.

»Komm mit in den Garten.«

Draußen auf dem Tisch steht eine kleine Laterne mit Kerze. Sie zündet sie an. Ich trinke Limonade und esse Kuchen. Meine Lebensgeister kehren allmählich wieder zurück.

»Jetzt wissen wir zumindest, dass *Moderner Ausdruckstanz* nichts für uns ist«, ergreift Johanna das Wort. »Dem Burgtheater können wir ja noch mal eine Chance geben, wenn irgendein Klassiker gespielt wird.«

Mal sehen, ob sie mich im Herbst noch treffen will.

»Wusstest du nichts Näheres über diese Tanzaufführung?«

»Nein, natürlich nicht. Sonst hätte ich dich wohl kaum hingeschleppt, oder? So sadistisch bin ich dann doch wieder nicht.«

»Wir haben den tieferen Sinn bloß nicht verstanden.« Ich hole das Programmheft aus meiner Handtasche und lese ihr zwei erklärende Absätze vor. Wie beabsichtigt, bringe ich sie damit zum Schmunzeln.

»Verstehe«, sagt sie. »Wir sind also Kulturbanausinnen.«

Ihre Stimme trieft vor Ironie.

»Du musst dir vorstellen: Für den Begleitlärm werden Profimusiker eingesetzt«, bemerke ich. »Das Geld hätten sich die Produzenten echt sparen können. Meine Oma hätte das mit ihren gusseisernen alten Töpfen genauso hingekriegt. Und dieses schrille Pfeifen – unser Gasherd macht genau denselben Ton, wenn man ihn aufdreht.«

Upps. Schon wieder gebe ich ihr private Informationen. Das war eigentlich nicht meine Absicht.

Zum Glück geht Johanna nicht darauf ein.

»Also, du hast meine Pflanzen betrachtet«, greift sie ein neues Thema auf. »Und? Was sagst du dazu?«

»Die Palmen gedeihen hervorragend, die Blumenarrangements sind wunderschön. Aber dein Olivenbaum hat die weiße Fliege und bräuchte dringend einen Zuschnitt.«

»Dann muss ich wohl den Gärtner anrufen. Ich habe mich schon gewundert, warum sich diese vielen kleinen Insekten dort ansammeln und die Blätter so gelblich werden.«

»Dazu brauchst du keinen Gärtner. Umtopfen und Seifenlauge. Und was das Schneiden angeht: Da kann man nicht so viel falsch machen.«

»Ich habe leider keinen grünen Daumen.«

»Ich kann das machen, das geht ganz schnell und einfach.« Erschrocken über meine eigenen Worte, halte ich mir die Hand vor den Mund. »Entschuldige«, beeile ich mich zu sagen. »Es geht mich nichts an. Ich wollte mich nicht aufdrängen.«

»Das tust du nicht. Es würde mich freuen, wenn du mir hilfst. – Komm doch morgen Nachmittag vorbei, wenn du Zeit hast.«

Was klingt wie eine Verabredung zwischen Freundinnen, ist ein klarer Regelbruch.

»Wir dürfen uns nicht privat verabreden«, rufe ich ihr in Erinnerung. »Die Agentur …«

»Oh, die Agentur!« Johannas Stimme klingt erneut ironisch. »Steht da tatsächlich irgendwo, dass wir uns nicht verabreden dürfen, um gemeinsam Pflanzen umzutopfen? – Das habe ich wohl ganz übersehen!«

»Es ist … wohl allgemeiner formuliert.«

»Ehrlich gesagt, die Agentur ist mir herzlich egal.« Als sie meinen angespannten Gesichtsausdruck bemerkt, fügt sie ernst hinzu: »Ich möchte aber natürlich nicht, dass du Probleme bekommst.«

Ich atme tief durch.

»Natascha muss ja nichts davon wissen«, murmle ich.

»Das ist ein extrem guter Ansatz.« Johanna lächelt mich an und schenkt mir Limonade nach. Ich merke, wie meine Befangenheit ihr gegenüber zu Staub zerfällt. Einen Augenblick lang wünsche ich mir nichts mehr, als dass wir uns einfach in einem Café kennengelernt hätten, ohne Jacqueline, ohne die Agentur, ohne das Geld, das sie für jedes Treffen zahlt.

*

Als mir Johanna am nächsten Nachmittag das Eingangstor öffnet und wir uns im Innenhof ihres Hauses gegenüberstehen, steht ihr die Überraschung angesichts meines Aufzugs ins Gesicht geschrieben.

»Ziehst du dich zur Gartenarbeit immer so elegant an, oder ist dieses Sommerkleid exklusiv für unsere Treffen reserviert?«

Ich bringe ein mickriges Lächeln zu Stande, obwohl mir zum Weinen zu Mute ist. Hätte ich ihre Handynummer gehabt – ich hätte unseren Termin ganz sicher abgesagt. Meine Stimmung ist im Keller.

»Meine anderen Klamotten habe ich dabei«, sage ich und deute auf die Tasche, die ich in der Hand trage. »Ich … ich hatte ein Vorstellungsgespräch. Der Arbeitsmarktservice hat mich dorthin geschickt.«

Sie runzelt die Stirn.

»Du hast doch einen Job.«

»Wenn du diesen Agenturjob meinst – das läuft nebenher.

Ich meine … ich kann das dem AMS nicht sagen. Es geht mir um die Sozialversicherung. Über die Agentur bin ich nicht einmal krankenversichert, und mich selbst zu versichern ist kaum finanzierbar.«

Eigentlich will ich vor Johanna meine finanzielle Lage nicht ausbreiten. Ich bin froh, dass sie nicht näher darauf eingeht, sondern mich stattdessen hereinbittet.

Minuten später lerne ich ein weiteres Zimmer ihres Hauses kennen: Das Bad ist so geräumig wie die Küche, mit Eckbadewanne, Dusche und Bidet. Ich staune über den Fußboden, der mit Kacheln ausgelegt ist, die wie Holzplanken aussehen.

In knappen Shorts und Trägertop betrete ich den Garten. Auf dem Tisch steht eine Karaffe mit Limonade und ein Stück Kuchen bereit.

»Du brauchst sicher ein bisschen Stärkung, ehe du beginnst«, lächelt Johanna mir einladend zu.

Während ich begierig das erste Glas Limonade leere, toben die Erinnerungen an das zurückliegende Vorstellungsgespräch in mir. Es war demütigend, wie bisher die meisten Bewerbungsgespräche in meinem Leben.

Matura erst mit einundzwanzig? Wieso denn das? Ach so, Ihre Eltern sind gestorben, aha. Und danach sind Sie eine Weile nicht in die Schule gegangen? Ach ja, Sie haben auch eine Klasse wiederholt, soso. Aber immer noch keine abgeschlossene Ausbildung? Das MS Office-Paket haben Sie sich selbst beigebracht? Aber kein Zertifikat? Und AHS-Matura? Hmm. Tut uns leid, ich fürchte, wir müssen Ihnen gleich absagen.

»Paulina, ist alles okay?« Johanna reißt mich aus meinen trübsinnigen Gedanken. »Du bist so schweigsam.«

Bin ich das nicht meistens in ihrer Anwesenheit?

Ich denke an den Vorabend. Nein. Da hat es mit der Kommunikation sehr gut funktioniert. Vermutlich schulde ich ihr wirklich eine Erklärung.

»Der AMS hat mich einfach so zu diesem Vorstellungsgespräch geschickt, und es war total sinnlos. Ich war einerseits nicht richtig dafür qualifiziert, auf der anderen Seite haben sie mir Qualifikationen, die ich habe, quasi abgesprochen.«

»Was für eine Stelle war das?«

»Assistentin der Debitorenbuchhaltung bei einem schmierigen Sicherheitsunternehmen in Wien-Ottakring. Ich weiß nicht einmal, was Debitorenbuchhaltung ist, und das habe ich auch meiner AMS-Betreuerin gesagt. Das war der aber total egal. – Es tut mir leid, ich will dich nicht mit diesen Sachen nerven, das soll nicht dein Problem sein.«

Johanna wirkt nachdenklich.

»Weißt du zumindest jetzt, was Debitorenbuchhaltung ist?«, fragt sie.

»Nein.«

»Es geht dabei um offene Forderungen – also offene Rechnungen. Ich bin sicher, dass du dich in einer Assistenzfunktion auf jeden Fall darum hättest kümmern können.«

Vermutlich hat sie recht.

»Im Grunde hätte mir das meine AMS-Betreuerin auch so einfach erklären können«, rutscht es mir heraus.

»Möglicherweise wusste sie es selbst nicht?«

Johanna streicht sich eine Strähne ihres offenen Haares aus dem Gesicht. Ein Schmunzeln setzt sich kurz auf ihre Lippen. Ich hoffe in diesem Augenblick sehr, dass sie mich nicht für völlig dumm hält.

»Ich kümmere mich jetzt um deinen Baum.«

Sicheres Terrain. Der Olivenbaum ist halb so groß wie ich und steckt in einem blau lackierten Tontopf. Vorsichtig hebe ich ihn aus dem Gefäß. Selbst mit bloßem Auge erkenne ich die Fliegenlarven, die sich im Erdreich angesammelt haben.

»Hast du frische Erde?«, wende ich mich an Johanna.

Sie deutet auf ein Gartenhäuschen am anderen Ende der Terrasse.

»Da müsste noch ein ganzer Sack stehen. – Tut mir leid,

wenn ich dir hierbei keine große Hilfe bin. Ich schaffe es leider nicht, den Sack zu holen.«

Natürlich nicht. Wie auch mit Krücke.

»Das ist kein Problem, ich mach das schon. Du kannst dich entspannt in deinen Liegestuhl setzen und mir zuschauen.«

»Kann ich das?« Johanna lächelt mich amüsiert an. Als ich nichts erwidere, lässt sie sich tatsächlich unter dem Sonnenschirm in dem bereitgestellten Stuhl nieder. Sie trägt an diesem Tag Shorts wie ich. Ich muss mich zwingen, nicht auf ihre schlanken Beine zu starren.

Hastig begebe ich mich in Richtung Hütte. Tatsächlich findet sich hier fast alles, was das Hobbygärtner-Herz begehrt: Gartenscheren, Schaufeln, Erde, Töpfe. Sogar frisch verpackte Gartenhandschuhe liegen bereit. Für eine Frau, die ihren Gärtner anruft, um die weiße Fliege auszutreiben, ist sie erstaunlich gut gerüstet.

Bepackt mit dem Sack Erde, gehe ich zurück auf die Terrasse – und erstarre in der Bewegung. Denn auf dem Teakholzstuhl, auf dem ich zuvor bei Limonade und Kuchen saß, sitzt jetzt Lisi und winkt mir zu.

Ich schnappe nach Luft, der Garten dreht sich um mich.

»Was ist, Paulina? Hast du ein Gespenst gesehen?«

Johanna folgt meinem Blick.

Ich ringe mir ein Lächeln ab.

»Nein, alles okay. – Hast du auch Wasser und ein paar alte Zeitungen?«

»Einen Wasserhahn findest du dort hinten, wo die Fliesen sind. – Die Zeitungen hole ich dir gleich.«

Johanna steht auf und geht an ihrer Krücke ins Haus. Mir tut es leid, dass ich sie durch meine Umtopfaktion so beschäftige. Zu gut ist mir ihr Zustand vom Vortag in Erinnerung.

»Was machst du hier?«, fahre ich Lisi an, obwohl ich weiß, dass ich keine Antwort erhalten werde. Es ist das allererste Mal, dass ich Lisi außerhalb von Omas Haus und Garten sehe. Das ist der Grund, weshalb mich ihr Anblick diesmal so aus der Bahn geworfen hat. Warum sehe ich sie ausgerechnet hier, bei Johanna?

Lisi hebt die Schultern und grinst.

Ich denke unwillkürlich an Nicki und wie sie mich für komplett verrückt erklärte, als ich ihr anvertraute, dass ich Lisi sehe. Es war wohl besser, ihre Anwesenheit bei Johanna nicht zu thematisieren.

Ich beschließe, Lisi zu ignorieren, was nicht einfach ist. Was auch immer ihr Ziel ist, sie treibt es in der nächsten Stunde bunt: Sie wühlt im Erdreich, bespritzt mich mit Wasser und pustet mir die Schaumkronen der angerührten Seifenlauge, meines Weiße-Fliege-Bekämpfungsmittels, ins Gesicht. Meine Schwester ist so guter Laune wie schon lange nicht mehr, und ich bin es plötzlich auch. Es ist schön in diesem Garten, mit Lisi, die Unfug macht, und Johanna, die still im Liegestuhl sitzt und mir zusieht.

Als es geschafft ist, kehre ich die letzten Krümel des alten Erdreiches sorgfältig zusammen und kippe sie zu der larvenverseuchten Erde in den bereitgestellten Sack.

»Voilá, dein Olivenbaum. Im Moment fliegenfrei, frisch gebettet und zurechtgestutzt.«

Ich deute auf den umgetopften, von den befallenen Blättern und Schädlingen befreiten Baum.

»Das ist wunderbar!« Johannas Augen leuchten. Sie scheint sich wirklich zu freuen. »Ich danke dir. Auf die Idee mit der Seifenlauge wäre ich nie gekommen. Ich dachte, das geht nur mit der Chemiekeule.«

»Die Seifenlauge ist ein Geheimtipp meines Vaters. Bevor er zu etwas Stärkeren griff, hat er es immer erst so versucht.«

Ich beiße mir erneut auf die Lippen, doch es bleibt keine Zeit, diese neue private Information, die mir da entschlüpft ist, zu bereuen. Denn was Johanna darauf erwidert, bringt mein Herz fast zum Stillstand.

»Als Gärtner wird er diesbezüglich sicher einige Finessen auf Lager gehabt haben.«

Ich starre sie an. Meine Augen werden zu schmalen Schlitzen.

Lisi steht hinter Johannas Liegestuhl und macht eine wegwerfende Handbewegung. Egal? Nein. Egal ist mir das keineswegs.

»Woher weißt du, dass mein Vater Gärtner war?«

Johanna blinzelt. Einen Moment lang sieht sie verwirrt aus.

»Das war geraten«, sagt sie dann langsam. »Liege ich etwa richtig?«

Ich nicke stumm.

Abends, als ich längst zu Hause bei Oma bin und Lisi übermütig wie nie zuvor in unserer Küche herumtanzt, denke ich nochmals über Johannas Aussage nach. Es war nicht nur der Gärtner, der mich stutzen ließ. Es war die Tatsache, dass sie von ihm in der Vergangenheit sprach: *Als Gärtner ... gehabt haben.* So, als wüsste sie ganz genau, dass mein Vater tot ist.

Erst in den frühen Morgenstunden finde ich Schlaf. Als ich am späteren Vormittag aufwache und nochmals über unser Gespräch nachdenke, schwindet meine Skepsis allmählich wieder. Hatte ich Johanna gegenüber nicht längst erzählt, dass ich bei meiner Großmutter wohne, im Zusammenhang mit dem Gasherd und den Töpfen? Meine Eltern hatte ich dagegen nie erwähnt. Folgerichtig kombinierte Johanna sehr wahrscheinlich, dass meine Eltern nicht mehr am Leben sind. Ja. Das muss es wohl gewesen sein.

Trotzdem gebe ich den Namen Johanna Engel in Google ein, als ich das nächste Mal im Internetcafé sitze, um online nach Jobinseraten zu suchen. Es gibt so einige Johanna Engels, aber keine, deren Profil auf diejenige passt, die ich kenne. Ich gebe auf. Möglicherweise hat sie mir ohnehin nicht ihren echten Namen genannt.

Vertrauen

Nach insgesamt sechs Treffen mit Johanna kann sich mein Kontostand durchaus sehen lassen. Ich zahle die zweite Rate der Therme zurück und habe immer noch genug, um für Oma und mich am Naschmarkt eine frische Lachsforelle zu kaufen. Unsere Fischrationen zuvor erstreckten sich auf Tiefgefrorenes vom Discounter.

Ich bereite die Forelle mit frischen Kräutern aus dem Garten und Kartoffeln als Beilage zu. Meine Großmutter freut sich. Für sie ist es ein Festessen. Für mich im Prinzip auch, aber durch die phantastischen Restaurants, in die mich Johanna ausführt, bin ich inzwischen ein bisschen verwöhnt.

»Du bist wieder fröhlicher geworden«, stellt Oma fest, als das letzte Stück Forelle in ihrem Mund verschwunden ist. »Das gefällt mir.«

Ich lächle. Oma hat Recht. Die Traurigkeit ist schon lange nicht mehr über mich gekommen. Ich vermisse sie nicht. Sogar die dumme Tussi vom Arbeitsmarktservice ist leichter zu ertragen, seit ich Johanna von ihr erzählt habe.

Das Einzige, was mir im Magen liegt, ist die Marken- und Urheberrecht-Klausur Mitte September, aber bis dahin werden noch dreieinhalb Wochen vergehen. Ich brüte täglich ein bis zwei Stunden über meinem Skript. Momentan kann ich mich viel besser auf den Stoff konzentrieren als bisher, was mich zuversichtlich macht.

Ich freue mich auf die Treffen mit Johanna, auch wenn ein

Rest Skepsis immer mit von der Partie ist. Je öfter ich sie treffe, desto flüssiger laufen unsere Gespräche, desto mehr Themen finden wir, desto lockerer und entspannter bin ich in ihrer Gegenwart. Der Gedanke, dass sie für das Zusammensein mit mir Geld zahlt, behagt mir jedoch immer weniger.

Fast ist es so, als träfe ich eine Freundin. Fast. Denn Johanna wäre in diesem Fall eine Freundin, über die ich nichts weiß. Bis auf ihr Schlafzimmer und den Dachstuhl kenne ich inzwischen ihr gesamtes Haus, doch ich habe immer noch das Gefühl, sie nicht wirklich zu kennen. Auch wenn sich im Haus kein Hinweis auf eine weitere Person findet, vermag ich immer noch nicht mit hundertprozentiger Zuverlässigkeit zu sagen, dass sie dort wirklich alleine wohnt.

Ich weiß auch nicht, ob sie immer in diesem Haus wohnt oder ob sie noch andere Wohnungen hat. Ich habe keine Ahnung, was sie arbeitet und womit sie ihre Zeit verbringt. Richtig – bisher habe ich noch nie konkret danach gefragt. Irgendetwas an ihrer Haltung sagt mir, dass ich darauf keine Antworten bekommen würde. Auf diese Weise wird mir immer wieder vor Augen geführt, dass Johanna eben doch keine Freundin ist, sondern eine zahlende Kundin, der ich die Zeit versüße.

Johanna will keinen Sex. Sie hat das nicht konkret gesagt, doch seit diesem einen Mal, das ich am liebsten aus meiner Erinnerung streichen würde, aber nicht vergessen kann, hat sie mich kein einziges Mal mehr berührt. Sogar die Wangenküsse zur Begrüßung lässt sie weg.

Ich mache keine Versuche, dies zu ändern. Aber mitunter ertappe ich mich selbst dabei, wie ich auf ihre Lippen schaue und mich an das Gefühl erinnere, wie sie die meinen berührten. Damals war mir das nicht unbedingt angenehm. Heute würde ich es mir gelegentlich wünschen. Beispielsweise dann, wenn wir uns im Garten gegenübersitzen und gemeinsam über etwas lachen. Oder bei meinem jüngsten Besuch, als wir auf dem Sofa lümmelten und uns eine flache US-amerikanische Komödie auf

DVD reinzogen. Bei der Bettszene der beiden Hauptpersonen hatte ich plötzlich den Wunsch, mich an sie zu kuscheln und sie in meine Arme zu ziehen.

Ich weiß, so etwas darf ich nicht denken, nicht einmal fühlen. Johanna ist eine Kundin. Zwar eine, die ich schon einmal zum Höhepunkt gebracht habe, aber eben eine Kundin. Und ihr Wunsch ist nun einmal das A und O. Was ich fühle, spielt keine Rolle. Es ist ein Job. Ein Job. Ein Job. Ein Job.

*

Als ich Jacquelines Namen am Display meines Handys sehe, befällt mich eine unangenehme Vorahnung. Ich bin am Abend mit Johanna zum Kinobesuch verabredet, wir wollen uns eine französische Komödie ansehen, von der wir beide nicht sicher sind, ob sie uns gefallen wird. Weder Johanna noch ich haben jemals bewusst einen französischen Film im Kino gesehen.

»Deine Kundin hat den Kinobesuch verschoben«, teilt mir Jacqueline mit, und mein Magen zieht sich schmerzhaft zusammen. Der Film ist mir herzlich egal, aber ich habe Johanna eine ganze Woche lang nicht gesehen.

»Sie bittet dich stattdessen, zu ihr nach Hause zu kommen. Sie sagt, du kennst die Adresse; du warst schon einmal dort.«

Ich atme auf. Jacqueline am anderen Ende der Leitung macht eine tragende Pause, ehe sie loswird, worüber sie mich unbedingt noch belehren muss.

»Paulina, ich muss dir wohl nicht in Erinnerung rufen, dass du das laut unseren Regeln gar nicht darfst? Hausbesuche bei den Kunden sind ausdrücklich tabu! – Ist dir klar, was in so einem Privathaus alles passieren kann? In einem Hotelzimmer ist die Chance, dass dich jemand hört, wenn du schreist, wesentlich höher! In einem Privathaus können die Kunden mit dir machen, was sie wollen! – Erst neulich habe ich in der Zeitung über ein französisches Escort Girl gelesen, dass in einem Pariser Vorort von einem ihrer Kunden sechs Monate lang im Keller eingesperrt und tagtäglich vergewaltigt wurde!«

Ich stelle mir Johanna vor, wie sie mich mit ihrer Krücke in den Keller bugsiert – hat sie überhaupt einen? –, um tagtäglich gegen meinen Willen Sex mit mir zu haben. Fast muss ich lachen.

»Jacqueline, bleib am Boden«, erwidere ich. »Ich weiß, was ich tue. Außerdem, wir sprechen von einer Frau, und noch dazu von einer, die ich inzwischen mehrmals getroffen habe. Gewalttätige Anwandlungen habe ich nun wirklich keine bei ihr bemerkt!«

»Noch nicht«, kommentiert Jacqueline. »Am Anfang sind sie ja immer höflich, oder nicht? – Dieses französische Escort Girl jedenfalls …«

»Es reicht«, fahre ich ihr ins Wort. »Danke für die Info, ich werde dort sein.«

*

Die Frau, die mir an diesem Abend die Tür öffnet, ist etwas füllig und trägt eine weiße Küchenschürze. Anhand ihrer Gesichtszüge und der grauen Strähnen, die ihr braunes, lockiges Haar durchziehen, schätze ich sie zwischen fünfzig und sechzig. Ich kann mir denken, wer es ist: Magda, Johannas Haushälterin. Johanna hat schon ein paar Mal ihren Namen erwähnt.

Sie begrüßt mich freundlich und bittet mich ins Haus. Ich bin überrascht, dass Johanna anscheinend keine Probleme damit hat, dass wir uns begegnen. Sie kann ihr unmöglich die Wahrheit erzählt haben: dass die junge Frau, die zu Besuch kommt, dafür bezahlt wird. Vermutlich hat sie gar nichts gesagt. Es wird wohl schlicht nicht notwendig sein, seinen Hausangestellten Erklärungen abzugeben.

»Sie ist im Schlafzimmer«, sagt Magda. »Den Gang entlang, die letzte Tür hinten links.«

Sie selbst biegt in die Küche ab. Mein Zögern bemerkt sie nicht. Ich weiß auch so, wo das Schlafzimmer liegt, weil es der einzige Raum ist, in dem ich noch niemals war. Dass mich Johanna ausgerechnet dorthin bestellt, und dies in Anwesenheit ihrer Haushälterin, verunsichert mich.

Ich atme tief durch, als ich die Klinke herunterdrücke. Unwillkürlich denke ich in diesem Moment an Jacquelines Geschichte von dem französischen Escort Girl. Was wird mich erwarten? Kundschaft in Lack und Leder, mit einer Peitsche und Handschellen?

Johanna liegt in einem Bett mit kunstvoll geschmiedetem gusseisernen Rahmen und weißer Bettwäsche, und soweit ich es erkennen kann, trägt sie keinen Catsuit aus Lack. Rechts neben ihrem Nachtkästchen lehnt keine Peitsche, sondern ihre Krücke.

»Paulina«, sagt sie. Sie hebt den Kopf und klopft mit der Hand auf die Bettkante. Angesichts ihres Gesichtsausdrucks habe ich den Eindruck, die Bewegung kostet sie unendlich viel Mühe. »Danke, dass du gekommen bist.«

Ich setze mich zu ihr und lasse meine Augen durch das Zimmer wandern. Außer dem gusseisernen Doppelbett mit nur geschätzten 140 Zentimetern Breite gibt es einen großen weißen Schrank, ein Bücherregal und einen dazu passenden Schminktisch mit Spiegel. Es wirkt alles sehr aufgeräumt – kein Vergleich zu meinem eigenen Zimmer, in dem sich manches Mal die in der Bibliothek entliehenen Bücher, meine Skripte und gewaschene Wäsche stapeln. Abgesehen von zwei Bildern hat das Zimmer auf den ersten Blick so wenig eine persönliche Note wie das gesamte Haus.

Ich betrachte die Bilder aus der Ferne. Die Stilrichtung mag Expressionismus sein, wenn ich mich recht an das erinnere, was ich vor langer Zeit im Kunsterziehungsunterricht gelernt habe. Eines zeigt eine Landschaft mit Weinbergen, das andere zu meiner Überraschung Johannas Haus, von der Gartenseite aus betrachtet. Kennt sie den Maler oder hat sie ihn zu sich bestellt, um ihr Haus zu malen?

»Tut mir leid wegen des Kinobesuches«, reißt mich Johannas Stimme aus meinen Gedanken. »Wir können das ein anderes Mal nachholen. Es ist nur so ... ich habe heute eine ziemliche Schmerzattacke und liege schon den ganzen Tag im Bett. Ich dachte noch, es wird gegen Abend vorbei sein, aber leider fühle ich mich nur geringfügig besser. Daher war es mir lieber, wenn du hierher kommst.«

Unwillkürlich erinnere ich mich an den Tag, an dem wir gemeinsam im Burgtheater saßen. Auch da plagten Johanna Schmerzen.

»Du hättest mir absagen können«, sage ich. »Wenn es dir nicht gut geht ...«

»Nein, ich wollte dich sehen.«

Ich dich auch, liegt mir auf den Lippen, doch ich lächle nur.

Es klopft an der Tür, die Haushälterin steckt den Kopf herein.

»Frau Engel, das Essen wäre jetzt fertig ...«

Johanna richtet sich vollständig auf.

»Danke, Magda. Sie können jetzt Feierabend machen. – Du kannst gerne schon vorausgehen«, wendet sie sich an mich, als die Tür wieder geschlossen ist. »Ich bin heute noch langsamer.«

Entschlossen schüttele ich den Kopf.

»Ich warte auf dich.«

Bereitwillig mache ich ihr Platz, damit sie aufstehen kann.

Johanna bleibt liegen.

Trotz des dämmrigen Lichts sehe ich, wie sich Verlegenheit in ihren Gesichtszügen breitmacht.

»Es wäre mir wirklich sehr recht, wenn du schon einmal ins Esszimmer gehst ... ich muss mich erst anziehen.«

Einen Moment lang starre ich sie an. Erst jetzt sehe ich ihre nackten Schultern unter den schmalen Trägern. Viel scheint sie tatsächlich nicht am Körper zu haben.

»Oh! Entschuldige.«

Irritiert verlasse ich das Zimmer. Womöglich denkt sie, ich habe bleiben und ihr zusehen wollen? Ich muss mich erst daran gewöhnen, dass jemand einen gemeinten Imperativ in verdrehte Höflichkeiten packt. Geh bitte schon vor ins Esszimmer, damit ich mich anziehen kann – das wäre ein Satz gewesen, bei dem es nichts misszuverstehen gibt.

Magda hat den Esstisch bereits gedeckt. Im Ofen finde ich eine Platte mit zerteiltem Brathuhn und Kartoffeln. Ich stelle beides neben die Salatschüssel auf den Tisch.

In Leggins und jenem weiten Pulli, den ich bereits an ihr kenne, betritt Johanna wenig später das Zimmer. Als sie sich auf einem der Stühle niederlässt, verzieht sie schmerzhaft das Gesicht.

»Ist es dein Fuß?«, frage ich besorgt. Es ist das erste Mal, dass ich ihre Behinderung thematisiere, und aus ihrem zunächst erschrockenen Gesichtsausdruck leite ich ab, dass ich es hätte lassen sollen. Ich will mich gerade entschuldigen, als Johanna zu meinem Erstaunen antwortet: »Nein, es ist der Rücken, besonders mein Nacken. Im Fuß spüre ich nichts. Aber durch die Krücke und die einseitige Belastung ist über Jahre eine Fehlhaltung entstanden, die starke Muskelverspannungen erzeugt, und das tut phasenweise ziemlich weh.«

Ich teile das Essen aus und nehme ihr gegenüber Platz.

»Einige Jahre lang war der Schmerz so stark, dass ich oft wochenlang kaum aufstehen konnte und wollte«, fährt Johanna fort. »Seit ich regelmäßig Physiotherapie mache und ein Stützkorsett trage, ist es aber insgesamt viel besser geworden.«

Stützkorsett. Ich erinnere mich an das dicke, starre Mieder.

»Dieses Korsett muss die Hölle sein«, sage ich. »Besonders im Sommer …«

»Es ist unangenehm, aber glaube mir: Die ständigen Nacken- und Rückenschmerzen sind weitaus unerträglicher. Im Übrigen, wenn es mir gelingt, die Muskulatur so weit aufzubauen, dass sie meine Wirbelsäule von alleine gut stützt, ist das Korsett irgendwann vielleicht Geschichte.«

Ermutigt durch ihre Offenheit, gehe ich einen Schritt weiter.

»Und das mit dem Bein …? Hattest du einen Unfall?«

»Ich hatte Polio – Kinderlähmung.«

Mir fällt fast die Gabel aus der Hand. Kam das heute nicht nur noch in Entwicklungsländern vor?

»Aber … ich dachte … dagegen gibt es eine Impfung? Bist du als Kind nicht geimpft worden?«

»Doch, genau das war ja das Problem. Als ich klein war, gab es Schluckimpfungen mit Lebendimpfstoff. Heute wird nur noch ein Totimpfstoff gespritzt, weil sich herausgestellt hat, dass der Lebendimpfstoff in einigen Fällen selbst Polio auslöste. Ich war leider einer dieser Fälle.«

Ihre Stimme klingt völlig neutral. Vielleicht ist es gerade diese Emotionslosigkeit, die mich besonders berührt. Ich denke an die Einschränkungen, mit denen sie zeitlebens umgehen muss, und an die Schmerzen, die sie in Folge auszuhalten hat. Verstohlen wische ich mir Tränen aus den Augenwinkeln.

»Das tut mir so leid für dich«, sage ich leise.

»Man kann Schicksalsschläge nicht immer abwenden.« Johanna sieht mich ernst an. Ihre blauen Augen haben eine Intensität, die mir in diesem Moment fast Gänsehaut bereitet. »Aber man kann beeinflussen, wie man mit ihnen umgeht. Wenn man im Leid versinkt, ist es nicht nur ein tragischer Schicksalsschlag, sondern wird zur lebenslänglichen Tragödie.«

Ich denke an meine Eltern und Lisi und ihren sinnlosen Tod. Schweigend leere ich meinen Teller. Wenn meine Eltern noch gelebt hätten, wäre ich mit achtzehn und einem guten Matura von der Schule abgegangen. Gewiss würde ich jetzt studieren, vielleicht Publizistik, Kunstgeschichte, Medizin, was auch immer. Vielleicht hätte ich auch schon meinen Abschluss und einen richtigen Beruf. Ich würde mit Lisi in einer WG wohnen und wir hätten viele Freunde, mit denen wir abends unbeschwert Party machen.

Nach dem Essen begleite ich Johanna auf deren Wunsch hin wieder ins Schlafzimmer. Ich drehe mich höflich weg, während sie sich ihres Pullis und der Leggins entledigt und unter die Decke rutscht. Dann nehme ich wieder auf der Bettkante Platz.

Wir unterhalten uns über den Film, der uns an diesem Abend entgangen ist, und die Rezensionen, die wir beide inzwischen unabhängig voneinander darüber gelesen haben. Ich rede und lache, während mich innerlich Johannas Worte nicht loslassen.

Je häufiger sie mir durch den Kopf wandern, desto bewusster wird mir, dass ich all die vergangenen Jahre genau das getan habe, was Johanna verurteilt hat: im Leid zu versinken. Durch meine Passivität und raumgreifende Trauer habe ich einen schlimmen Schicksalsschlag zur Tragödie meines ganzen Lebens gemacht, habe Chancen auf eine Ausbildung verstreichen lassen und mich in Träumereien geflüchtet, anstatt die Zügel in die Hand zu nehmen.

Als ich mich an diesem Abend verabschiede, habe ich das Gefühl, Johanna persönlich sehr viel näher gekommen zu sein. Ich fühle mich nicht bezahlt, sondern beschenkt: Johanna schenkte mir ihr Vertrauen, in dem sie mir so offen über ihre Behinderung und ihren Umgang damit erzählt hat.

Ein neuer Job

»Suchst du noch immer einen Job?«, erkundigt sich Johanna vier Tage später, als wir uns in einem kroatischen Restaurant in der Innenstadt zum Abendessen treffen. Ihre Schmerzen sind wieder abgeklungen; sie wirkt an diesem Abend locker und entspannt. »Ich bin da auf etwas gestoßen; ich finde, du solltest dich unbedingt bewerben.«

Ehe ich protestieren kann, schiebt sie mir ein Inserat über den Tisch, ausgedruckt aus dem Internet. Eine Marketing-Assistenz wird gesucht. Neugierig überfliege ich das Profil. Die Aufgaben scheinen machbar: Unterstützung bei der Erstellung von Presse- und Werbeunterlagen, Mithilfe bei der Organisation von Großveranstaltungen. Als Qualifikationen werden Matura, Grundkenntnisse in Marketing und Werbung, soziale Kompetenz und Engagement erwartet. Der Job ist für fünfzehn Stunden ausgeschrieben und bietet die ersehnte Sozialversicherung. Der Arbeitgeber ist irgendeine Organisation mit Sitz in Wien-Heiligenstadt, einem Stadtteil, nicht weit von Johannas Haus entfernt.

»Sie nehmen mich nicht«, sage ich zu Johanna und reiche ihr das Inserat zurück. »Trotzdem, danke.«

Im Grunde ist es mir eher unangenehm, dass sie sich über meine Arbeitslosigkeit den Kopf zerbricht. Es ist absolut nicht ihre Sache.

»Bewirb dich doch erst einmal, ehe du gleich die Flinte ins Korn wirfst.« Johanna gibt mir den Ausdruck zurück. »Paulina! Dieser Job ist doch perfekt für dich.«

Fast zu perfekt. Ich sehe sie prüfend an.

»Wo hast du dieses Inserat her?«

»Aus einem Newsletter, den ich von einer Stiftung erhalte, die ich unterstütze. Die Stiftung greift Eltern körperlich behinderter Kinder unter die Arme, damit sie ihren Söhnen und Töchtern zusätzliche Therapien ermöglichen können.«

»Zahlt das nicht sowieso die Krankenkasse?«

»Nicht alles. Shiatsu, Hippotherapie, Schwimmen mit Delfinen – das sind Maßnahmen, die meist nicht von der Kasse gezahlt werden, und die wenigsten können sich das privat leisten. Den Kindern bringt es aber sehr viel.«

Johanna kennt sich da eindeutig aus. Die Tatsache, dass sie diese Organisation unterstützt, bereitet mir im Zusammenhang mit dem Inserat allerdings Unbehagen.

»Johanna ... ich ...«, beginne ich zaghaft. Sie scheint meine Gedanken zu erraten.

»Dieser Job hat nichts mit dem zu tun, den du für die Agentur ausführst«, sagt sie leise. »Egal, ob du weiterhin Kontakt mit mir hast oder nicht – solltest du die Arbeit bekommen, wirst du sie behalten, solange du damit zufrieden bist, unabhängig von mir. Ich gebe dieser Organisation Geld. Das ist alles. Ich gehe dort weder ein und aus noch bin ich in irgendeiner Form deine Chefin. – Bitte, bewirb dich! Nimm dir nicht selbst eine Chance aufgrund irgendwelcher Bedenken, die wirklich unnötig sind.«

Ich erinnere mich an Johannas Worte von der lebenslänglichen Tragödie und an meine Vorsätze, die ich an jenem Abend gefasst habe. Das ist der Grund, weshalb ich mich am nächsten Tag bewerbe. Als sie sich bereits zwei Stunden nach Absenden der Online-Bewerbung bei mir melden und mich zum Bewerbungsgespräch bitten, falle ich fast um vor Schreck.

*

Das Logo der Organisation ist passend, denn sie nennt sich »Kleine Pinguine«. In jedem der drei großen Zimmer auf der Beletage eines dekorativen Altbaus, in dem die Büroräumlichkeiten untergebracht sind, finden sich Bilder von Pinguinen an der Wand. Ich finde das witzig. Auf den ersten Blick kommt es mir so vor, als wäre ich bei einer Tierschutzorganisation gelandet, nicht bei einer Art Kinderhilfswerk.

Dass die Bedürfnisse von behinderten Kindern in jeder Hinsicht im Vordergrund stehen und wie wichtig es ist, betroffenen Eltern finanziell und mit sozialen und psychologischen Unterstützungsangeboten zur Seite zu stehen, wird mir im Laufe des Vorstellungsgesprächs immer bewusster. Klar wird mir aber auch: Hier geht es um »Unterstützung für aktive Kinder«, wie der Zusatz lautet, nicht um bedauernswerte Geschöpfe.

Das Gespräch hat nichts mit jenen Verhören zu tun, die ich bisher kennengelernt habe. Herr Frank, der Leiter, trägt zwar einen grauen Anzug zu grauem Haar, was ihn steif und spießig wirken lässt; doch ich werde eines Besseren belehrt. Er gibt sich unkompliziert und locker, und wenn er davon spricht, was die *Kleinen Pinguine* im vergangenen Jahr in die Wege geleitet hat, leuchten seine Augen. Er stellt mir keine Fragen zu Stärken oder Schwächen, sucht nicht in meinem Lebenslauf eifrig nach Ungereimtheiten, sondern fragt mich nach meinen Interessen und Hobbys. Das Gespräch endet tatsächlich damit, dass ich ihm Tipps für seine Balkonpflanzen gebe.

Roland und Rafaela sind die anderen zwei fixen Mitarbeiter. Roland ist um die dreißig, trägt löcherige Jeans und Birkenstocksandalen; Rafaela schätze ich etwas jünger. Sie versorgen mich während des Gesprächs großzügig mit Orangensaft und Keksen und erläutern ihre Aufgaben. Während Roland sich großteils um die Überprüfung und Genehmigung von Förderanträgen sowie um die Buchhaltung kümmert, ist Rafaela vorrangig für Marketing und Werbung zuständig. Ich soll ihr zuarbeiten.

Herr Frank ist auch der Boss über die Finanzen und sucht permanent nach neuen Sponsoren. Ich erfahre, dass die Stiftung hauptsächlich durch das Vermögen eines ehemaligen niederösterreichischen Waffelfabrikanten getragen wird, zu einem kleineren Teil aber auch von Spenden profitiert. Die Waffelfabrik kenne ich dem Namen nach; sie lag nicht weit von meinem früheren Wohnort entfernt, an der Grenze zu Oberösterreich. Lange Zeit bot sie Arbeitsplätze für die ganze Region, ehe sie mit einen internationalen Konzern verschmolzen wurde.

»Unsere Spender versorgen wir regelmäßig mit Informationen über das, was wir für die Kinder tun, damit sie auch wissen, dass ihr Geld gut eingesetzt wird«, informiert mich Rafaela, und ich erinnere mich an den Newsletter, in dem Johanna auch das Jobinserat gefunden hat.

Die Bezahlung ist nicht üppig, aber völlig okay. Nach zwei Stunden habe ich den Eindruck, über die Organisation und die Tätigkeit alles zu wissen. Für mich sind jedenfalls keine Fragen mehr offen – außer jener, ob sie sich wohl für jeden Bewerber so viel Zeit nehmen. Doch die behalte ich für mich. Ich kann mir vorstellen, dass sich auf diesen Job hundert Leute bewerben, von denen neunundneunzig mehr zu bieten haben als ich, fühle mich aber trotzdem gut. Die nette Behandlung hat mein Selbstbewusstsein gestärkt.

Ich rechne mit dem üblichen »Wir werden uns bei Ihnen melden«-Satz, doch stattdessen sagt Herr Frank: »Wie sieht es bei Ihnen nächsten Montag aus?«

Gibt es eine zweite Runde, und ich bin dabei? Es ist das erste Mal, dass ich in die engere Wahl gezogen werde. Mein Herz rast vor Aufregung.

»Gut eigentlich. Ich habe im Moment noch Semesterferien, da bin ich flexibel.«

»Wunderbar, dann kommen Sie doch gleich um neun Uhr. Und bringen Sie Ihre Sozialversicherungsnummer, Meldezettel und eine Kopie Ihres Ausweises mit.«

Perplex starre ich ihn an.

»Sie haben den Job, Paulina«, hilft er mir auf die Sprünge. Ich stoße einen überraschten Schrei aus, der mir sogleich peinlich ist, aber meine künftigen Kollegen lachen nur herzhaft.

*

Oma freut sich genauso wie ich, als ich ihr von dem Job erzähle. Ihre Wunde am Bein ist wieder offen, es schmerzt und ist entzündet. Trotzdem klagt sie nicht, sondern strahlt vor Freude.

Johanna und meine Oma sind viel stärker als ich! Sie haben aus den Schicksalsschlägen ihres Lebens keine Tragödien gemacht.

Draußen auf der Bank vor unserem Haus sitzt Lisi. Oskar steht am Zaun und winkt mir zu. Ungeachtet seiner Anwesenheit erzähle ich Lisi von meinem neuen Job. Oskar stört sich nicht daran. Er weiß, dass ich mit meiner Schwester rede, und findet das im Gegensatz zu allen anderen Menschen kein bisschen seltsam.

»Hallo, Lisi«, ruft er sogar noch über den Zaun, obgleich ich weiß, dass er sie nicht sieht. »Wie geht es dir?«

Er bekommt genauso wenig eine Antwort wie ich. Was Oskar nicht kümmert, nervt mich an diesem Tag umso mehr. Ich will mich gemeinsam mit jemandem über meinen Erfolg freuen, im Detail von meinem Bewerbungsgespräch erzählen, die leichten Ängste diskutieren, die mich plagen: Werde ich den Erwartungen meines künftigen Arbeitgebers wirklich gerecht? – Aber Lisi sitzt nur da und lächelt, und ich sehe an ihrem Gesicht, dass sie überhaupt nicht begreift, was es heißt, kleine Werbetexte zu schreiben oder mit einem Grafikprogramm Broschüren zu designen. Lisi hat nur Ahnung von Mathe-Hausaufgaben und Deutschaufsätzen, während sie wahrscheinlich noch von James träumt, dem Austauschschüler aus Brighton, der ihr im Frühling vor ihrem Tod den Kopf verdreht hat.

Ich wünsche mir in dieser Minute nichts mehr, als dass Johanna bei mir wäre. Oder ich sie zumindest anrufen könnte. Ich würde ihr so gerne von allem erzählen.

Doch abgesehen davon, dass meine Vernunft mir sagt, dass dies nicht angebracht ist, habe ich nicht einmal ihre Telefonnummer.

*

Nach meinem ersten Arbeitstag, von dem sie natürlich noch nichts wissen kann, will mich Johanna sehen. Nur zu gerne willige ich in den Termin ein. Ich bin ganz aufgekratzt von all dem, was ich an diesem Tag schon selbstständig erledigen durfte. Besonders leicht fällt mir zu meiner Überraschung der Umgang mit dem Grafikprogramm. Es ist nicht dasselbe, das ich im ersten Semester meines Lehrgangs kennengelernt habe, funktioniert aber so ähnlich. Nach ein paar Erläuterungen von Rafaela hatte ich keine Probleme mehr, die ersten Texte und Fotos im neu geplanten Prospekt zu platzieren.

Ich treffe Johanna bei ihr zu Hause und bin damit sehr zufrieden. Ich bin noch immer so aufgeregt, dass ich nicht glaube, ein paar Stunden stillsitzen in einem feinen Restaurant aushalten zu können. Obendrein ist es ein warmer Sommernachmittag und die Aussicht, ihn in Johannas schönem Garten zu verbringen, ist mehr als nur reizvoll.

Johanna öffnet mir die Türe in einem Aufzug, in dem ich sie noch nie zuvor gesehen habe: Sie trägt ein luftiges, hellgrün gemustertes Strandkleid und dazu einen Strohhut. Unter ihrem Kleid erkenne ich einen weißen Badeanzug. Sie wirkt überrascht, als sie mich sieht, und ich weiß sofort, woran es liegt.

»Entschuldige, ich bin eine dreiviertel Stunde zu früh … Ich wollte nicht mehr nach Hause fahren … ich kann auch draußen warten, wenn ich dich störe.«

»Komm ruhig rein. Wir gehen in den Garten.« Johanna schiebt mich mit ihrer freien linken Hand ins Hausinnere, während sie mir auf ihrer Krücke folgt. Ich trete durch den Hausflur hinaus ins Freie. Als ich das Handtuch auf dem Liegestuhl sehe und die aufgeschlagene Zeitschrift daneben, wird mir klar, dass ich sie beim Sonnenbaden gestört habe.

»Du wirst nicht glauben, was passiert ist«, platzt es aufgeregt aus mir heraus. »Ich hatte heute meinen ersten Arbeitstag – bei der Organisation, auf deren Job-Inserat du mich aufmerksam gemacht hast! Und es war wunderbar!«

Johannas blaue Augen beginnen zu leuchten, als hätte jemand dahinter ein Licht eingeschaltet.

»Paulina, das ist wirklich wunderbar!« Sie kommt zu mir und drückt meine Hand. »Ich freue mich so für dich!«

Die Spätnachmittagssonne scheint noch immer auf die Terrasse, als ich mich ihr gegenüber auf einen der Teakholzstühle setze. In meiner langen Leinenhose und der kurzärmligen Bluse, die ich für das Büro angemessen hielt, wird mir schnell heiß. Ich krempele die Hosenbeine hoch. Johanna sieht mir dabei zu.

»Vielleicht magst du sie ausziehen?«, schlägt sie vor.

Irritiert blinzle ich sie an. Hat sie das wirklich gesagt?

Nichts an ihrer Miene verrät mir, dass sie irgendwelche anderen Gedanken hegt als den, als mich vor einem Hitzeschock zu bewahren. Vor ihren Augen entledige ich mich meiner Hose und Sandalen.

»Lass uns auf deinen neuen Job anstoßen – ausnahmsweise mit einem Glas Sekt, vielleicht?«

Ich nicke stumm. Die Bluse, die Oma versehentlich zu heiß gewaschen hat, reicht mir knapp bis unter den Bauchnabel. In Kombination mit der Leinenhose fällt dies nicht auf, doch jetzt eröffnet ihre Kürze Johanna einen direkten Blick auf meinen lila gepunkteten Slip. Es ist mir ungeheuer peinlich, ausgerechnet in einer meiner hässlichsten Unterwäschen vor ihr zu stehen.

Ich bin froh, dass Johanna sich abwendet und ins Haus verschwindet. Auf der Suche nach Erfrischung gehe ich zum Whirlpool und halte meine Hand ins Wasser. Die Temperatur ist angenehm kühl. Der Gedanke, in diesem Pool abzutauchen, hat etwas äußerst Reizvolles. Plötzlich landen Tropfen auf mir.

Jemand bespritzt mich mit Wasser. Es ist Lisi, die plötzlich wieder auf dem Beckenrand sitzt und mich frech angrinst. An ihre Anwesenheit in Johannas Haus und Garten habe ich mich noch immer nicht gewöhnt. Warum sehe ich sie ausgerechnet bei Johanna?

Ich möchte gar nicht, dass sie hier ist. Ich möchte mit Johanna alleine sein.

Der Sekt, mit dem meine Gastgeberin zurückkommt, ist eisgekühlt. Ich frage mich einen Augenblick lang, ob sie immer eine Flasche im Kühlschrank bereithält, für besondere Gelegenheiten.

»Auf den neuen Job, Paulina. Nochmals herzlichen Glückwunsch!«

Johanna reicht mir das Sektglas, wir stoßen an. Der Sekt schmeckt wider Erwarten süß und perlt auf meiner Zunge. Ich trinke gleich einen weiteren Schluck. Dabei sehe ich in Johannas wunderschöne Augen, die noch immer voller Freude auf mich gerichtet sind.

Ich kann nicht anders. Sämtliche Vorbehalte sind in diesem Moment vergessen. Ich will sie küssen ... und ich tue es auch. Mein Arm liegt um ihren Hals, als ich sie zu mir ziehe, und ich küsse sie auf den Mund. Ihre Brüste liegen an meinem Oberkörper. Noch nie zuvor habe ich mich ihr so nahe gefühlt.

Das Klirren von Glas auf Holz lässt uns auseinanderfahren. Johannas Sektglas, Sekunden zuvor noch in ihrer Hand, liegt zerbrochen am Boden. Sie bückt sich nach den Scherben, will sie mit bloßer Hand aufheben. Dabei fällt ihr die Krücke aus der

Hand und landet mit lautem Krachen ebenfalls auf dem Boden. Johanna taumelt. Mit einem schnellen Schritt bin ich bei ihr, umschlinge ihre Taille und lasse sie sanft in den Liegestuhl gleiten.

»Ich … kümmere mich um die Scherben.«

Hastig flüchte ich in die Küche. Mein Herz klopft heftig.

Das war wieder einmal eine astreine Grenzüberschreitung, Paulina!

Zumindest macht sich Lisi, die auf einem Küchenschemel sitzt, nützlich und deutet mir mit einer Handbewegung, wo ich Kehrschaufel und Besen finde. Sie scheint sich hier auszukennen.

Ich kehre die Scherben auf, wage Johanna aber nicht anzusehen.

»War es wieder der Alkohol?«, höre ich sie plötzlich mit brüchiger Stimme fragen.

Ich richte mich auf.

»Nein. Diesmal nicht. – Es war …«

… der Augenblick. Deine Augen. Du.

Worte, die in meinem Herzen bleiben müssen.

Es ist ein Job. Ein Job. Ein Job.

»Es tut mir leid«, sage ich also. »Ich wollte dich nicht … Ich meine, ich weiß, du willst es nicht … ich … bitte entschuldige.«

Mein Gestammel hört sich sogar in meinen Ohren furchtbar an. Ich flüchte mich in die Küche und entsorge die Scherben im Müllkorb. Der Tag hat so gut begonnen, ich habe alles verdorben. Wieder einmal würde ich am liebsten ohne Abschied durch die Haustür verschwinden.

Als ich zurückkomme, sitzt Johanna noch immer bewegungslos im Liegestuhl. Ich lege die Krücke neben sie auf den Boden und will hinüber zur Sitzgarnitur gehen, als ich ihre Hand auf meinem nackten Knie spüre. Ich bleibe stehen.

»Wann genau habe ich gesagt, dass ich nicht geküsst werden will?«

Langsam drehe ich mich zu ihr um. Ihre Augen sind auf mich gerichtet. Die Freude ist aus ihnen verschwunden. Sie wirkt komplett verunsichert.

Betroffen kauere ich mich zu ihr neben den Liegestuhl.

»Seit … diesem Abend hast du«, ich schlucke, »hast du mich nicht mehr berührt. Du gibst mir nicht einmal mehr Wangenküsse zur Begrüßung. Also denke ich, du willst es nicht.«

»Ich wollte dich nicht belästigen«, erwidert sie leise. »Ich will nicht, dass unsere Treffen für dich unangenehm sind. Ich will nicht, dass du etwas tust, das für dich mit Ekel verbunden ist. Ich erwarte nichts, und ich will nichts von dir verlangen.«

Sie sieht an mir vorbei zum Whirlpool. Ich folge ihrem Blick. Am Beckenrand sitzt wieder Lisi. Sie sieht etwas betreten aus.

Ich blinzle verwirrt, schüttle den Kopf.

Zögerlich wende ich mich wieder Johanna zu. Wenn mir etwas unangenehm ist, dann dieses Gespräch, aber es ist unvermeidbar.

»Ich freue mich auf unsere Treffen«, stelle ich klar. »Dich zu küssen hat für mich nichts mit Ekel zu tun, Johanna. Das ist absurd. Und du hast alles Recht der Welt, für das viele Geld, dass du für unser Zusammensein zahlst, auch etwas zu verlangen.«

»Mit dir Zeit zu verbringen ist für mich genug …«

Sie hat ihre Hände ineinander geschlungen und starrt weiterhin auf den Whirlpool. Das Ende ihres Satzes hängt unausgesprochen in der Luft.

»Aber?«, hake ich vorsichtig nach.

»Aber … wenn du mich küssen willst, hätte ich nichts dagegen.«

Lisi

Ich beuge mich über den Liegestuhl und küsse Johannas Mund. Diesmal öffnet sie ihre Lippen. Als sich unsere Zungen berühren, entschlüpft mir ein leises Seufzen. Es kostet mich nicht die geringste Überwindung, mich ganz auf diese Küsse einzulassen. Ich will es, und ich hoffe in diesem Augenblick sehr, dass sie es genauso genießen kann wie ich.

Ihre Küsse sind diesmal ruhiger und intensiver als damals. Die Fahrigkeit, die Hast und die Oberflächlichkeit gehören anscheinend der Vergangenheit an. Letztendlich bin es dennoch ich, die unser Küssen unterbricht und sich aufrichtet.

Johanna sieht mich fragend an.

Ich reibe mir meinen Rücken.

»Diese Stellung über dem Stuhl ... ist auf Dauer nicht sehr angenehm.«

»Oh.«

»Möchtest du ...«, ich schlucke. Ich bin nicht gut darin, so etwas zu formulieren. »Willst du ins Schlafzimmer wechseln?«

Ihre Augenlider flackern.

Sie setzt sich auf, greift nach ihrer Krücke. »Ich werde Sushi bestellen.«

Ah ja? – Bemüht, mir meine Verwirrung nicht anmerken zu lassen, erwidere ich ein lang gedehntes »Okay«.

Während Johanna im Haus verschwindet, setze ich mich zu meiner Schwester an den Rand des Whirlpools.

»Verstehst du das?«, frage ich Lisi. Zu meiner Überraschung

nickt sie mit dem Kopf. Eine Erklärung bekomme ich natürlich nicht. Wie immer. »Weißt du, Miss Superschlau«, brumme ich sie an, »wenn du schon so kryptische Andeutungen machst, wäre es auch angebracht, sie mir näher zu erläutern.«

Lisi kommentiert meinen Ausbruch mit einem stillen Grinsen.

Während Johanna und ich wenig später das gelieferte Sushi essen, werde ich endlich meinen Bericht vom ersten Arbeitstag los. Johanna zeigt lebhafte Anteilnahme, stellt Fragen, hört mir zu. Ich bin sehr erleichtert, dass unsere Küsse dieses Mal keine Auswirkungen auf unser sonstiges Miteinander haben – und erstaunt, als wir uns beim Verabschieden erneut küssend in den Armen liegen.

*

In letzter Zeit fühle ich mich wie in einem Rauschzustand. Was mir vor zwei Monaten noch so trüb und aussichtslos erschien, ist jetzt voller Sonne und Hoffnung. Die Marken- und Urheberrechts-Klausur habe ich bestanden. Ich war nicht brillant, aber bestanden ist bestanden. Mein Job bei den *Pinguinen* macht mir Spaß. Ich lerne fast jedes Mal, wenn ich dort bin, etwas Neues. Rafaela und Roland sind nicht nur wahnsinnig nette, hilfsbereite Kollegen, sondern auch auf dem besten Weg, meine Freunde zu werden. Vor ein paar Tagen waren wir gemeinsam beim Heurigen: Rafaela und ihr Freund Stefan, Roland und seine Freundin Jasmin. Ich hätte mich dabei wie das berühmte fünfte Rad am Wagen fühlen können, doch ich tat es nicht, sondern fühlte mich einfach nur wohl. Oskar mag ich nach wie vor. Aber die Gespräche mit Rafaela, Roland und ihren Partnern erfüllen mich einfach mehr als der Dialog mit ihm.

Dafür habe ich ein schlechtes Gewissen, weil ich nun so oft

abends nicht zu Hause bin und Oma allein lasse. Oma sieht das pragmatischer als ich.

»Du bist lange genug bei mir daheim herumgesessen«, sagt sie. »Du musst endlich auch wieder leben!«

Täglich pendle ich zwischen dem Institut – das letzte Semester meines Lehrgangs hat begonnen –, dem Büro, Omas Haus und Johanna. Ich sehe sie inzwischen zwei Mal die Woche, meistens am Dienstag und am Freitag. Zwischen uns hat sich nichts geändert. Wir küssen uns. Mehr nicht. Johanna ist inzwischen eine brillante Küsserin geworden. Wohin das führen soll – ich weiß es nicht. Es liegt an Johanna, die nächsten Schritte zu setzen, sollte sie das überhaupt wollen.

Ein Teil von mir ist frustriert. Manchmal bin ich heiß vor ungestilltem Verlangen, wenn wir uns im Vorraum ihres Hauses voneinander trennen. Ich habe in diesen Augenblicken Zweifel, dass sie dasselbe empfindet wie ich. Würde sie solch ein Feuer auch in sich fühlen – ließe sie mich dann gehen?

Ein anderer Teil von mir ist erleichtert. Ich will nicht für Geld mit Johanna schlafen. Ich bin keine Prostituierte, und ich tue mich schon schwer genug damit, dass sie dafür zahlt, mit mir Zeit zu verbringen.

In Gedanken schmiede ich einen Plan, was mein Zusammensein mit Johanna betrifft: Wenn ich die Therme vollständig abbezahlt habe, werde ich der Agentur Adieu sagen. Von da ab will ich Johanna privat treffen – ohne schmutziges Geld zu kassieren.

*

»Ich habe meinen Kleiderschrank durchgeschaut und einige Sachen aussortiert«, sagt Johanna an einem kühlen Abend Ende September. »Es sind gute Teile dabei, aber einige passen mir nicht mehr; andere gefallen mir nicht. Ehe ich sie zur Altkleidersammlung gebe – möchtest du sie vielleicht durchschauen?«

»Du meinst wirklich, dass mir deine Sachen passen?« Zweifelnd betrachte ich ihre schmale Figur, die in Kontrast zu meinem breiten Becken steht. »Uns trennt mindestens eine Kleidergröße!«

»Ich habe mich früher weniger bewegt. Da war ich noch etwas fülliger.«

Amüsiert hebe ich die Augenbrauen.

Eine Kleidergröße mehr, das ist in Johannas Fall weit entfernt von füllig. Auf ihrem Bett liegen sorgfältig aufgestapelt Pullover, Blusen, zwei Blazer, ein Rock und eine elegante Hose sowie ein langes Cocktailkleid in Schwarz. Die Sachen sehen aus, als wären sie kaum getragen.

Der Rock mit seinen Falten und dem hohen Bund gefällt mir nicht, weshalb ich ihn gleich beiseite lege. Die cremefarbene Hose dagegen sieht so aus, als könnte ich sie für meinen neuen Job bei den *Pinguinen* sehr gut gebrauchen. Vergangene Woche durfte ich zwei Termine mit einer externen Agentur meistern, wo ich mir in meinen Jeans und dem Shirt neben den perfekt gestylten Damen aus der Werbebranche wie eine Praktikantin vorkam.

Gerade schicke ich mich an, meine Jeans auszuziehen, als mich Johannas Stimme aus meinen Gedanken reißt: »Ich bin inzwischen im Wohnzimmer. Lass dir ruhig Zeit.«

Irritiert runzle ich die Stirn.

»Ich hätte aber gern, dass du die Sachen an mir siehst und ein Urteil abgibst.«

In ihrer Miene steht deutlich geschrieben, dass sie mit dieser Option nicht im Geringsten gerechnet hat. Weiß sie nicht, wie das so funktioniert, bei einer Kleidertauschbörse unter Freundinnen? Damals, als ich noch in Niederösterreich wohnte, haben Kathrin und ich öfter einmal Klamotten ausgetauscht …

»Gut, dann ruf mich, wenn du angezogen bist.«

Johanna verlässt das Schlafzimmer und lässt mich perplex zurück. Ich verstehe das nicht. Sie weiß schließlich, wie meine nackten Beine aussehen.

Ich ziehe die Hose über und schlüpfe in eine der Seidenblusen. Die Hose spannt etwas um die Hüfte. Essen darf ich darin nicht viel, das ist klar. Mit skeptischem Blick trete ich vor die verspiegelte Tür des Kleiderkastens und betrachte mich von allen Seiten. Ich sehe elegant und professionell aus.

Lisi findet das auch. Sie steht neben mir und hält den Daumen nach oben. Gespannt rufe ich Johanna, sie kommt, und mein Outfit findet auch ihren Zuspruch. Dann verschwindet sie wieder, während ich die nächste Bluse probiere. Sie ist enger geschnitten und spannt über meiner Brust.

Lisi verzieht amüsiert das Gesicht. Ich verzichte darauf und probiere die anderen, doch tragischerweise zeigt sich immer dasselbe Problem.

»Bist du schon soweit?«, höre ich Johanna vom Gang aus rufen.

»Ähm … na ja.«

Ich komme ihr in der mühsam von zwei Knöpfen zusammengehaltenen Bluse entgegen.

»Leider passen mir die meisten Oberteile nicht. Ich bin da … ein wenig anders gebaut.«

Mit einem Blick auf meinen Busen erkennt sie das Problem. Ein feines Lächeln legt sich über ihre Gesichtszüge.

»Das kann man wohl sagen«, erwidert sie. Dann schlingt sie die Arme um mich und küsst mich, und ich küsse mit Leidenschaft zurück. Als sie mich schließlich loslässt, fällt mein Blick auf Lisi, die danebensteht und alles beobachtet hat. Ich runzle die Stirn.

»Ist etwas?«, erkundigt sich Johanna besorgt.

Eilig schüttle ich den Kopf.

»Jetzt werde ich das Kleid probieren. Es ist rein optisch … der Hammer!«

»Es passt dir sicher. Mir war es immer etwas zu groß. Ein klassischer Fehlkauf.«

Sie überlässt mich wieder mir selbst. Während ich mich erneut umziehe, bleibt Zeit, ein paar längst fällige Worte an Lisi zu richten.

»Hör zu«, sage ich zu ihr, während sie flach ausgestreckt auf Johannas Bett liegt, den Kopf in die Hände gestützt. »Du kannst hier nicht ein- und ausgehen, wie du willst. Das ist nicht dein Zuhause. Ich meine es nicht böse, Lisi, aber Johanna ist … ich will mit ihr alleine sein, verstehst du? Ich will nicht, dass du uns beim Küssen zuschaust. Ich finde das total indiskret, es irritiert mich!«

Lisi scheinen meine Worte nicht zu kümmern. Sie liegt weiterhin auf dem Bett und schlägt lässig die Beine übereinander.

Das Kleid schmiegt sich an meinen Körper wie eine zweite Haut. Der tiefe Ausschnitt bringt mein Dekolleté auf die denkbar prominenteste Weise zur Geltung. Mit den Händen halte ich mir das Haar nach oben. Mit einer Aufsteckfrisur würde ich aussehen wie eine Filmdiva, finde ich, ehrlich beeindruckt. Fehlt nur noch der rote Teppich …

Lisi streicht um mich herum und nickt anerkennend mit dem Kopf. Ich will Johanna rufen, aber erst soll sie verschwinden.

»Ich meine es ernst, Lisi. Ich will nicht, dass du mir auf Schritt und Tritt folgst, wenn ich hier bin!«

Lisi kräuselt die Nase. Sie deutet mit dem Zeigefinger in Richtung Türe. Ich folge ihrem Blick – und erstarre.

Im Türrahmen steht Johanna.

»Wer ist Lisi?«

Der Boden tut sich vor mir auf. Ich wünschte, er würde mich verschlingen, doch das geschieht nicht. Das Loch, in das ich falle, existiert nur in meiner Seele. Jedes wunderschöne Kleid ist plötzlich bedeutungslos.

Für Johanna werde ich fortan nicht nur eine Frau sein, die sich für nettes Zusammensein und Küsse bezahlen lässt, sondern außerdem eine Art Psychopathin, die Selbstgespräche führt.

»Niemand«, murmle ich ausweichend und gehe hinüber zum Bett. Mir ist plötzlich schwindlig. Ich muss mich setzen.

Johanna lässt sich neben mir nieder.

Lange sagen wir nichts. Ich fühle mich einfach nur elend. Es ist Johanna, die unser Schweigen schließlich bricht.

»Ist im Augenblick noch jemand außer uns beiden in diesem Zimmer?«

»Im Augenblick ... nicht mehr.«

Tatsächlich ist Lisi verschwunden. Ich wage trotzdem nicht, Johanna in die Augen zu sehen. Ihre schlanken Finger streicheln über meine Wange, und ich kämpfe gegen die Tränen.

»Und vorher?«

Mit meiner Beherrschung ist es vorbei. Hilflos lasse ich mich gegen ihre Schulter fallen. Die Tränen laufen mir übers Gesicht.

»Ich ... will nicht, dass du mich für irre hältst«, schluchze ich. »Lass uns das einfach vergessen. Bitte! Bitte, Johanna!«

»Nein«, sagt sie leise und fährt mit den Fingern durch mein Haar. »Lass uns darüber reden. Erzähl mir, wen du siehst.«

Ich ziehe die Nase hoch. Automatisch denke ich an Nicki und wie sie sich von mir distanzierte, kaum dass ich Lisi ins Spiel brachte. Ich bin überzeugt, dass es mit Johanna genauso sein wird, aber das kann ich nun wohl nicht mehr verhindern.

»Ich sehe Lisi. Meine Schwester. Sie starb ..., als sie sechzehn war und ich vierzehn.«

Das befürchtete spöttische Gelächter bleibt aus. Johannas Hand streicht weiterhin durch mein Haar.

»Sie hatte einen Unfall«, fahre ich daher tapfer fort. »Meine ganze Familie ist dabei ums Leben gekommen. Ich wohne seither bei meiner Großmutter.«

»Das ... tut mir so leid.« Johannas Stimme ist voller Anteilnahme. Sie küsst mich sanft auf die feuchte Wange. »Was ist passiert?«

»Es hat an diesem Tag in Strömen geregnet. Der Wagen meines Vaters ist ins Schleudern geraten und hat sich mehrmals überschlagen. Meine Eltern waren angeblich sofort tot, aber Lisi wurde auf die Straße geschleudert. Offenbar hatte sie sich nicht angeschnallt. Sie starb ein paar Stunden später im Krankenhaus. Anhand der Reifenspuren konnte die Polizei rekonstruieren, dass mein Vater offenbar einem anderen Fahrzeug abrupt ausgewichen ist, das ihm auf seiner Fahrspur entgegenkam. Es war eine relativ schmale Straße, draußen am Land.« Ich atme tief durch. »Der Fahrer dieses Fahrzeugs wurde nie ermittelt. Irgendeine Frau aus der Umgebung, die zufällig vorbeigekommen ist, hat dann die Rettung gerufen.«

»Das ist ja furchtbar.« Johanna legt die Arme um mich. Ich beginne wieder zu weinen. Es ist das erste Mal überhaupt, dass ich mit jemandem, der nicht mit mir verwandt ist, über den Unfall spreche.

»Ich saß vor dem Fernseher und habe MTV geschaut, als es am späten Nachmittag an der Haustür klingelte. Eigentlich sollte ich Latein lernen, aber ich hatte ... keinen Bock. Da standen dann zwei Polizisten mit betretener Miene und haben mich informiert. Von da ab war in meinem Leben nichts mehr so wie vorher. Ich zog nach Wien zu Oma, und irgendwie ... ist mir alles entgleist. Ich wurde mit alledem nicht besonders gut fertig.«

»Verständlich«, sagt Johanna leise an meinem Ohr. Ihre körperliche Nähe tut mir gut. Ich werde innerlich ruhiger.

»Das mit dem Unfall ... lässt mich einfach nicht los«, fahre ich fort. »Ich verstehe so vieles nicht. Warum der Fahrer des anderen Wagens nicht sofort angehalten und selbst die Rettung gerufen hat. Warum man ihn bis heute nicht herausfinden konnte. Warum jemand so herzlos ist und einfach weiterfährt und Lisi im Regen liegen lassen hat.«

»Würde es dir helfen, wenn du wüsstest, dass der Mann seine gerechte Strafe bekommen hat?«

Ich richte mich auf.

»Wieso glaubst du, dass es ein Mann war?«

Sie hebt die Schultern.

»Wohl weil du die ganze Zeit von einem Fahrer sprichst. Oder aus Intuition. Ich weiß es selbst nicht.«

»Ich ... ich weiß nicht, ob es mir helfen würde. Es ist auch sinnlos, sich darüber den Kopf zu zerbrechen. Der Unfall ist jetzt zehn Jahre her. Der Unfallverursacher wird nie gefunden werden. Die Spuren waren schon damals aufgrund des Regens sehr dürftig.« Ich seufze resigniert. »Vermutlich ist es irgendein reicher Sack, der munter sein Leben lebt und gar nicht mehr daran denkt, was er damals ausgelöst hat.«

»Ich glaube nicht, dass man so eine Tragödie jemals vergessen kann, wenn man darin verwickelt war.« Johanna küsst mich erneut auf die Wange. Dann sieht sie mich ernst an.

»Du fühlst dich noch immer schuldig, nicht wahr?«

Mein Herz setzt einige Takte aus. Dann füllen sich meine Augen erneut mit Tränen. Kann diese Frau in die Tiefe meiner Seele schauen?

»Ja«, gebe ich flüsternd zu und beginne wieder zu weinen. »Ich denke bis heute darüber nach, weshalb ich an diesem Tag zu Hause geblieben bin. Warum die Umstände damals dazu führten, dass ich quasi Hausarrest hatte. Warum es die anderen traf und ich als Einzige übrig bleiben musste.«

Johanna zieht mich zu sich heran. Ich fühle ihre Hände auf dem Stoff des engen Kleides.

»Ich bin froh, dass es dich gibt«, flüstert sie in mein Ohr.

Für mich klingt es in diesem Moment wie eine Liebeserklärung. Als ich an diesem Abend nach Hause fahre, fühlt es sich an, als wäre ich von einer riesigen Last befreit.

Intimitäten

Herr Frank gibt mir neue Aufgaben. Ich darf jetzt Termine ausmachen mit Eltern, die Unterstützung für ihr Kind benötigen, und manchmal auch bei diesen Treffen dabei sein.

Auf diese Weise lerne ich die kleine Leila kennen, die aufgrund eines Chromosomendefekts mit nur einem Arm geboren wurde, den zwölfjährigen Michael, der im Rollstuhl sitzt, aber Jugendmeister im Schachspiel ist, Lara, die mit zehn Jahren aufgrund eines Reitunfalls eine Wirbelverletzung hatte und vom Hals ab gelähmt blieb, und viele mehr. Die Schicksale gehen mir nahe, aber was mir noch mehr an die Nieren geht, ist die Tatsache, wie gut diese Kinder und Jugendlichen dennoch ihr Leben meistern. In vielen Fällen brauchen die Eltern mehr therapeutische Unterstützung als die jungen Betroffenen selbst.

Ich kann gut verstehen, dass Johanna die *Pinguine* finanziell unterstützt: Es gibt einem das Gefühl, etwas Sinnvolles zu tun. Jemandem zu helfen, der Unterstützung nötig hat. Dessen Leben zu verbessern.

Für mich ist der Job bei den *Pinguinen* das Beste, was mir passieren konnte. Ich arbeite inzwischen mehr als fünfzehn Stunden in der Woche und sehe nie auf die Uhr. Der Lehrgang läuft fast nur nebenher, und obwohl ich weit weniger Zeit damit verbringe, über Skripten und Büchern zu grübeln, scheinen mir die Inhalte plötzlich zuzufliegen. Die beiden ersten Prüfungen des Halbjahres habe ich auf Anhieb und mit einem »Gut« bestanden.

Ich bin Johanna so über alle Maßen dankbar, dass sie mich auf das Inserat aufmerksam gemacht und mich ermutigt hat, mich zu bewerben! Und ich bin ihr dankbar für vieles mehr. Für ihr Verständnis wegen meiner Gespräche mit Lisi, für ihre Sensibilität, was den Unfall meiner Eltern betrifft, für die Zeit, die wir miteinander verbringen. Für alles.

Die Tage, an denen ich sie nicht sehe, kommen mir manches Mal endlos vor. Ich weiß, angesichts der Realität sind meine Gefühle maßlos und falsch, doch ich kann sie nicht ändern. Manchmal glaube ich in Johannas Augen zu lesen, dass auch sie mehr für mich empfindet, als es der Situation angemessen ist. In diesen Momenten denke ich stets: Sie kann doch alles zwischen uns ändern, mit wenigen Worten. Ich dagegen kann es nicht. Ich bin und bleibe hier in der schwächeren Position.

Doch Johanna zahlt weiterhin für etwas, was sie nicht einfordert. Ihre Küsse und die gefühlte Nähe zwischen uns treiben mich von Mal zu Mal mehr in den Wahnsinn.

*

Ich habe keinen bestimmten Plan, als ich an diesem Abend bei ihr bin, keine Hintergedanken. Doch nachdem wir schon eine ganze Weile küssend und eng umschlungen auf ihrer Couch sitzen, bebt mein Körper vor ungestilltem Verlangen.

Als sie mit ihrer Zunge meinen Mund erforscht, lasse ich mich nach hinten aufs Sofa fallen und ziehe sie mit, bis sie auf mir liegt. Ihre Brüste pressen sich eng gegen die meinen. Ich habe den Eindruck, verrückt zu werden. Länger halte ich diese Nähe ohne Höhepunkt nicht mehr aus.

»Ich will mit dir schlafen«, presse ich hervor.

Sekundenlang starrt sie mich an. Ich vermag in ihren Augen nicht zu lesen, was ihr durch den Kopf geht.

Erschrocken von meinem eigenen Vorstoß, setze ich zu einem Rückzieher an, doch Johannas Nicken lässt mich verstummen.

»Okay«, sagt sie leise. »Wir ... können das tun.«

Sie klingt so unschlüssig, dass ich meine Worte sofort bereue.

»Nur wenn du willst. Ich bin nicht ... ich meine ...«

Ja, was meine ich eigentlich? Dass ich mich danach sehne, sie zu berühren und von ihr berührt zu werden?

»Sollen wir dafür ins Schlafzimmer gehen?«

Johanna hört sich wie ein zutiefst verunsicherter Teenager an. Ich verstehe das nicht. Sie ist sechsunddreißig, wie ich inzwischen weiß, fast zwölf Jahre älter als ich. Sie ist eine Frau mit Geld und Auftreten. Ich bin eine Studentin, deren sexuelle Erfahrung sich auf drei Freundinnen beschränkt – wobei die mit Denise bis heute einen bitteren Nachgeschmack erzeugt. Im Zuge unserer Trennung gab sie mir noch mit auf den Weg, dass ich im Bett die langweiligste Nummer gewesen sei, die sie je hatte. Ich weiß, dass sie mir absichtlich wehtun wollte, aber es hängt mir trotzdem nach.

»Auf dem Bett ist es sicher am bequemsten.«

Jetzt klinge auch ich wie ein Teenager vor dem ersten Mal.

Im Schlafzimmer knipst Johanna die Nachttischlampe an. Sie lässt sich auf dem Bett nieder und sieht mich an.

»Ziehst du dich aus?«, sagt sie. Inzwischen kenne ich ihre Art und Weise, Wünsche zu formulieren, sehr gut. Es ist keine Frage, sondern eine Aufforderung.

Ich empfinde keine Scham für meinen nackten Körper. Trotzdem fühle ich mich ein wenig beklommen, als ich Hose und Pulli ablege. In schwarzer Unterwäsche stehe ich vor ihr.

»Ganz«, präzisiert sie, ohne den Blick von mir abzuwenden. Sie selbst sitzt noch immer vollständig bekleidet auf dem Bett.

Als ich mich von Slip und BH getrennt habe, fühle ich mich nun doch etwas beklommen und verwundbar. Hatte ich mir das so mit ihr vorgestellt? – Nein, definitiv nicht. Ich hatte gehofft, unsere heißen Küsse würden galant in ein Vorspiel übergehen und mit einem gemeinsamen Höhepunkt enden. Selbstverständlich ohne alle Klamotten, weil wir sie uns gegenseitig vom Körper reißen, in der Hitze des Augenblicks.

Ich mache einen unsicheren Schritt auf sie zu.

»Ziehst du dich auch aus?«, frage ich vorsichtig.

Johanna nickt. Trotzdem spüre ich ihre Zögerlichkeit, als sie aus ihrem weinroten Baumwollkleid schlüpft. Das stramme Korsett presst ihren Oberkörper zusammen. Unwillkürlich denke ich daran, wie ich vor einigen Wochen beim Öffnen dieses Käfigs gescheitert bin. Ich hoffe inständig, dass sie sich selbst davon befreit.

Sie knipst das Licht aus. Meine Augen brauchen etwas, um sich an die Dunkelheit zu gewöhnen. Johanna liegt jetzt auf dem Bett, die Decke über sich gezogen. Als ich mich ihr nähere, trete ich beinahe auf das Mieder, das nun tatsächlich neben ihrem Kleid auf dem Boden liegt. Beherzt schlüpfe ich zu ihr unter die Bettdecke und spüre zum ersten Mal ihren bis auf den Slip nackten Körper an meinem. Ein Stöhnen entfährt mir. Die Lust, die in den letzten Minuten abkühlte, kehrt zurück mit jedem Kuss, den ich auf ihren Lippen platziere.

Ich küsse mich ihren Hals entlang nach unten zu ihren Brüsten. Anfangs ist Johanna wie erstarrt, doch allmählich fühle ich, dass sie sich entspannt. Ihre Brüste sind kleiner als meine und fest. Ich streichle sie ausgiebig, bis ihre Nippel hart sind, erst dann umschließe ich die Spitzen mit meinem Mund.

Von Johanna kommt ein Laut, den ich kaum zu deuten vermag. Erstaunen? Entzücken? Jedenfalls besteht für mich kein Zweifel, dass ich ihr Lust bereite.

Davon ermutigt, gleite ich ihren Körper entlang nach unten. Ich küsse ihren Bauch, massiere die Brüste. Zögernd lege ich meine Hand zwischen ihre Beine. Ich spüre den Stoff des Slips an den Fingern. Diesmal will ich sie direkt fühlen. Ich ziehe den

Bund ihres Slips herab und bin erleichtert, als sie das Gesäß anhebt, so dass ich ihn abstreifen kann.

Bis auf einen kleinen Streifen Haar ist Johanna glatt rasiert. Ich streichle zart über ihre feuchten Schamlippen, kann die Erregung fühlen, die sich in ihr aufbaut. Da senke ich meinen Kopf und fahre mit meiner Zunge zart über ihre empfindlichste Stelle. Johanna zuckt kurz zusammen, entspannt sich aber schnell wieder. Ich sehe zu ihr auf. Sie liegt unbeweglich da, die Augen geschlossen, die Miene undurchdringlich. Wäre nicht das leichte Beben, das durch ihren Körper geht, wenn ich sie berühre – ich hätte ernsthafte Zweifel, ob und was sie empfindet.

Sanft beginne ich sie zu lecken. Während ihr Atem schneller wird, wächst meine eigene Lust. Vorsichtig beginne ich, mit meinem Finger an ihrem Eingang zu spielen. Sie ist ganz nass.

»Johanna ... darf ich ... in dich gehen?«

Johanna öffnet kurz die Augen, schießt sie aber sofort wieder. Mit ihr Blickkontakt aufzunehmen, ist unmöglich. Immerhin, sie nickt knapp.

Vorsichtig dringe ich mit einem Finger in ihr enges Nass. Sekundenlang liegt sie wie erstarrt vor mir. Erst, als ich sie von neuem zu lecken beginne, wird ihr Körper wieder weich und nachgiebig.

Ich gebe mir Mühe. Ich will so sehr, dass sie es schön findet, dass mir meine eigene Lust fast egal ist. Zufrieden und erleichtert zugleich schmecke ich, wie ihre Nässe zunimmt. Ich nehme einen zweiten Finger hinzu, beginne mich vor und zurück zu bewegen, während meine Zunge unaufhörlich über ihre harte Klitoris gleitet. Ihr leises Stöhnen füllt den Raum.

Johanna keucht auf, ihr Körper wird steif. Dann sackt sie in sich zusammen.

Eine ganze Weile liegen wir da – sie schwer atmend, ich voll von ungestilltem Verlangen, mit pulsierender Mitte, das Gesicht auf ihren flachen Bauch gebettet. In meinem Kopf ist kein Raum für Gedanken. Der Augenblick ist es, der mich gefangen nimmt: Johanna und ich, nackt, in ihrem Bett. Die Intimität zwischen uns.

Plötzlich dreht sie sich zur Seite. Mein Kopf sinkt auf die Matratze. Aus meiner liegenden Position verfolge ich, wie sie langsam aufsteht, nach ihrer Krücke greift und ins Bad verschwindet. Sie dreht sich nicht nach mir um.

Ich rutsche nach oben und kuschle mich ins Kissen. Als ich mir zwischen die Beine greife, fühle ich Nässe. Ich bin noch immer erregt. Leicht könnte ich mich selbst zum Höhepunkt bringen, doch ich möchte es nicht. Natürlich nicht: Ich sehe den Lichtschein unter der Tür zum Badezimmer und warte auf Johanna.

Es dauert lange, bis sie wieder erscheint. Als sie das Deckenlicht einschaltet, sehe ich, dass sie sich in einen seidenen Morgenmantel gehüllt hat. Ihre Gesichtszüge sind nahezu unbewegt.

»Es ist schon spät«, sagt sie mit einem demonstrativen Blick zum Digitalwecker auf ihrem Nachtkästchen. »Vielleicht solltest du dich auf den Weg machen, dass du die letzte Straßenbahn nicht verpasst.«

Die grünen leuchtenden Ziffern zeigen 22:21. Es fahren bis Mitternacht noch einige Straßenbahnen nach Dornbach.

Doch ja, ich verstehe Johannas Sprache der indirekten Anweisungen inzwischen nur allzu gut. Verwirrt und ungläubig blinzle ich einige Male, bis mir die nüchterne Grellheit der Realität unbarmherzig vor Augen steht: Ich bin noch immer nackt und unbefriedigt, Johanna ist angezogen und hatte ihren Höhepunkt.

Ich bin viel zu schockiert, um die Lage zu kommentieren. Benommen schlüpfe ich vor ihren Augen in meine Kleidung. Johanna begleitet mich zur Haustür. Es gibt keinen Abschiedskuss.

»Bis dann«, sagt sie, und es klingt so unverbindlich, dass es mir fast Gänsehaut macht.

Draußen regnet es in Strömen. An der Straßenbahnhaltestelle pfeift mir der kalte Oktoberwind um die Ohren. Mir ist in meinem viel zu dünnen Mantel bitterkalt. Die schlimmste Kälte, die ich spüre, kommt allerdings von innen: Ich komme mir vor wie ein streunender Hund, den man kurz ins Haus gelassen hat, weil er einen erheiterte, und dann wieder mit einem Fußtritt nach draußen befördert, weil er zu langweilen beginnt.

In der Straßenbahn vergieße ich stille Tränen. Ich bin nicht nur enttäuscht, sondern fühle mich auch gedemütigt. Johanna hätte mir ihre Position der zahlenden Kundin nicht eindrucksvoller demonstrieren können.

Abschied

Als sich Jacqueline zwei Tage später meldet, um mir einen neuen Termin mitzuteilen, sage ich ab. Stattdessen fahre ich mit meiner Großmutter spontan in die Steiermark. Mein Konto ist voll genug, Omas Bein endlich verheilt, und ich habe sie in den vergangenen Wochen viel zu sehr vernachlässigt. Ich nehme mir den Freitag frei und schwänze den Lehrgang.

Mit dem Zug fahren wir von Wien nach Leibnitz, wo uns eine nette Pensionswirtin mit ihrem Auto abholt. Oma und ich teilen uns ein gemütliches Doppelzimmer mit Blick auf sanfte Hügel und Weinberge.

Es ist um diese Jahreszeit viel los in diesem Teil der Steiermark, zudem haben wir Glück mit dem Wetter. Der Herbst präsentiert sich mit angenehmen Temperaturen und in bunten Farben. Rund um den Winzerhof, in dem wir uns einquartiert haben, finden Weinfeste statt.

Jetzt, da ihr Bein so gut verheilt und die leidige Infektion vollständig abgeklungen ist, will Oma anscheinend die mangelnde Bewegung der vergangenen Monate wettmachen. Langsam, aber voller Elan erkunden wir die hügelige Landschaft, die auch gerne als *österreichische Toskana* bezeichnet wird. Noch mehr Freude als an ihrer wiederentdeckten Spazierlust hat Oma aber an den vielen Winzerhöfen, die Weinausschank anbieten. Gern will sie hier und da ein Gläschen verkosten.

Es ist ihre erste kleine Urlaubsreise seit Opas Tod, der inzwischen mehr als fünfzehn Jahre zurückliegt. Auch mit seiner kleinen Rente konnten die beiden keine großen Sprünge machen. Ein paar Tage am Neusiedler See, vielleicht einmal ein Ausflug ins benachbarte Ungarn oder ins Salzkammergut – mehr haben sich die beiden nicht gegönnt. Nur einmal in ihrem Leben waren sie für eine Woche in Jesolo. Da war mein Vater noch ein Kind. Ansonsten floss Opas Verdienst in das Haus.

Wenn ich diese agile Frau mit ihrem grauen Haar und dem faltigen Gesicht sehe, wie sie langsam, aber stetig vor mir einen Hügel hinaufsteigt und sich hin und wieder mit einem strahlenden Lächeln zu mir umdreht, bereue ich, dass ich ihr nicht schon früher ein paar Ausflüge wie diesen ermöglichen konnte. Ihre Freude wirkt ansteckend und lässt mich meine dunklen Gedanken an Johanna und unser unbefriedigendes intimes Erlebnis vorläufig vergessen. Auch meine Großmutter scheint den Tod ihres einzigen Kindes und der restlichen Familie an diesem Wochenende erfolgreich zu verdrängen.

Am Sonntagmittag, ehe unser Zug nach Wien zurückgeht, sitzen Oma und ich bei einer deftigen Brettljause vor einer Buschenschank in der Sonne. Oma trinkt einen Welschriesling, der sie selig lächeln lässt, ich Traubensaft.

»Wann bringst du eigentlich deine neue Freundin mal mit nach Hause?«, erkundigt sie sich da unvermittelt.

Es dauert tatsächlich einige Sekunden, bis ich begreife, dass sie von Johanna spricht. Meine abendlichen Ausflüge, für die ich mich nach wie vorher entsprechend zurecht mache, sind ihr natürlich nicht entgangen und lassen für sie offenbar nur eine Schlussfolgerung zu.

»Ich weiß nicht einmal, ob sie meine Freundin ist«, gebe ich zu, wobei ich definitiv ausschließe, Oma von den Hintergründen meiner sogenannten Beziehung zu erzählen. Es würde sie wahrscheinlich nicht nur sprichwörtlich der Schlag treffen, wenn sie wüsste, womit ich das Geld, das auch unseren kleinen Ausflug finanziert, verdient habe.

»Woran liegt das?«

Ich zucke mit den Schultern.

»Ich weiß es nicht. Sie ist mal so, mal so.« An Omas Gesicht sehe ich, dass sie sich darunter nichts vorstellen kann. Also wähle ich Worte, die wohl auch sie verstehen muss. »Sie hat mir noch nie gesagt, dass sie mich liebt.«

Und wird es auch niemals tun, denn ich bin quasi nur eine Art Dienstleisterin für sie. Automatisch denke ich an Magda, die Haushälterin. Ich bin die Magda für andere Bedürfnisse.

Oma hält einen Moment lang inne und sieht mich prüfend an. Erst dann schluckt sie den Bissen ihres Speckbrots hinunter.

»Muss man das denn aussprechen? – Dein Opa hat diesen Satz ein ganzes Leben lang nicht über die Lippen gebracht!«

»Hat dich das nicht gestört?«

»Nein«, erwidert Oma. »Ich habe ja in seinen Augen gesehen, dass er mich liebt. Außerdem, er hat mich geheiratet, ein Kind mit mir aufgezogen, ein Haus gebaut. Er hat mir die Sterne vom Himmel geholt.«

Wie einfach früher das Leben und Lieben war.

»Na ja, diese Frau wird mir kein Haus bauen und auch kein Kind mit mir aufziehen.« Ich merke an Omas nachdenklichem Gesicht, dass sie meiner Aussage zustimmt, und füge deshalb mit gezwungenem Grinsen hinzu: »Ein Haus hat sie ohnehin schon. Noch dazu in der hässlichsten Ecke Wiens: Grinzing, am Fuße der Weinberge.«

Oma lacht angesichts meiner ironiegetränkten Worte.

»Nicht die schlechteste Adresse«, sagt sie. Dann wird sie ernst. »Aber das nutzt alles nichts, wenn es zwischenmenschlich nicht passt.«

Ich nicke stumm. In Gedanken sehe ich Johanna und mich plaudernd auf ihrer Terrasse, nebeneinander auf ihrer Couch, küssend im Vorraum, wenn wir uns begrüßen oder voneinander verabschieden. Mein Herz ist zu voll, um das alles noch länger für mich zu behalten, und Oma ist auch in Liebesdingen schon immer meine Ansprechpartnerin gewesen. Sie war es, der ich –

nach Lisi – meine Liebe zu Frauen gestand. Sie war es, die meine Tränen trocknete, als ich mir bei meinem ersten Liebeskummer die Seele aus dem Leib weinte.

Oma legt ihre runzlige Hand auf die meine.

»Irgendwann kommt schon die Richtige, die dir die Sterne vom Himmel holt.«

Ich denke spontan an Johanna und ärgere mich selbst darüber. Ich muss davon loskommen, in eine Geschäftsbeziehung mehr hineinzuinterpretieren, als die Tatsachen erlauben.

Spät am Abend kommen wir zu Hause an. Oma stellt ihren kleinen Reisekoffer einfach neben das Bett.

»Den packe ich morgen aus«, sagt sie. »Heute bin ich zu müde.«

»Pass bloß auf, dass du nicht darüberfällst, wenn du nachts auf die Toilette musst.«

»Ich muss nicht«, sagt Oma. »Ich werde schlafen wie ein Stein, so müde bin ich. – Es war ein wunderschöner Ausflug, Paulina. Du hast mir damit die größte Freude gemacht.«

*

Am nächsten Morgen wache ich früher auf als gewöhnlich. Ich ziehe mich an und gehe zum Bäcker ums Eck, weil ich meine Großmutter noch mit frischen Semmeln überraschen will, ehe ich mich auf den Weg ins Institut und in die Vorlesung mache. Die Semmeln sind ein weiterer Luxus, den wir uns jetzt leisten können.

Als ich zurückkomme, ist es im Haus immer noch still. Ich verstehe das nicht. Gewöhnlich ist sie vor mir auf. Der Ausflug in die Steiermark hat sie offenbar wirklich erschöpft.

Dann sehe ich Lisi, und ein einziger Blick in ihr Gesicht teilt mir mit, was geschehen ist. Ich stürze in Omas Zimmer.

Sie liegt im Bett, die Hände gefaltet. Auf ihren Lippen liegt ein seliges Lächeln. Ihr Körper ist kalt, ihr Puls nicht mehr zu ertasten.

Ich will es nicht glauben. Unter Tränen rufe ich den Notarzt.

Er kann nur noch bestätigen, was bereits offensichtlich war: Sie ist im Schlaf gestorben. Vermutlich an Herzversagen. Es geht alles ganz schnell. Der Arzt lässt mir Beruhigungsmittel da, die ich nicht nehme. Ich kann mich kaum noch von Oma verabschieden. Dann steht auch schon der Leichenwagen vor der Tür und einer der Herren, die meine Großmutter im Sarg nach draußen tragen, drückt mir eine Visitenkarte in die Hand. Ich soll mich bei ihm melden wegen der Beerdigung.

*

Ich liege im Bett und starre die Wand an. Lisi sitzt auf der Bettkante und tut dasselbe. Ich sollte froh sein, dass sie bei mir ist, doch ihr Schweigen, für das ich früher dankbar war, belastet mich inzwischen. Ich möchte weinen und getröstet werden, mit Worten, mit Taten, mit Berührungen. Nichts von all dem kann Lisi leisten.

Ich will nicht aufstehen, nicht essen, nicht trinken. Die Welt ist dunkel und leer. Als am Nachmittag mein Handy klingelt, ignoriere ich es zunächst. Doch der Anrufer ist hartnäckig. Beim vierten Mal gebe ich mich geschlagen und hebe ab.

»Kannst du bitte dafür sorgen, dass du erreichbar bist?«, giftet Jacqueline durch das Telefon. »Wir haben eine Verpflichtung unseren Kunden gegenüber, und du musst Erreichbarkeit garantieren – das steht in den Goldenen Regeln der Agentur, falls ich dich wieder einmal daran erinnern muss!«

Am liebsten würde ich wortlos auflegen. Doch Jacqueline wird wieder anrufen. Und wieder. Und wieder.

»Was willst du?«, frage ich stattdessen unwirsch.

»Was werde ich wohl wollen? – Deine Kundin hat sich wieder gemeldet. Sie möchte dich heute Abend sehen, bei sich zu Hause.« Sie nutzt die Pause, die nach ihrer Aussage entsteht, um erneut ihre Belehrung zu platzieren: »Ich habe dir zwar schon einmal gesagt, wie gefährlich –«

»Jacqueline«, fahre ich ihr ins Wort. »Ich kann heute nicht. Sag ihr ab.«

»Du hast schon den letzten Terminwunsch abgesagt. So geht das nicht. Wir haben eine Verpfli–«

»Jacqueline, gestern ist meine Großmutter gestorben! Ich kann wirklich nicht, okay?«

»Okay.« Jetzt hört sie sich richtig kleinlaut an. »Tut mir leid. Ich werde dich entschuldigen.«

Ich lege mich wieder ins Bett und ziehe mir die Decke über die Augen. Damit baue ich mir meine eigene Höhle, aus der ich nie wieder herauskommen will. Reglos verharre ich in meiner Position. Hin und wieder lässt mich ein Knacksen im Haus, ein Ächzen im Gebälk oder ein mir seltsam vorkommendes Geräusch von irgendwo draußen zusammenzucken. Seit Oma nicht mehr hier ist, nehme ich die Akustik des alten Hauses stärker wahr als je zuvor. Ich habe in der Nacht kein Auge zugetan.

Wieder klingelt mein Handy. Wieder ist es Jacqueline.

»Du, das ist jetzt blöd ... Ich erreiche deine Kundin nicht mehr, und in einer Stunde sollst du schon dort sein.«

»Dann sprich ihr auf die Mobilbox.«

»Geht nicht. Es springt keine an. – Aber wenn es dir so schlecht geht, gib mir einfach die Adresse. Ich fahre hin und sag ihr persönlich, dass du verhindert bist.«

Einen Moment lang ziehe ich tatsächlich in Erwägung, auf das Angebot einzusteigen. Doch dann stelle ich mir Jacqueline mit ihrer etwas aufdringlichen, billigen Art vor, und in mir baut sich automatisch Abneigung auf. Ich will nicht, dass eine so zurückhaltende Person wie Johanna mit jemandem wie Jacqueline konfrontiert wird – selbst wenn sie mich bei unserem vergangenen Treffen sehr verletzt hat. Doch meine Trauer überlagert im Augenblick jeden anderen Schmerz.

»Ich fahre selbst kurz hin und sage ihr ab.«

»Wenn du meinst.«

Jacqueline klingt regelrecht enttäuscht. Mein Instinkt sagt mir, dass sie insgeheim scharf darauf war, Johanna Engels Haus in Grinzing zu betreten – auch wenn sie mich selbst immer so eindringlich davor warnt.

*

Johanna und ich stehen uns gegenüber. Trotz meines Kummers registriere ich, dass wir kleidungstechnisch an diesem Abend das komplette Kontrastprogramm bilden: Sie im eleganten schwarzen Kleid mit Perlenkette, ich in meinem alten Mantel, Jeans und Rollkragenpulli. Johannas Haare glänzen und sind hübsch frisiert, meine hängen vom Wind zerzaust und wirr ins Gesicht.

Sie hat sich für diesen Abend eindeutig schön gemacht.

Erwartungsvoll geht sie einen Schritt auf mich zu. Ich spüre, dass sie mich umarmen will, doch ich mache eine abwehrende Handbewegung.

»Johanna, ich kann nicht bleiben. Mir geht es heute nicht gut. Meine Großmutter ist gestorben.«

Ich will mich umdrehen und verschwinden, weil mir gleich wieder die Tränen kommen, aber ich bin vor Verzweiflung wie gelähmt. Also stehe ich da und beginne zu weinen wie ein kleines Kind.

Ohne zu zögern kommt Johanna zu mir und schlingt die Arme um mich. Ich spüre den Griff ihrer Krücke, der in mein Kreuz drückt, aber dieser Schmerz ist nichts gegen das, was ich innerlich empfinde. Erleichtert, fast dankbar, werfe ich mich gegen Johannas Schulter und weine mir die Verzweiflung aus dem Leib.

Johanna streichelt mir mit der freien linken Hand tröstend über den Rücken.

»Komm ins Wohnzimmer«, sagt sie leise. »Setz dich hin.«

Ich schüttle den Kopf, ziehe die Nase hoch.

»Ich will nach Hause.«

»Wartet dort jemand auf dich?« Mein Schweigen gibt ihr die Antwort. »Ich will nicht, dass du in diesem Zustand alleine bist«, sagt sie und zieht mir den Mantel von den Schultern. »Du bist ganz kalt«, stellt sie fest, als ihre Hand meine nasse Wange streift. »Hast du schon etwas gegessen?«

»Ich habe keinen Hunger …«

»Magda hat Hühnergeschnetzeltes vorbereitet. Ein bisschen etwas musst du essen, Paulina. Das letzte, was sich deine Oma wünschen würde, wäre, dass du zusammenbrichst.«

Ich folge ihr ins Esszimmer. Magda hat den Tisch für ein *Candle-Light-Dinner* angerichtet: mit weißem Tafeltuch, Stoffservietten und einem Kerzenständer in der Mitte. Die Kerzen sind noch nicht angezündet. Johanna wollte anscheinend einen festlichen Abend mit mir verbringen. Ich verstehe das nicht: nach dem Sex wirft sie mich raus, und ein paar Tage später will sie mit mir feierlich dinieren.

Ich kann in diesem Moment nicht weiter darüber nachdenken. Der Gedanke an Oma, die ich nie mehr sehen werde, mit der ich nie mehr gemeinsam essen und lachen kann, ist einfach zu raumfüllend.

Erst als das Essen vor mir steht und mein Magen sich knurrend zu Wort meldet, kann ich mir eingestehen, dass ich tatsächlich Hunger habe. Schweigend esse ich die Portion, die mir Johanna auf den Teller gibt. Danach ist mir noch immer kalt, obwohl geheizt wird. Vielleicht ist es die Erschöpfung, die ich jetzt im ganzen Körper fühle, die mich zittern lässt.

»Ich lasse dir ein heißes Bad ein.«

Ich fühle mich so fertig, dass ich nicht einmal mehr protestieren kann.

Minuten später liege ich im heißen Wasser. Ich schließe die Augen, während die Kälte allmählich aus meinen Knochen weicht.

»Paulina, um Himmels Willen, bitte schlaf mir nicht in der Badewanne ein!«

Schläfrig öffne ich die Augen. Johanna steht neben der Wanne. Meine Finger sind inzwischen ganz schrumpelig. Wie lang habe ich hier gelegen?

Ich steige aus dem Wasser. Dass Johanna anwesend ist und meinen nackten Körper anstarrt, ist mir dabei völlig egal. Meine Jeans und mein Pulli sind verschwunden. Stattdessen liegt ein langes T-Shirt bereit.

Johanna muss es nicht aussprechen. Ich verstehe auch so, dass ich bleiben soll. Eine innere Stimme erinnert mich leise, aber schmerzhaft an mein jüngstes Erlebnis in diesem Bett. Aber ich bin zu müde, um auf sie zu hören. Obendrein bin ich traurig und fühle mich so allein wie selten zuvor. Ich ziehe die Decke über mich und versinke in tiefem Schlaf.

Verborgene Talente

Meine Beine stoßen gegen andere Beine. Meine Hände fassen in offenes Haar. Es ist nicht mein eigenes. Erschrocken fahre ich aus dem Schlaf. Im Halbdunkel versuche ich mich zu orientieren.

Der Digitalwecker auf dem Nachtkästchen zeigt 6:32 Uhr. Neben mir liegt Johanna auf dem Rücken. Ihr Mund ist halb offen. Sie atmet ruhig und gleichmäßig. Zwischen unseren Oberkörpern sind nur wenige Zentimeter Abstand. Unsere nackten Beine liegen unter der einzigen Decke, die dieses Bett zu bieten hat, Haut an Haut. Johanna hat mir das Kopfkissen überlassen. Ihr Kopf liegt unmittelbar auf dem Leintuch. Auf Übernachtungsgesellschaft in ihrem Schlafbereich ist sie offenbar nicht eingestellt.

Leise stehe ich auf und gehe nach nebenan ins Bad.

Die grelle Badezimmerlampe lässt die Kummerfalten unter meinen Augen noch deutlicher hervortreten. Während ich mir die Hände wasche, denke ich an Oma und daran, wie sehr sie mir fehlt. Sofort beginne ich wieder zu weinen.

Durch die geschlossene Badezimmertüre höre ich, dass sich Johanna im Bett bewegt. Ich will ihr nicht mit roten Augen gegenübertreten. Mit kaltem Wasser spüle ich die verräterischen Tränen beiseite. Ohnehin ist es Zeit, nach Hause zu gehen. Ich habe hier nichts mehr verloren.

Als ich zurück ins Schlafzimmer gehe, um mir meine Jeans und den Pulli zu angeln, die sorgfältig zusammengelegt auf dem

Schminktisch liegen, hat Johanna bereits die Nachttischlampe angeknipst und schaut mich an.

»Paulina? Alles okay?«

Natürlich nicht. Meine Oma ist tot und hat mich zurückgelassen, als Letzte unserer Familie, die nun beinahe ausgelöscht ist.

»Traurig«, quetsche ich hervor. Schon wieder muss ich weinen.

Johanna schlägt die Decke zurück.

»Komm zurück ins Bett«, sagt sie leise.

Ich sehe durch meinen Tränenschleier nur dieses seidene Spitzenhemd an ihrem Körper – ein Hauch von Nichts, der mehr offenbart als verdeckt.

Was soll ich sagen? – Ich bin durcheinander. Ich kann nicht klar denken. Ich bin so traurig und verzweifelt.

Als ich zu Johanna unter die Decke schlüpfe, habe ich nichts anderes im Sinn als in ihren Armen zu weinen. Aber dann spüre ich ihre Brüste, ihre Hüften und ihre nackten Beine, und das Verlangen, das von mir Besitz ergreift, lässt meine Tränen versiegen. Nicht einmal vierundzwanzig Stunden nach Omas Tod habe ich zum zweiten Mal Sex mit Johanna, aber diesmal geht es mir weniger um ihren Höhepunkt als um den meinen. Ich will einfach vergessen, ein paar Minuten Realitätsflucht, ein paar wenige Sekunden fliegen …

Ich reibe mich an ihrem Oberschenkel und ihrer Hüfte, bis die Erregung mich zum Höhepunkt führt, und komme so heftig, dass ich meine Lust laut aus mir herausschreie. Mein Körper zuckt. Unter mir erzittert und keucht Johanna unterdrückt. Ich fühle, wie sich ihr Inneres fest um meine Finger schließt und wieder entspannt, sekundenlang, immer wieder. Als unsere Körper zur Ruhe kommen, ziehe ich langsam meine nassen Finger zurück und rolle mich auf die Seite. Ich kehre ihr den Rücken zu, versuche, meinen Atem unter Kontrolle zu bringen.

Ich weiß, was gleich geschehen wird. Glaube es zu wissen.

Diesmal werde ich es nicht so weit kommen lassen. Als mir meine Muskeln wieder gehorchen, rutsche ich zur Bettkante und setze mich auf.

»Ich geh dann«, sage ich, und meine es auch so.

Es ist inzwischen hell genug im Zimmer, um die Betroffenheit zu sehen, die sich für einen Moment lang in Johannas Augen breitmacht.

»W...wie du willst.«

Ihre Stimme zittert.

Im Morgenmantel bringt sie mich bis zur Haustüre.

»Tut mir leid«, sagt sie anstelle eines Abschieds, und ich nicke nur, ohne wirklich zu verstehen, was ihr denn nun leidtut. Dass sie mich nach dem Sex loswerden will, ist schließlich allein ihre Entscheidung.

*

An diesem Tag lasse ich mich für den Rest der Woche krankschreiben und faxe das Attest ins Sekretariat des Instituts. Herrn Frank von den *Pinguinen* teile ich persönlich mit, was der Grund für mein Fernbleiben ist.

»Mein Beileid, Paulina. Bleiben Sie zu Hause und atmen Sie erst einmal tief durch. Nehmen Sie sich so viel Zeit, wie Sie brauchen. Sicher müssen Sie auch noch einige Dinge organisieren.«

Er hat recht. Als ich mich bei dem Bestattungsinstitut melde, dessen Visitenkarte ich erhalten habe, erfahre ich, mit welchen Unterlagen ich vorstellig werden muss: Omas Geburtsurkunde, Heiratsurkunde, Staatsbürgerschaftsnachweis, Meldezettel, der Sterbeurkunde von Großvater, dem Totenschein in mehrfacher Ausfertigung ...

Ich verbringe den halben Tag damit, alles zusammenzusuchen, obgleich Oma ohnehin ein ziemlich ordentlicher Mensch war. Dennoch ist ihr Ordner-System nicht auf den ersten Blick durchschaubar.

Dann nehme ich den Termin mit dem Bestattungsinstitut wahr und organisiere das Begräbnis meiner Großmutter. Ich halte es so schlicht wie möglich, weil Oma Zeit ihres Lebens keinen Wert auf Prunk und Protz legte. Die Bestattung wird für Samstagvormittag angesetzt.

Als ich in jenes Haus zurückkomme, das laut Omas Testament mir gehören wird, ist es darin so kalt und dunkel wie in meinem Inneren. In der hereinbrechenden Dämmerung kauere ich eine ganze Weile auf meinem Bett und versuche, einen klaren Gedanken zu fassen. Lisi, die sich hin und wieder in meinem Zimmer blicken lässt, spendet mir keinen Trost.

Ich denke an Johanna und den Sex und komme mir plötzlich schäbig vor.

Es ist nie gut, Gleiches mit Gleichem zu vergelten, höre ich Oma in Gedanken sagen. Von Rache hielt sie nie etwas.

Ich sehne mich nach Johanna, obwohl mir meine Vernunft sagt, dass ich das nicht tun sollte. Diese Frau ist keine Freundin. Sie ist eine Kundin. Doch meine Einsamkeit siegt über meine Vernunft.

Ich packe zwei Gläser Marillenmarmelade und ein Einmachglas mit Tomatensugo in meinen Rucksack und fahre zu ihr. Es ist kurz nach halb sieben, als ich bei der Villa ankomme. Mir ist klar, dass ich gegen jede einzelne von Jacquelines Regeln verstoße, als ich meinen Finger auf den Klingelknopf lege.

Magda, die Haushälterin, öffnet mir Tor und Tür. Sie wirkt über mein Auftauchen kein bisschen überrascht und bittet mich herein.

»Sie ist oben«, informiert sie mich, als wäre mein Besuch das Selbstverständlichste der Welt, und verschwindet auch schon wieder in der Küche. Es duftet verführerisch nach gebratenem Fleisch.

Oben. Im Dachgeschoß. Der einzige Ort, den ich noch niemals betreten habe.

Ich streife mir meine Stiefeletten ab und gehe langsam die schmale Treppe hinauf. Schon stehe ich inmitten eines großen, hell erleuchteten Raums – dem ausgebauten Dachstuhl. Als erstes nehme ich leise Musik wahr: ein klassisches Stück mit einem Cello im Vordergrund.

Dann sehe ich Johanna und die Bilder. Es sind Bilder von Menschen und Landschaften, in bunten, kräftigen Farben, auf Staffeleien, am Boden liegend, an die Wand gelehnt. Auf den ersten Blick zähle ich mehr als zehn. Inmitten dieser Bilder sitzt Johanna auf einem Barhocker vor einer Staffelei, einen Pinsel in der Hand. Konzentriert hat sie den Blick auf die Leinwand gerichtet. Das Motiv ist für mich nur in vagen Ansätzen erkennbar: ein recht urig aussehendes Haus. Schlagartig wird mir klar, wer die Bilder in ihrem Schlafzimmer gemalt hat: die Künstlerin ist Johanna selbst!

»Hallo«, sage ich aus einiger Entfernung, weil ich sie nicht erschrecken will. An der Langsamkeit, mit der sie sich umdreht, und an ihrem Gesichtsausdruck sehe ich, dass ich sie gar nicht hätte erschrecken können: Sie war auf mein Erscheinen vorbereitet.

»Hallo, Paulina«, sagt sie und lächelt mich an. Mein unrühmlicher morgendlicher Abtritt scheint für sie kein Thema zu sein. Ich trete zu ihr und küsse sie auf den Mund. Mein Kuss wird erwidert.

Nun stehe ich direkt an der Staffelei. Neben der Leinwand ist ein Foto befestigt, von dem sie abmalt. Ich erkenne einen Heurigenbetrieb ganz in der Nähe.

»Du bist voller Überraschungen«, stelle ich fest. »Warum hast du mir nie erzählt, dass du malst?«

»Da gibt es nicht so viel zu erzählen.«

»Bist du berühmt?«

Johanna lacht verlegen.

»Aber nein! Es ist ein Hobby, mit dem ich erst vor ein paar Jahren begonnen habe. Rein privat, für mich selbst.«

»Dafür, dass es nur ein Hobby ist, sehen deine Werke ganz schön professionell aus! Sie erinnern mich vom Stil her ein bisschen an Xenia Hausner.«

Johanna lacht erneut. Ihre Augen strahlen dabei in diesem intensiven Blau, das mir fast den Atem raubt, und die kleinen Fältchen um sie herum vertiefen sich. Links von ihrem Mund entsteht ein Grübchen, das mir noch nie so deutlich aufgefallen ist wie in diesem Augenblick. Das Lachen macht sie hübsch und vertreibt die Anspannung, die sonst über ihren Gesichtszügen liegt. Johanna Engel ist eine Frau, die öfter lachen sollte.

»Wie eine schlechte Kopie davon, möglicherweise. – Tatsächlich ist Xenia Hausner eine meiner Lieblingskünstlerinnen.«

Ich erinnere mich an die großflächigen Bilder, die ich im Rahmen einer Ausstellung vor einigen Jahren gesehen habe: einprägsame, markante Frauengestalten, meist mit geröteten Wangen. Nicki hatte mich in diese Ausstellung eingeladen.

»Hat Xenia Hausner eigentlich nur Frauen gemalt?«

»Es gibt auch ein paar wenige Werke, die sich davon abheben. Bei mir ist es genau umgekehrt. Ich male fast nur Häuser und Landschaften.« Johanna macht eine Pause. »Vermutlich, weil ich nicht so viele Menschen um mich herum habe, die sich von mir malen lassen würden.«

»Du kannst mich malen. Allerdings bitte liegend, denn Modell stehen hielte ich nicht durch.«

»Meine Vorlagen sind fast nur Fotos, keine Sorge. Stundenlanges Herumsitzen würde ich wirklich niemandem zumuten. Ich bin eine sehr langsame Malerin.«

»Dafür ist dein Output reichlich«, stelle ich angesichts der Bilder um mich herum fest. Ich gehe durch das Zimmer wie durch einen Ausstellungssaal und betrachte jedes einzelne Werk. Noch immer bin ich von der Erkenntnis, welches mir bisher unbekannte Talent in Johanna steckt, völlig überwältigt.

Vor einer Leinwand mit dem Portrait eines Paares bleibe ich stehen.

Die beiden sind um die fünfzig, vielleicht auch etwas älter. Er ist groß und stattlich. Seine Körperhaltung drückt Durchsetzungskraft und Stärke aus. Über dem zugeknöpften Lodenjanker lugt ein starrer weißer Hemdkragen hervor. Die Frau an seiner Seite hat eisblaue Augen, die mich im ersten Augenblick an Johannas erinnern. Doch diese Augen auf der Leinwand strahlen nicht, sondern zeigen eine Mischung aus Kälte und Unglücklichsein. Der schmale Mund hängt im linken Winkel leicht nach unten. Die Nase ragt spitz aus dem Gesicht und verleiht ihm etwas Adlerhaftes. Im Hintergrund ist ein dreistöckiges Ziegelgebäude zu sehen, ein abgeschnittener Schriftzug auf der Außenmauer: »...fabrik«.

»Wer ist das?«

Johanna rutscht von ihrem hohen Drehstuhl und greift nach ihrer Krücke. Gemeinsam stehen wir nun vor dem Bild.

»Das sind meine Eltern.«

Ich atme tief durch. Dankbar schicke ich ein Stoßgebet zum Himmel, dass ich meine Gedanken angesichts dieses Paares für mich behalten habe. Die Wahrheit ist: Die beiden sind mir extrem unsympathisch. Ich frage mich, inwieweit Johanna sich an der Realität orientiert oder ihre eigenen Gefühle in diese Gesichter gelegt hat.

»Gefällt deinen Eltern dieses Portrait?«, erkundige ich mich vorsichtig.

»Sie haben es nie gesehen. Meine Eltern leben beide nicht mehr.«

»Das tut mir leid«, sage ich automatisch.

»Mittlerweile sind sie seit über einem Jahrzehnt tot. In beiden Fällen eine aggressive Form von Krebs. Sie starben im Abstand von einem halben Jahr.«

»Das muss furchtbar für dich gewesen sein!«

Johanna erwidert nichts.

Als das Schweigen zwischen uns unangenehm wird, frage ich: »Was haben sie gemacht, beruflich?«

»Es waren Großindustrielle. Also – mein Vater. Meine Mutter stammte aus wohlhabendem Hause und war sozusagen Ehefrau.«

»Kommt daher dein Geld? Aus diesem Industriebetrieb?«

Ich nutze Johannas gegenwärtige Offenheit, um endlich mehr von ihr zu erfahren. In diesem Moment scheinen mir meine Fragen vertretbar.

»Die Fabriken wurden verkauft. Die Produkte gibt es noch, erscheinen aber unter komplett anderem Label.«

»Was für Produkte sind das?«

»Nichts von Bedeutung.«

Es fällt mir schwer zu akzeptieren, dass sie mir offenbar keine Antwort geben will. Doch ich weiß, ich muss mich damit abfinden.

»Und was arbeitest du eigentlich?«, stelle ich nun mutig die Frage, die mir schon so lange auf den Lippen brennt.

»Nichts. Ich bin eine reiche Erbin.«

Die Selbstverständlichkeit, mit der sie dies ausspricht, überrascht mich.

Sie scheint meine Gedanken zu erraten. »Muss ich mich jetzt dafür schämen?« Ein amüsiertes Lächeln umspielt ihre Lippen.

»N...nein.« Ich fühle mich ertappt. Tatsächlich habe ich an all jene gedacht, die nie etwas erben, ihr Leben lang schuften und doch nie auf einen grünen Zweig kommen.

»Die Welt ist ungerecht«, sagt sie nüchtern. »Für die einen auf diese Art, für die anderen auf andere Weise. – Ich habe insgesamt mehr als fünfzehn Jahre mit Schmerzen im Bett verbracht. Jetzt, wo es mir besser geht, liegt mir nichts ferner, als vierzig Stunden die Woche oder gar mehr an einem Schreibtisch zu sitzen.«

Sie hatte es schon einmal erwähnt: ihre Schmerzen und ihre Bettlägerigkeit. Damals schenkte ich dem kaum Beachtung. Es klang für mich beinahe wie eine vorübergehende Grippe. Jetzt trifft mich die Härte von Johannas Krankheit mit voller Wucht.

Spontan lege ich meine Arme um ihren Nacken und küsse sie zärtlich auf die Wange.

»Tut mir leid«, flüstere ich beschämt. »Ich habe nicht gedacht … wollte nicht …«

»Bitte kein Mitleid«, sagt sie leise. »Es geht mir inzwischen gut. Durch die Therapien und den gezielten Muskelaufbau habe ich diese Zeit hinter mir gelassen.«

Wir lösen uns voneinander.

»Warum hast du nicht von Anfang an Therapien machen können? Ich meine, so dass sich erst gar keine Verspannung hätte bilden können und du mobil geblieben wärest?«

Johanna lächelt kryptisch.

»Vielleicht war zu viel Mobilität von meinem Umfeld gar nicht erwünscht. – Aber lassen wir das. Das Essen ist jetzt sicher schon fertig.«

Mit einer Fernbedienung schaltet sie die Musik aus. Gemeinsam gehen wir die Treppe nach unten. Tatsächlich hat Magda den Tisch schon für zwei gedeckt. Es gibt Rinderfilet mit Bratkartoffeln. Mein Appetit ist zurück, ich schlinge das Essen regelrecht in mich hinein.

Fast ist mein Teller schon geleert, als mir mit einem Mal bewusst wird, dass meine Anwesenheit an diesem Abend wohl kaum selbstverständlich ist und ich Johanna eine Erklärung schulde.

»Ich wollte dich nicht stören«, sage ich. »Ich … hätte dich angerufen und vorher gefragt, ob es dir recht ist, wenn ich komme, aber ich habe deine Telefonnummer ja nicht. Und der Agentur wollte ich nichts davon sagen.«

»Paulina, du bist hier immer willkommen. Es ist schön, dass du da bist. Ich habe gehofft, dass du kommen wirst, und Magda gebeten, mehr zu kochen. – Du kannst hier vorbeischauen, wann immer du willst. Und anrufen kannst du mich auch.«

Schon nennt sie mir ihre Handynummer, die ich in mein Mobiltelefon einspeichere.

»Eigentlich dürfen wir das nicht«, gebe ich zu bedenken. »Die Regeln der Agentur …«

»… sind mir vollkommen egal, wie ich schon einmal sagte«, unterbricht sie mich. »Mach nicht so ein zweifelndes Gesicht. Überleg mal, was soll passieren? Hast du Angst, dass Natascha und Jacqueline dich rauswerfen?« Als ich nicht sofort antworte, schiebt sie nach. »Oder hast du … andere … Kunden außer mir und Angst, sie zu verlieren?«

»Nein, nein!« Die Vorstellung, jemand anderen als Johanna auf dieser Basis zu treffen, ruft spontanen Widerwillen in mir hervor. »Ich will einfach nur keine Probleme mit den beiden. Ich musste einen Vertrag unterzeichnen und den Regeln zustimmen.«

»Du wirst keine Probleme bekommen.« Johanna wirkt völlig überzeugt. »Dieser Vertrag ist weniger wert als das Papier, auf das er gedruckt ist. Was die beiden Damen da mit ihrem Begleitservice abziehen, bewegt sich ohnehin im rechtlichen Graubereich. Du kannst folglich tun und lassen, was du willst – sie werden dich nie wegen Vertragsbruch vor Gericht zerren.«

Ich bleibe auch in dieser Nacht bei Johanna. Durch unsere offenen Gespräche fühle ich mich ihr näher als je zuvor. Als ich im Bett ihren warmen Körper nahe an meinem spüre, kostet es mich erhebliche Disziplin, nicht mit ihr zu schlafen. Trotzdem bleibe ich meinem Vorsatz treu. Ich will die Verbindung zwischen uns nicht schon wieder durch Sex zerstören.

*

Der Samstag, an dem Oma am Dornbacher Friedhof beerdigt wird, erweist sich als trüb und grau. Es ist eine kleine Gruppe von Menschen, die sich eingefunden hat: Oskar und sein Vater

Peter, Trudi und Gerti, zwei Freundinnen aus dem Pensionistenclub, mit denen sich Oma noch vor einiger Zeit regelmäßig zum Kartenspielen traf, sowie Johanna und ich.

Johanna steht die ganze Zeit an meiner Seite. Manchmal, wenn mich meine Tränen während der Ansprache des Pfarrers überwältigen, berührt sie flüchtig meine Hand. Ich bin ihr für ihre Anwesenheit mehr als nur dankbar.

Als Omas Sarg ins Grab gelassen wird und die anderen mir zum Kondolieren die Hand schütteln, ist es um meine Haltung geschehen. Ich schluchze bitterlich. Noch nie war mir stärker bewusst, dass ich die einzige Überlebende der ganzen Familie bin. Auch von der Seite meiner Mutter, einem Einzelkind, gibt es keine Verwandten mehr.

Johanna steht lange mit mir am Grab. Die anderen sind schon gegangen, doch ich weine noch immer bitterlich an ihrer Schulter. Erst als ich mich wieder etwas gefangen habe, bringt sie mich in ihrem Wagen nach Hause.

Als wir uns voneinander verabschieden, spüre ich, dass ich ihr jenen Entschluss mitteilen muss, den ich im Laufe der letzten Tage gefasst habe.

»Johanna, ich möchte nicht, dass es weiter auf dieser Basis zwischen uns läuft. Ich will nicht mehr gegen Bezahlung Zeit mit dir verbringen. Ich habe jetzt den Job bei den *Pinguinen* und komme damit auch so gut über die Runden.«

»Willst du es beenden?«

Plötzlich ist sie leichenblass. Ihre Stimme zittert leicht. Es dauert etwas, bis ich begreife, dass sie meine Aussage missverstanden hat.

»Ich möchte nicht unsere Treffen beenden«, präzisiere ich. »Ich möchte nur nicht mehr dafür bezahlt werden.«

Johanna starrt ein paar Sekunden lang mit unbewegter Miene geradeaus auf die Straße.

»Nein«, sagt sie dann mit klarer Stimme. »Ich möchte das nicht. Ich will, dass es so weiterläuft wie bisher.«

»Aber …«

»Paulina, das ist allein meine Entscheidung!«

Ihre Stimme klingt so scharf wie nie zuvor.

Geschockt und ernüchtert von der Klarheit ihrer Aussage, steige ich ohne Verabschiedung aus dem Auto.

Erst als ich die Haustüre aufgeschlossen habe, höre ich, dass Johanna davonfährt.

Erkenntnisse

»Ich bin schwanger!«, eröffnet mir Rafaela Mitte November mit strahlenden Augen. Tatsächlich habe ich das angesichts ihres sich leicht wölbenden Bäuchleins in den vergangenen Tagen schon vermutet. Bei meiner ansonsten so gertenschlanken Kollegin fällt jedes Kilo mehr auf.

»Das freut mich total für dich!«

Ich gratuliere ihr mit einer innigen Umarmung.

»Du weißt, was das heißt, oder?« Sie blickt mich ernst an. Ich blicke ratlos zurück. »Na, du wirst all meine Agenden übernehmen!«, klärt sie mich beschwingt auf. »Marketing, Werbung – ist doch sowieso dein Gebiet! Natürlich musst du dann Vollzeit arbeiten.«

Ich reiße entsetzt die Augen auf.

»Rafaela, ich habe Ende Februar meine Abschlussprüfungen! Ich muss lernen!«

»Trifft sich ja prima – Ich bin erst ab 1. März in Mutterschutz.«

»Was sagt denn Herr Frank dazu? Ich meine … ich habe ja noch nicht so eine wahnsinnige Arbeitserfahrung …«

»Alles schon besprochen. Er findet es super, dass du das alles übernimmst. Selbstverständlich bekommst du für fünfzehn Stunden eine Assistentin an deine Seite.«

Es dauert etwas, bis ich die Situation wirklich begreife: In einer Zeit, in der Marketingabsolventen in verzweifelten Heerscharen den Arbeitsmarkt durchkämmen, sich über Personalbüros bei Firmen vorstellen, deren Namen ihnen oft erst am Ende des Gesprächs genannt werden, oder schließlich aus Verzweiflung ein Ein-Personen-Unternehmen gründen, um mickrig bezahlten Aufträgen hinterherzurennen, bekomme ausgerechnet ich eine Festanstellung bei einer Institution, hinter deren Handeln und Prinzipien ich vorbehaltlos stehen kann – ich, die in den ersten zwei Semestern Prüfungen wiederholen musste und nicht einmal ein richtiges Praktikum an Land ziehen konnte.

*

Johanna nimmt mich mit zu einer Vernissage in einem neu eröffneten Museum für zeitgenössische Kunst in Wien. Die Künstler tragen japanische Namen und sind mir völlig unbekannt. Johanna hat zumindest von zweien der drei schon gehört. Gezeigt werden *Pop Art*-Werke und Skulpturen. Beides ist nicht mein Fall. Dennoch finde ich es nett, an Johannas Seite durch die hohen Räume zu streifen. Dass wir aufgrund ihrer Behinderung langsamer sind als die meisten Besucher, stört mich kein bisschen. Im Gegenteil, mir wird bewusst, wie sehr sich mein Tempo bei diesen gemeinsamen Spaziergängen dem ihren inzwischen automatisch angepasst hat.

Seit wir uns an der Garderobe aus den Wintermänteln geschält haben, gleitet mein Blick immer wieder voller Bewunderung über Johanna. Sie trägt ein in verschiedenen Blautönen gemustertes Spitzenkleid, das knapp über das Knie reicht. Ihr Haar hat sie sorgfältig aufgesteckt. Sie sieht sehr elegant aus, ohne dabei so konservativ zu wirken wie bei unseren ersten Treffen. Unabhängig von ihr habe zufällig auch ich mein Haar nach oben frisiert und trage für den Anlass ein Kleid, eines, das ich mir erst vor Kurzem geleistet habe: im bunten Missoni-Muster, von einem internationalen Modelabel, das ich vor einem halben Jahr nicht einmal in Erwägung gezogen hätte. Damals war *H&M* schon Luxus. Wie sehr sich die Zeiten mit wachsendem Einkommen geändert haben!

An das Geld möchte ich nicht denken, doch ich tue es trotzdem. Jedes Mal, wenn ich mit Johanna zusammen bin, quält mich der Gedanke, dass danach eine dicke Summe auf mein Konto überwiesen sein wird. Vermutlich klingt das absurd. Doch die Wahrheit ist: Wie können wir wirklich Freundinnen sein, wenn sie sich weiterhin verhält wie eine Kundin?

Sie will nichts daran ändern. Das hat sie mir klar gesagt. Ich habe das Thema nicht mehr angeschnitten. Trotzdem, es lässt mir keine Ruhe. Ich will nicht mehr mit ihr schlafen, ehe sie nicht ihre Zahlungen einstellt, und auch so nicht, wenn danach immer so eine seltsame Atmosphäre zwischen uns herrscht wie bei den bisherigen beiden Malen.

Ich begehre Johanna. Wenn ich bei ihr übernachte – was dann vorkommt, wenn ich Oma besonders vermisse und mir mein Haus kalt und leer erscheint –, gibt es Momente, in denen ich mich am liebsten auf sie stürzen würde. Ich träume davon, dass wir uns lieben. In meinen Träumen berührt sie mich so wie ich sie und sagt mir, dass sie mich von Herzen liebt. Ich weiß, dass diese Vorstellung kitschig ist und nichts mit der Realität zu tun hat. Es sind nur dumme Träume, die ich nicht steuern kann.

Verwundert stehe ich mit Johanna vor einem großen blassen Bild mit einem grünäugigen Fliegenpilz und versuche gerade den englischsprachigen, extrem klein gedruckten Bildtext zu entziffern, als mich eine nasale Frauenstimme aus meiner Konzentration reißt.

»Guten Tag, guten Tag! Was für eine Überraschung!« Eine Frau von mindestens Mitte sechzig mit viel zuviel Make-up, künstlich starrer Miene und einem Busen, der für ihr Alterzu stramm ist, um natürlich zu sein, hat sich vor Johanna aufgebaut. Sie trägt Leggins im Tigermuster und dazu ein schwarzes Jackett. Um ihren Hals hängt eine grobgliedrige goldene Kette.

Das Lächeln in ihrem botoxgeglätteten Gesicht wirkt falsch und übertrieben. Sie ist mir spontan unsympathisch. »Barbara, dich hier in Wien zu sehen! – Habt ihr euren Wohnsitz nun endgültig herverlegt? Oder seid ihr nur kurzfristig hier?«

Ehe Johanna, die auf den ersten Blick vollkommen perplex wirkt, etwas erwidern kann, taucht wie aus dem Nichts eine weitere Dame auf und gesellt sich hinzu. Ihr blond gefärbtes Kurzhaar wirkt in Kombination mit dem grauen knöchellangen Kleid und auffälligen Goldkreolen regelrecht schrill.

»Elke, darf ich dir Barbara Waldenfels vorstellen? – Karl und ich haben einmal ein unvergessliches Wochenende in ihrem Jagdhaus in Waidhofen verbracht!«

»Einen guten Tag«, wünscht die Frau namens Elke, und Johanna und sie schütteln sich die Hand.

Ich verharre immer noch stocksteif vor dem grünäugigen Fliegenpilz. Ich bin geschockt.

Was Barbara erwidert, nehme ich nicht wahr. Sie spricht leise, ihre Gesichtszüge sind angespannt.

»Interessante Elaborate«, kommentiert Elke nun die Ausstellung. Ihre Stimme klingt unangenehm. »Allerdings irritiert die Auswahl der Gäste doch ziemlich. Hieß es nicht, dies sei ein VIP-Preview? Aber anscheinend lassen sie jetzt auch schon Studentengruppen herein, die dann nur vor den Bildern herumstehen und einem die Sicht versperren.«

Johanna erwidert nichts.

Sekunden verstreichen, ehe ich realisiere, dass die spitze Bemerkung der Frau niemand anderem als mir galt.

Wie im Trance löse ich mich von der Stelle. Mit langsamen Schritten, den Blick starr Richtung Ausgang gerichtet, gehe ich vorbei an Johanna und den beiden Schreckgestalten. Erst als ich meinen Mantel an der Garderobe abgeholt habe, beginne ich zu laufen.

Als ich rund eine halbe Stunde später in meine Gasse einbiege, steht Johannas dunkler BMW bereits vor dem Haus. Seine Fahrerin geflissentlich ignorierend, gehe ich zügig an dem Wagen vorbei und habe die kalte Klinke des Gartentors schon in der Hand, als hinter mir ein flehender Ruf ertönt.

»Paulina! Bitte!« Johanna hat die Fahrertür geöffnet.

Langsam drehe ich mich um.

»Bitte *was*, Frau Waldenfels? Oder darf ich Barbara sagen?«

Wie konnte ich nur so naiv sein!

Während der Fahrt mit der Straßenbahn ist mein erstes Entsetzen abgeklungen und hat einer klaren Erkenntnis Platz gemacht: Barbara Waldenfels ist gut situiert verheiratet und verkehrt in den sogenannten besseren – vor allem wohlhabenden – Kreisen der Gesellschaft. Als Johanna Engel hat sie sich mit ihrem Haus in Grinzing unter genau diesem Decknamen ein heimliches Liebesnest eingerichtet, in dem sie ihre lesbischen Abenteuer auslebt. Das Einzige, was an dieser Erklärung sperrig ist, ist das Thema Sex, das ja auch für Johanna auf diese Weise nicht so ganz die Erfüllung sein kann. Aber das soll meine Sorge nicht mehr sein. Unsere Geschäftsbeziehung und erst recht jede persönliche haben sich an diesem Tag für mich endgültig erledigt.

»Gib mir wenigstens eine Chance, das zu erklären!«

Die Verzweiflung in Johannas Stimme bewusst überhörend, kontere ich: »Du bist mir keine Erklärung schuldig. Du kannst dich vor mir nennen, wie du willst. Du zahlst ja auch dafür.«

»Ja, natürlich. Dieses Thema wieder.«

Johanna lacht bitter.

In mir brodelt es weiter. Ich bin so wütend und enttäuscht, dass ich ihr richtig wehtun will.

»Als Kundin hast du selbstverständlich alles Recht der Welt, mir mitten ins Gesicht zu lügen. Und du hast selbstverständlich auch das Recht, mich vor deinen tollen Freundinnen zu behandeln wie Abschaum! Mich links liegen zu lassen, mich nicht vorzustellen – und nicht einmal für mich Partei zu ergreifen, wenn eine dieser aufgeblasenen Silikon-Zicken über meinen Kopf hinweg über mich redet, als sei ich ein Stück Dreck!«

»Paulina! Verdammt!« Es ist das erste Mal, dass ich Johanna fluchen höre. Ihre Wangen sind gerötet. Ihre Stimme zittert. »Ja, ich habe mich heute nicht wirklich gut dir gegenüber verhalten. Aber ich wollte dich nicht verletzen. – Bitte, setz dich zu mir in den Wagen und lass mich das alles erklären!«

»Nein!« Ich will hart bleiben. Ich bin noch immer mehr als nur verärgert und verletzt. Dennoch, als Johanna Anstalten macht, aus dem Auto zu steigen, und ich sie bereits auf den schlittrigen Stufen zur Haustüre sehe, gebe ich nach. Resigniert nehme ich auf dem Beifahrersitz Platz. Zumindest ist es im Inneren des Wagens wärmer als draußen auf der Straße. Ich reibe meine kalten Hände aneinander. Lange werde ich ihr nicht zuhören.

»Johanna Engel ist mein richtiger Name. Die Frau, die früher Barbara Waldenfels war, gibt es nicht mehr.«

Ich betrachte sie mit provokanter Langweile im Gesicht.

»Kommt jetzt die Geschichte, dass du im Zeugenschutzprogramm bist und unschuldig von der Mafia gejagt wirst, oder was?«

»Nein.« Johanna schluckt. »Mein Geburtsname ist Barbara Johanna Engel. Ich war eine verheiratete Waldenfels. Seit dem Tod meines Mannes nenne ich mich nur noch Johanna Engel.«

Seit dem Tod ihres Mannes. Nun ja.

»Wieso sollte ich dir glauben?«

Sie runzelt die Stirn.

»Wieso solltest du mir nicht glauben?«

Gute Frage. Bis heute hatte ich an dem, was sie mir über sich und ihre Vergangenheit erzählte, nie den geringsten Zweifel. Aber dann spazierten zwei aufgedonnerte Tussis in meine Beinahe-Rosa-Wolken-Welt und offenbarten mir Dinge, die ich zuvor nicht in Erwägung gezogen hatte. Die anfängliche Skepsis, ob sie nicht vielleicht verheiratet ist, war für mich mit jedem

Aufenthalt in Johannas Haus ein Stückchen mehr verflogen. Nichts erweckte in mir je den Anschein, dass dort jemals jemand anderes als sie allein wohnte.

»Wenn das so ist – warum hast du es diesen Frauen nicht gesagt? Du hast nicht einmal erwähnt, dass dein Mann verstorben ist! Findest du das etwa normal? – Das ist doch das Erste, was man in so einer Situation aufklärt, oder? Du dagegen hast so getan, als wäre alles in bester Ordnung!«

Draußen beginnt es zu regnen. Im Nu ist die gesamte Windschutzscheibe bedeckt von großen Tropfen, die fast schon aussehen wie flüchtige Schneeflocken.

»Für mich *ist* jetzt alles in bester Ordnung«, durchbricht Johanna die Stille. »Zumindest in diesem Punkt. Mein Mann ist tot, ich habe meinen Geburtsnamen wieder angenommen. Ich sehe das Problem nicht. Was habe ich in deinen Augen denn Verwerfliches getan?«

»Du weichst mir aus«, stelle ich nüchtern fest, den Blick starr auf die vom Schneeregen bedeckte Windschutzscheibe gerichtet. »Aber du bist mir ja auch, wie schon gesagt, keine Erklärung schuldig. Dass du einmal verheiratet warst, geht mich nichts an. Es ist mein Fehler, dass ich zu viel in unsere Treffen hineininterpretiert habe. Ich kann das nun einmal nicht: Jemanden so oft zu sehen, mit ihm Zeit zu verbringen und …« Ich schlucke. Das Thema Sex klammere ich lieber aus, das Gespräch ist schon so bitter genug. »… und dann keine Nähe und Vertrauen aufzubauen. Ich habe darüber aus den Augen verloren, dass du die Kundin bist und meine Rolle darin besteht, dir ein paar nette Stunden zu bereiten.«

»Herrgott, Paulina, ich bitte dich!« Johannas Stimme überschlägt sich fast. »Was ist so schlimm daran, dass ich dir Geld gebe? – Ich habe genug davon, und du kannst es brauchen. Ich mag es, dich um mich zu haben, aber ich möchte dir für die Zeit, die du dafür opferst, irgendetwas zurückgeben! Geld ist das einzige, was ich dir anbieten kann.«

Meint sie das ernst? – Ein Blick in ihre Augen gibt mir die Antwort.

»Schon einmal auf die Idee gekommen, dass du mehr zu bieten hast als Geld? – Du bist hübsch, interessant, gebildet, fürsorglich, malst geniale Bilder ... ich finde es absurd und falsch, dass du mich – oder irgendjemand anderen – dafür zahlst, mit dir Zeit zu verbringen!«

Johanna schluckt trocken. In ihren Augen schwimmen Tränen.

»Du siehst Dinge in mir, die nicht so sind.«

»Wie sind sie denn deiner Meinung nach, diese *Dinge*?«

Wieder schluckt sie. Ihre Finger halten das Lenkrad so sehr umklammert, dass ihre Knöchel weiß hervortreten.

»Ich bin behindert«, erwidert sie mit leiser Stimme. »Das kann man nicht beschönigen. Ich werde immer ein Handicap haben. Und ich bin nicht gut darin, nette Gespräche zu führen.«

Ich hebe irritiert die Augenbrauen, und sie liefert die Erklärung gleich von selbst. »Ich fühle mich Frauen wie diesen beiden nicht gewachsen. – Gitta und Karl Haas waren mit meinem Mann befreundet. Ich mochte sie schon damals nicht. Und dieser Elke kann ich auch nichts abgewinnen. Personen wie sie überrollen mich. Ich ... ich wollte etwas sagen, Paulina! Es widert mich an, wie sie dich behandelt hat. Aber ich fühlte mich in diesem Augenblick wie das kleine Mädchen, das die meiste Zeit abgeschirmt in seinem Zimmer spielte oder krank im Bett lag. Ich fühlte mich unterlegen. Was soziale Kontakte und den Umgang mit Menschen betrifft, habe ich Defizite. Ich ... ich arbeite daran.« Sie nimmt ihre Hände vom Lenkrad. Ich sehe, dass sie zittert, und dies inzwischen am ganzen Körper. Im Auto ist es kühl geworden, doch ihr Zittern hat vermutlich andere Ursachen. Ihre Offenheit wühlt auch mich auf. Meine Wut hat längst den Rückzug angetreten. Ich will etwas darauf sagen, doch ich finde nicht die passenden Worte.

»Das mit meinem Mann ... dass ich verheiratet war ..., ist

bedeutungslos, was unser Zusammensein angeht«, fährt sie fort. »Ich spreche nicht gern über meine Ehe, Paulina. Es ist für mich definitiv ein Abschnitt in meinem Leben, den ich lieber vergessen möchte. Ich habe sehr jung geheiratet. Zu jung.«

In dem Schweigen, das ihren Worten folgt, scheint jede von uns ihren eigenen Gedanken nachzuhängen. Ich versuche mir den Mann vorzustellen, in den sich Johanna einst verliebt hat. War er dominant? Ein Macher? – Da Johanna so zurückhaltend und dezent ist, liegt es für mich auf der Hand. Ich denke an eine von Omas früheren Kartenspiel-Freundinnen, eine schüchterne, sehr freundliche Frau. Sie war früher mit irgendeinem cholerischen Beamten verheiratet. Irgendwann erzählte sie schreckliche Dinge über ihre Ehe, und Oma berichtete mir alles, weil sie mich davor warnen wollte, jemals an Typen wie ihn zu geraten.

Kurz darauf sagte ich ihr, dass ich sowieso lesbisch bin. Mine Oma ist ... war eine weitsichtige Frau. Auch wenn ihre Haut Falten hatte, blieb ihr Verstand immer jung. Sie sagte zu mir: »Paulina, diesen Typ Mensch gibt es sicherlich auch bei Frauen. Lass dich nie dominieren und mach dich nie abhängig!«

Damals lachte ich noch. Die Vorstellung, dass eine Frau einer anderen physische oder psychische Gewalt antun könnte, war für mich völlig absurd. Nach meinem ersten Vorstoß in die hiesige lesbische Szene war ich schlauer.

»Ich weiß, was du dich fragst«, durchbricht Johanna die Stille. »Du wunderst dich, weshalb ich ihn überhaupt geheiratet habe.«

»Du hattest dich verliebt?«

»Ich war gerade mal zwanzig. Ich war sehr behütet, hatte keine Ahnung vom Leben. Aufgrund meiner Behinderung ließen mir meine Eltern wenig Freiheit. Ich habe nie eine öffentliche Schule besucht. Meine Lehrer kamen zu mir ins Haus. Ich hatte keine Freundinnen oder Freunde und damit so gut wie keinen Kontakt zu Gleichaltrigen. Harald war der Erste und Einzige, der sich für mich interessierte. Ich interpretierte sein Interesse als Liebe. Eine Heirat mit ihm war meine persönliche Option, aus der Isolation meines Elternhauses zu entkommen. – Nun, was soll ich sagen. Es war wirklich keine gute Ehe.«

Johannas Erzählung wühlt mich auf. Mein Ärger ist völlig verraucht. Ihre Ehrlichkeit berührt mich.

Ich lege meine Hand auf die ihre.

»Komm mit mir ins Haus«, sage ich.

Mit einem kurzen Nicken willigt sie ein.

Johannas Geschichte

Ich führe Johanna durch den winzigen Vorraum, in dem kaum ein Garderobenständer Platz hat, in die Wohnküche. Auf dem Herd stehen Töpfe, leer und sauber. Die Pfanne liegt im Abtropfgestell, das kaum noch Arbeitsfläche frei lässt. Auf diesen wenigen Zentimetern reihen sich wie zu Omas Zeiten Olivenöl, Essig und Sojasoße. Die beiden Hängeschränke oberhalb von Herd und Kühlschrank sind voll mit Tellern, Tassen und Gläsern. Ich denke an Johannas geräumige, blitzblanke Küche, und wie das hier alles auf sie wirken muss: der kleine Esstisch mit der geblümten Plastikdecke, das alte Kanapee, der altmodische Röhrenfernseher sowie der teils bereits löchrige blassblaue PVC-Boden, den Oma und ich schon lange gegen Laminat austauschen wollten. Leider fehlte uns stets das Geld dazu.

Ich öffne die Türe zum Nebenzimmer.

»Das ist Omas Schlafzimmer. Ich habe es noch nicht geschafft, hier irgendetwas zu verändern. Irgendwann muss ich wohl mal ihre Schränke ausräumen … aber im Moment …«

Meine Stimme verebbt. Johanna legt mir die Hand auf die Schulter.

»Mach dir keinen Druck. Das hat Zeit.«

Vermutlich hat sie recht.

In der Wohnküche tritt sie ans Fenster und sieht hinaus in den herbstlichen Garten. Der leichte Schneeregen ist mittlerweile in feinen Nieselregen übergegangen.

»Und das ist also der Marillenbaum? Aus dessen Früchten

du diese köstliche Marmelade gemacht hast, die neuerdings mein Frühstück bereichert? – Ich habe mich noch gar nicht dafür bedanken können, nachdem du die Gläser allesamt bei Magda abgeladen hast, ohne mir etwas davon zu sagen.«

»Das mit dem Bedanken kannst du jederzeit nachholen.«

Ich trete zu ihr, sehe sie an, lächle. Es dauert etwas, bis sie meine wortlose Aufforderung versteht. Sie lehnt sich zu mir herüber und küsst mich sanft auf den Mund. Wir sehen uns tief in die Augen. Mein Herz schlägt heftig in meiner Brust.

»Ich zeige dir mein Zimmer«, sage ich leise. »Wenn du willst.«

Sie zögert kurz, als sie die steile Wendeltreppe zum Dachgeschoss sieht, beginnt dann aber beherzt den Aufstieg. Langsam erklimmt sie Stufe für Stufe, fest an das Geländer geklammert, während ich für den Fall, dass sie ausrutscht, dicht hinter ihr gehe. Oben angekommen, muss sie sich setzen. Abgesehen von meinem Schreibtischstuhl, auf dem ein Stapel Fachbücher liegt, bleibt nur mein Bett. Ich nehme neben ihr Platz.

»Den Dachstuhl bewohnst also ganz alleine du.«

Sie lässt ihren Blick über Bett, Schreibtisch und Schrank gleiten. Viel gibt es hier nicht zu sehen.

»Ich bewohne das ganze Haus allein ... Abgesehen davon lassen die Dachschrägen nicht viel Spielraum«, erläutere ich. »Vermutlich hätte ein durchschnittlich gebauter Mann sogar schon Probleme, hier aufrecht zu stehen.«

»Dann ist es ja gut, dass ich eine Frau bin.«

Johannas Bemerkung kommt so spontan, dass ich lachen muss.

»Das ist in jeder Hinsicht gut.«

Wir sehen uns an. In Johannas Augen steht wieder jene Unsicherheit, die ich schon oft an ihr bemerkt habe, wenn das Gespräch in eine eindeutige Richtung geht. Sie wendet ihren Blick ab und fixiert nun das Holzgefäß mit den Stiften, das auf meinem Schreibtisch steht. Unwahrscheinlich, dass es für sie in irgendeiner Form interessant sein kann.

Sanft fasse ich sie am Kinn und drehe ihren Kopf zu mir.

»Johanna«, sage ich leise. »Bitte zahl mich nicht mehr, okay?«

Sie nickt stumm, schluckt.

»Okay«, sagt sie dann.

Ein Stein der Erleichterung fällt mir vom Herzen. Spontan schließe ich sie in die Arme, mein Mund sucht den ihren. Johanna erwidert meine Küsse – zunächst verhalten, dann voller Intensität. Ich lasse mich auf das Kissen sinken und ziehe sie mit mir, ohne meine Lippen von ihr zu lösen. Es liegt auf der Hand, auf was wir zusteuern. Ich will sie so sehr spüren, überall ...

Ich bekomme den Reißverschluss an ihrem Rücken zu fassen, ziehe ihn nach unten. Mühelos kann ich ihr das Kleid über die Schultern streifen. Es gelingt mir sogar, ihr Mieder zu öffnen, dicht bei den Fingern folgt mein Mund. Ihre Nippel werden sofort steif, als ich zu lecken und zu saugen beginne. Ihr Atem wird schneller. Ich drehe sie auf den Rücken, entledige mich flugs meines eigenen Kleides und meiner Strumpfhose. Meine Lippen finden wieder die ihren.

Lust durchströmt meinen Körper, während ich mich intensiv mit ihrem Hals beschäftige, meine Hand an ihren Brüsten. Johanna liegt mit geschlossenen Augen da und überlässt mir die Regie. Ich halte inne. Sie zahlt mich nicht mehr. Sie ist nicht mehr meine Kundin. Was wir haben, sollte auf gleichwertiger Basis ablaufen, oder nicht?

»Bitte berühr mich.«

Johanna reißt die Augen auf. Sie sieht mich erschrocken an. Mein Verlangen schlägt schlagartig den Rückzug ein. Ich setze mich aufrecht hin.

»Oder findest du irgendetwas an mir oder meinem Körper so abstoßend, dass du mich nicht anfassen willst?«

Ich kann die innere Verletzung, die ihr Verhalten bei mir hervorruft, nicht länger verbergen. Nach all der Offenheit, die zuvor zwischen uns herrschte, trifft mich diese Abfuhr nun besonders hart.

Mit Tränen in den Augen will ich nach meinem Kleid greifen, doch Johannas Hand schlingt sich wie eine Fessel um mein Handgelenk und stoppt meine Bewegung.

»Nichts an dir ist abstoßend.« Ihre Stimme klingt heiser. »Du bist wunderschön.«

»Aber?«

Sie sagt nichts, sieht mich nur stumm an.

»Aber du willst nicht mit mir schlafen«, interpretiere ich folglich. »Du kannst das auch klar aussprechen, Johanna. So bedürftig bin ich nicht, dass ich gierig über dich herfallen muss! Glaubst du, mir macht es Spaß, wenn du einfach nur passiv daliegst und alles über dich ergehen lässt? Wenn ich die letzten Male nicht gespürt hätte, dass du einen Orgasmus hast, könnte ich fast den Eindruck bekommen, dass das, was ich tue, eine Art Vergewaltigung für dich ist. Super! Genauso stelle ich mir Sex vor.«

Meine Stimme ist voll von bitterem Sarkasmus.

Johanna starrt mich nur mit großen Augen an.

»Willst du …« Sie bricht ab, schluckt trocken. Dann scheint sie sich einen Ruck zu geben. »Ich soll dich … ich meine … Willst du wirklich … von mir … angefasst werden?«

Jetzt bin ich diejenige, die große Augen macht. Meint diese Frau diese Frage ernst? Ihrem Gesichtsausdruck nach zu urteilen, offensichtlich schon.

»Hab ich das nicht gerade gesagt: Bitte berühre mich?« Ich runzle die Stirn. »Abgesehen davon … es ist normal, oder? Sex ist keine einseitige Sache, normalerweise.« Als von ihr nichts kommt, füge ich trotz ihres immer noch so verwirrten Gesichtsausdrucks hinzu: »Ich meine – okay, du … warst eine zahlende Kundin. Aber ich dachte, wir hätten das geklärt? Dass es jetzt nicht mehr so ist?«

Meine Stimme hört sich dünn an. Johanna sagt nichts, was für mich nur einen einzigen Schluss zulässt.

»Ich will diese Einseitigkeit nicht mehr, Johanna. Ich bin

dafür nicht geschaffen. Ich bin keine Prostituierte. Ich will auch etwas zurückbekommen, körperlich.«

Und seelisch.

Letzteres behalte ich für mich. Das ist jetzt wohl nicht unser Thema.

»Okay.« Johanna nickt. Sie hat den Blick auf das Leintuch gerichtet. Plötzlich richtet sie sich auf. »Ich sehe dich nicht als Prostituierte, habe dich nie so gesehen. Es ist ... nichts dergleichen. Ich muss dir etwas erzählen, bevor wir ... bevor ich ... Damit du verstehst.« Sie atmet tief durch. »Möglicherweise wird es nicht so schön für dich, wie du dir erhoffst.«

Ich runzle zum zweiten Mal die Stirn.

»Wie meinst du das?«

»Dass mir ... die Übung fehlt. Ich weiß nicht, was ich tun soll.«

»Bin ich deine erste Frau?«

Sie nickt.

Das ist es also, was ihr zu schaffen macht?

»Johanna.« Ich lege ihr meine Hand auf den Oberschenkel. Sie trägt noch immer ihre schwarze Strumpfhose. »Ich bin sicher, alles was du mit mir und an mir machst, ist gut. Und wenn nicht, werde ich es dir ganz einfach sagen.«

Sie nickt, legt ihre Hand auf die meine.

»Es tut mir leid. Ich bin kompliziert.« Sie lächelt schwach, wird aber gleich wieder ernst. »Ich muss dir das wirklich erzählen, damit du es verstehst. Sex ist ein schwieriges Thema für mich. Ich ... habe ja gesagt, wir führten keine gute Ehe, und ich will diese Zeit lieber vergessen. Aber ganz so einfach ist das leider nicht. – Als ich ihn heiratete, war ich auf dem Papier zwanzig, aber emotional noch ein Kind. Alles unterhalb der Gürtellinie wurde in meinem Elternhaus totgeschwiegen. Ich war nicht einmal aufgeklärt. Harald war fünfundzwanzig Jahre älter als ich.« Sie schluckt. »Er hatte im Bett so seine Eigenarten. Wollte nicht berührt werden. Wollte keine Küsse. Ich kannte es aus den

Liebesfilmen anders, aber irgendwann war ich selbst überzeugt davon, dass das, was er mit mir tat, normal ist. – Wenn ich also … dabei nicht so bin, wie du es gern hättest, dann kennst du jetzt die Ursache. Ich arbeite daran, aber es gibt so viele andere Baustellen in meinem Leben und … nun«, sie hält inne, sieht mich offen an, »und Sex steht ehrlich gesagt für mich nicht an erster Stelle auf meiner To-do-Liste.«

Wir hatten keine gute Ehe. – Johanna sagte das bereits bei unserem Gespräch im Auto. Angesichts der neuen Fülle an Information war diese Aussage wohl noch viel zu beschönigend.

»Johanna«, beginne ich zaghaft, finde aber nicht die passenden Worte. Also nehme ich sie einfach nur in den Arm. Unsere nackten Brüste berühren sich. Es fühlt sich unglaublich gut an, und ich hoffe in diesem Augenblick, dass sie dasselbe empfindet.

»Ich würde nie etwas tun, das du nicht willst«, flüstere ich. »Aber du musst mir sagen, wenn dir etwas nicht gefällt … vielleicht merke ich es nicht immer.«

»Es war bisher immer wunderbar.« Johanna flüstert ebenfalls. »Und … ich möchte sehr, dass es für dich auch wunderbar ist, Paulina.«

»Auch wenn der Sex nicht an erster Stelle auf deiner To-do-Liste steht?«

Ich weiß, Johanna spürt mein Lächeln an ihrer Wange. Ich fühle, dass sie es erwidert.

»Jetzt sind wir immerhin schon hier, in deinem Bett. Und beide fast nackt.«

»Ja, das ist eine ernste Lage.« Johannas Geschichte sitzt mir noch immer in den Knochen, doch wenn ich weiter ernst bleibe und darüber nachdenke, werde ich irgendwann zu weinen beginnen. Also mache ich lieber einen Scherz. »Wie werden wir mit dieser ernsten Lage nur umgehen?«

»Ich weiß es nicht. Zumal du nur ein Neunzig-Zentimeter-Bett hast. Aber du bist die Erfahrene, also wirst du auch eine Lösung finden.«

»Natürlich.« Ich knabbere zärtlich an ihrem Ohrläppchen. »Ich habe schon eine.«

»Und die wäre?«

Johannas Körper presst sich warm und weich an den meinen. Ich kann ihren Herzschlag fühlen.

»Zieh deine Strumpfhose und deinen Slip aus, und ich werde sie dir demonstrieren.«

Johanna lacht. Und streichelt erstmals meinen nackten Rücken.

*

Ich wache auf. Es ist dunkel. Ich bin in meinem Zimmer, in meinem Bett. Alleine. Lediglich der Geruch meines Kopfkissens und die Feuchte zwischen meinen Beinen zeigen mir, dass der Sex mit Johanna diesmal nicht nur in einem meiner Träume stattfand.

Irritiert knipse ich die Nachttischlampe an und reibe mir die Augen. Ihre fehlenden Kleider beweisen mir, dass sie tatsächlich schon gegangen ist. Ohne Abschied und ohne, dass ich davon aufgewacht bin.

Ich werfe einen Blick auf den Wecker. 4:02 Uhr. Vor über zwölf Stunden haben wir uns gemeinsam hingelegt. Das Letzte, an was ich mich erinnere, war meine unvermeidliche Biopause gegen Mitternacht. Als ich zurückkam, lag Johanna noch immer nackt in meinem Bett und empfing mich mit hungrigen Küssen.

Mein Magen knurrt. Um diese unorthodoxe Zeit erinnert er mich unmissverständlich daran, dass ich das letzte Mal vor Beginn der Vernissage gegessen habe, und da auch nur einen kleinen Teller Fertigsuppe.

Ich gehe hinunter in die Küche und ziehe als Erstes die Vorhänge zu, denn ich bin immer noch unbekleidet.

Lisi sitzt am Esstisch und sieht mich erstaunt an. Ich kann verstehen, dass mein Aufzug sie um diese Stunde irritiert. Überrascht bin ich dagegen von ihrer Anwesenheit. Es ist Tage her, dass ich sie gesehen habe; das letzte Mal war es bei Johanna. Sie stand dort etwas gelangweilt in der Küche herum und verschwand, als wir gemeinsam den Raum betraten.

»Tja, da staunst du«, sage ich zu ihr – oder zu mir selbst. Ich staune tatsächlich. Hinter mir liegen wunderbare, erfüllende Stunden. Es war schön mit Johanna. Sie ist noch immer nicht frei von Hemmungen, aber sie berührt mich und lässt sich führen. Für mich war es der denkbar beste Anfang.

Ich habe die Hand schon am Kühlschrankgriff, als ich Lisi mit dem Finger auf den kleinen Esstisch zeigen sehe. Ein Zettel, mit eleganter Handschrift beschrieben.

Liebe Paulina.

Ich danke dir: für die Gespräche, für deine Geduld, deine Zärtlichkeit. Ich melde mich. Johanna.

Nun, wenigstens ist sie nicht gänzlich ohne Abschied verschwunden. Beruhigt mache ich mich über den Erdbeerjoghurt her, den ich im Kühlschrank finde, und verschlinge eine Banane.

Endlich beginne ich mich glücklich zu fühlen. Omas alter Satz fällt mir ein: *Es wird schon noch jemand kommen, der dir die Sterne vom Himmel holt.* Für mich steht in diesem Augenblick außer Frage, dass dieser jemand Johanna ist.

Sprechende Bilder

»Ihr trefft euch künftig also privat. Deshalb willst du nicht mehr für Natascha und mich arbeiten, richtig?«

Jacqueline sitzt mir in einem französischen Bistro im 7. Bezirk gegenüber. Es riecht nach frischem Baguette und Kaffee. Im Hintergrund überdecken Chansons die Gespräche der wenigen anderen Gäste. Vor dem großen Fenster, an dem unser Tisch steht, fallen Schneeflocken auf den grauen Asphalt.

Sowohl der Ort als auch das Treffen waren ihre Idee. Ich sehe aus meiner Sicht keine Notwendigkeit, sie nochmals persönlich zu treffen. Für mich ist alles geklärt.

»Das sagte ich dir schon am Telefon.«

»Du weißt, dass das gegen die Regeln der Agentur ist! Du weißt, dass wir dich wegen Vertragsbruch verklagen könnten, Paulina!«

Trotz des dicken Make-ups auf ihrem Gesicht kann ich erkennen, dass sich auf Jacquelines Haut rote Flecken bilden. Unwillkürlich muss ich grinsen. Natascha und ihr bricht eine große Einnahmequelle weg. Ich kann verstehen, dass Jacqueline das in Empörung, wenn nicht gar Panik versetzt. Möglicherweise wird sie ihr Prada-Täschchen nicht so schnell durch ein aktuelleres Modell ersetzen können.

»Das wird schwierig werden, Jacqueline. Besonders unter dem Aspekt, dass zwischen Johanna und mir kein Geld mehr fließen wird. Wenn ich sage, wir treffen uns privat, dann meine ich auch privat. Nicht *privat* mit Anführungszeichen.«

Jacqueline verzieht ihr Gesicht, als hätte sie Zahnschmerzen.

»Du lieber Himmel, ich fasse es nicht.« Sie schlägt sich mit der flachen Hand gegen die Stirn. »Du hast dich verliebt. Du hast dich in eine Kundin verliebt!«

Diese Einsicht verkündet sie so laut, dass das junge Paar am Tisch nebenan sofort interessiert zu uns herübersieht. Zum Glück fällt es ihr selbst auch auf. Sie senkt ihre Stimme, als sie fortfährt: »Und was ist jetzt? – *And they lived happily ever after*? Das glaubst du doch nicht wirklich!«

Ich sage nichts. Schon weil ich es auch nicht weiß. Seit unserer gemeinsamen Nacht hat sich Johanna nicht mehr gemeldet. Über achtundvierzig Stunden sind seither vergangen. Doch das braucht niemand zu wissen.

»Das hast du wirklich schlau gemacht«, sagt Jacqueline. So, wie sie die Worte von sich gibt, klingen sie nicht nach einem Kompliment. »Ich hätte dir so viel Berechnung gar nicht zugetraut. Aber gratuliere, du hast es wohl geschafft: Dir eine stinkreiche Kundin zu angeln, die dich zumindest die nächsten Jahre durchfüttert, wenn du dich weiterhin auch nur ein bisschen geschickt anstellst. – Oh Gott, ich wünschte, mir würde das einmal passieren!« Als sie mein Schmunzeln bemerkt, fügt sie rasch hinzu: »Mit einem Mann, natürlich.«

»Natürlich«, erwidere ich, ein süßliches Lächeln auf den Lippen. Ich freue mich auf die Zeit, in der Jacqueline in meiner Erinnerung nach und nach verblassen wird. Eigentlich sollte ich ihr dankbar sein, immerhin gab sie mir eine Chance, Geld zu verdienen in einer Zeit, in der sich keine andere Option bot. Dennoch, ich habe sie in den vergangenen Monaten einfach zu gut kennengelernt, um sie noch auf irgendeine Art zu mögen.

»Ich verstehe das einfach nicht!« Jacqueline zupft sich nervös ihre sorgfältig frisierten Locken zurecht. »Ich meine: Sieh uns beide nur an! Ich setze alles daran, um gesellschaftlich in einer anderen Liga mitzuspielen, während du ewig in Jeans und Rollkragenpulli herumrennst! – Und im Bett tue ich ebenfalls alles, was gewünscht wird.« Sie senkt ihre Stimme noch weiter, sieht mich beschwörend an. »Und wenn ich sage, *alles*, dann meine ich auch *alles*!«

Bilder entstehen in meinem Kopf, die ich lieber sofort wieder vergessen möchte.

»Siehst du«, sage ich und stehe auf. Ich lege einen Fünfer auf den Tisch für die kleine Kanne Früchtetee, die ich zumindest zur Hälfte geleert habe. »Das ist der Unterschied zwischen uns beiden. Du spielst ständig eine Rolle, und ich bin einfach nur ich selbst.«

»Was machst du da?« Jacqueline schaut mir irritiert zu, wie ich in den Mantel schlüpfe.

»Ich gehe«, sage ich. »Ich denke, wir haben alles besprochen.«

»Aber ... aber ich wollte mit dir noch plaudern! – Jetzt, da wir in keinem Geschäftsverhältnis mehr stehen, können wir doch Freundinnen sein!«

Jacqueline ist so durchschaubar, dass es wehtut. Freundschaft war nie ein Thema zwischen uns, solange ich im Callcenter unter ihrer Fuchtel die Quote an Telefonaten zu erfüllen hatte, oder zu dem Zeitpunkt, als ich abgebrannt und mutlos auf ihr dubioses Jobangebot eingegangen war. Jetzt, da ich aus ihrer Sicht durch meine Beziehung zu Johanna *in einer anderen gesellschaftlichen Liga* spiele, wie sie es ausdrückt, werde ich plötzlich für sie interessant.

»Ich denke nicht«, weise ich ihr Freundschaftsangebot brüsk ab und strebe in Richtung Ausgang.

Jacqueline ist äußerst verstimmt.

»Du wirst dich noch umschauen, wenn sie dich fallen lässt wie eine heiße Kartoffel!«, ruft sie mir hinterher. »Aber glaub bloß nicht, dass Natascha und ich dir dann noch irgendeine Chance geben!«

Die neugierigen Blicke aller Gäste im Rücken, verlasse ich das Lokal.

Herr Frank erhöht ohne einen für mich ersichtlichen Grund von heute auf morgen drastisch mein Gehalt. Ich verdiene jetzt mit meinen fünfzehn Wochenstunden über 1400 Euro brutto.

»Du leistest gute Arbeit, Paulina«, erklärt er mir. »Hast dich gut eingearbeitet, bist engagiert, kümmerst dich um unsere Klienten – du hast dir eine Belohnung wirklich verdient.«

Ich versuche es zu akzeptieren, was mir zugegebenermaßen schwerfällt. Ich weiß, dass Rafaela für Vollzeit im Verhältnis nicht angemessen mehr verdient, und sie ist im Gegensatz zu mir wirklich ein Profi auf ihrem Gebiet.

Lange grüble ich dann doch nicht über die unerwartete Finanzspritze nach. Ich habe andere Sorgen. Genauer gesagt: eine ganz große Sorge. Auch nach vier Tagen herrscht Funkstille. Johanna hat sich noch immer nicht gemeldet. Ich verstehe das nicht. Am Sex kann es wohl doch nicht gelegen haben? – Im Geiste lasse ich unsere Nacht erneut Revue passieren. In meiner Erinnerung deutet nichts darauf hin, dass ihr unsere Aktivitäten Unbehagen bereitet haben.

Am Abend halte ich es nicht mehr aus und rufe bei ihr an. Ich lande überraschend in der Mobilbox und finde vor Enttäuschung und Verunsicherung keine Worte.

Ratlos zermartere ich mir den Kopf, was los sein könnte. Dann piepst mein Handy. Eine SMS.

Hallo, ich bin derzeit nicht in Wien. Muss einiges erledigen, bin ziemlich beschäftigt. Ich melde mich, wenn ich zurück bin. Alles Liebe, Johanna.

Ich weiß nicht, was ich davon halten soll. Die Nachricht klingt für mich schrecklich unpersönlich.

*

Ein Auto ist mit einer Straßenbahn kollidiert. Der Bus, in dem ich sitze, steht im Stau. Ich bin nur noch ein paar hundert Meter von jener Haltestelle entfernt, an der ich auszusteigen pflege, wenn ich ins Büro fahre. Als der Straßenbahnfahrer kulanterweise die Türen öffnet und seine Fahrgäste entlässt, weil er einsieht, dass es so schnell nicht weitergehen wird, steige auch ich aus. Gedankenverloren schlendere ich den Bürgersteig entlang, als mich ein vertrautes Lachen aufschauen lässt.

Nur wenige Meter vor mir, in einen dicken Daunenmantel gehüllt, steht Johanna vor einem Altbau und unterhält sich rege mit einem jungen Mann mit dunklem Haar. Ich bleibe abrupt stehen und verschwinde hinter einer Litfaßsäule.

Am Abend zuvor erhielt ich von ihr die Nachricht, dass sie nicht in Wien ist. Jetzt steht sie in Wien-Heiligenstadt auf der Straße und führt ein angeregtes Gespräch mit einem gutaussehenden Mann in meinem Alter. Ich verstehe das nicht.

Wie angegossen stehe ich da und beobachte das Geschehen. Fünf Minuten, zehn Minuten? Ich verliere jegliches Zeitgefühl. Johanna wirkt gelöst und heiter; der Mann und sie scheinen sich gut zu kennen. Zum Abschied umarmen sich die beiden innig.

Ich könnte zu ihr laufen und sie ansprechen, doch ich bin wie paralysiert. Sie hat mich angelogen, einfach so!

Fassungslos über diese Erkenntnis sehe ich zu, wie Johanna in ihren Wagen steigt und davonfährt.

*

Im Büro kann ich mich an diesem Tag kaum auf die Arbeit konzentrieren. Rafaela erzählt irgendetwas davon, dass ihre Nase immerzu verstopft ist, weil das hormonell bedingt sei, und zeigt voller Begeisterung das 3D-Ultraschallbild ihres Babys herum. Zumindest nimmt Roland so viel Anteil daran, wie sie es verdient. Ich stehe völlig neben mir, übersehe Fehler in freizugebenden Texten und verwechsle Termine und Klientennamen.

Zwei Stunden lang quäle ich mich durch den Nachmittag. Dann schreibe ich Johanna eine SMS.

Hallo, habe dich heute in Wien-Heiligenstadt gesehen. Du warst mit einem athletisch gebauten Mitzwanziger beschäftigt. Gruß, Paulina.

Es dauert keine zehn Minuten, als von ihr eine Nachricht retour kommt.

Ich habe dich nicht gesehen! Warum hast du mich nicht begrüßt? – Der nette junge Mann ist übrigens Thomas, mein Physiotherapeut. Alles Liebe, Johanna.

Prinzipiell ist an dem Text nichts auszusetzen – bis auf den Umstand, dass sie es nicht einmal für notwendig hält, mir zu erklären, weshalb sie nun anscheinend doch in Wien ist. Warum sie ihren Physiotherapeuten treffen kann, aber nicht einmal einen Anruf von mir entgegennimmt.

Am Abend, als ich – abgesehen von Lisi, die wie immer nicht gesprächig ist – allein am Esstisch sitze und lustlos in meiner selbstgekochten Pasta herumstochere, liefert mir der piepsende Nachrichteneingang eine Antwort, die weitere Fragen aufwirft:

Ich bin dir dankbar für alles, was du für mich getan hast. Du bist ein wunderbarer Mensch, Paulina. Aber ich kann dir im Moment nicht das geben, was du dir erhoffst. Bitte lass mir Zeit. Johanna.

Danach sind die Nudeln noch schaler als zuvor. Das Salz, das ich auf meiner Zunge schmecke, kommt von den Tränen, die mir über die Wangen laufen.

Lisi sieht mich ratlos an. Trotzdem bin ich zum ersten Mal seit langer Zeit sehr dankbar dafür, dass sie bei mir ist.

*

Der Himmel hängt voll grauer Wolken. Ab und zu fällt Schneeregen, selten Schnee. Die weißen Flocken werden sofort zu unansehnlichem Matsch, dessen feuchte Kälte mir von den Zehenspitzen bis hinauf in die Haarwurzeln kriecht.

Mir ist ständig kalt, aber ich weiß, dass das Wetter wenig dafür kann. Ich friere, weil ich mich verlassen und einsam fühle.

Tagsüber lenke ich mich mit meiner Arbeit bei den *Pinguinen* ab, abends stecke ich meine Nase in die Skripte und Bücher. Seltsamerweise kann ich mich trotz meines Kummers besser darauf konzentrieren als erwartet. Ich will diesen Lehrgang positiv abschließen.

Erst wenn ich nachts im Bett liege und mich schlaflos von einer Seite auf die andere wälze, überschlagen sich meine Gedanken.

Ich will das alles verstehen: Da ist eine Frau namens Barbara, die sich jetzt Johanna nennt. Diese Barbara führte eine Ehe mit einem etwas pervers anmutenden Ehemann. Sex war für sie ... wie nannte sie es ... *schwierig*? Als sie den Typen erfolgreich losgeworden ist, bestellt sie über eine Agentur ein Escort Girl. Von dem sie aber zunächst überhaupt nichts anderes will als Gesellschaft. Der Sex wird ihr von dem Escort Girl, das leider tief in seinem Herzen ein gutgläubiges, verliebtes Kind ist, quasi aufgedrängt. Das Escort Girl muss sie überreden, es nicht weiter zu bezahlen. Denn die Frau namens Johanna scheint ganz versessen darauf, ihr Geld in solcherart Dienstleistungen zu investieren. Die beiden verbringen eine unbezahlte wunderbare Nacht, doch Johanna geht unmittelbar danach auf Abstand.

Ich verstehe das alles nicht. Um was ging es bei der Beziehung, die wir führten, denn überhaupt? Was war die Intention?

*

»*Kleine Pinguine: Unterstützung für aktive Kinder*« ist eine sehr junge Hilfsorganisation. Im September nächsten Jahres wird sie ihr fünfjähriges Jubiläum feiern. Für bisherige Unterstützer und mögliche neue Förderer, deren Namen nach Kriterien von Prominenz, Medienwirksamkeit und finanziellen Hintergründen auf der potenziellen Gästeliste gereiht wurden, findet ein Galaabend in der Orangerie von Schloss Schönbrunn statt, einem beliebten Veranstaltungsort. Rafaela und ich haben die gefragte Location schon vor Wochen für uns reservieren lassen.

Das Event kostet viel Geld, ist aber für die *Pinguine* wichtig. Bisher ist die Organisation noch wenig bekannt und stützt sich, finanziell gesehen, hauptsächlich auf das aus der Stiftung des niederösterreichischen Waffelfabrikanten stammende Vermögen. Unsere langfristige Strategie ist, aus Spendengeldern mindestens genauso viel Geld zu gewinnen. Dazu brauchen wir aber erst einmal Öffentlichkeit.

Immerhin hat Herr Frank die Organisation vor ein paar Tagen in einer Sendung des ORF vorstellen können. Die Vorbereitung war sehr aufregend: Ein Kamerateam und eine Journalistin waren bei uns im Büro. Sie haben uns bei der Arbeit gefilmt und zu Familien begleitet, die von den *Pinguinen* unterstützt werden und bereit waren, sich im Alltag begleiten zu lassen.

Zum Jubiläum wird es Broschüren geben, in denen die Organisation und ihre Projekte vorgestellt werden. Jeder Gast des Galaabends und vor allem die Medien sollen diese Broschüren bereits vorab erhalten. Rafaela und ich sind gegenwärtig dabei, ein Konzept zu erstellen, mit Agenturen zu sprechen und Material zusammenzustellen.

Rafaela, deren Babybauch sich von Tag zu Tag mehr nach vorne wölbt, kommt mit einer Kiste zu mir.

»Da sind Fotos drinnen – unter anderem ein paar ältere, die mit der Stiftung zu tun haben. Vielleicht findest du etwas Brauchbares für den historischen Teil. Über die Ursprünge der Organisation sollten wir ja auch berichten.«

Ich beginne, die Fotos durchzuschauen. Auf den meisten sind Kinder bei ihren Therapien abgebildet. Ich lege sie gleich zur Seite. Davon haben wir genug Bilder, und vor allem in besserer Qualität.

Die Rückseite eines der Fotos trägt als handschriftlichen Vermerk ein Datum, das über zwanzig Jahre zurückliegt. Möglicherweise ein Motiv für den historischen Teil? Hoffnungsvoll drehe ich es um – und starre perplex auf das Bild.

Ein Ehepaar vor einer Fabrik. Er mit zugeknöpftem Lodenjanker, sie mit kalten, blauen Augen und schiefem Mund. Im Hintergrund ein dreistöckiges Ziegelgebäude mit dem Schriftzug PERSCHINGER WAFFELFABRIK.

Langsam beginne ich zu begreifen.

»Ah, super!«, kommt es von Rafaela, die mir über die Schulter schaut. »Da haben wir ja auch schon die Engels, deren Vermögen wir die Stiftung zu verdanken haben. Die müssen unbedingt in die Broschüre, begleitet von einem kurzen Text über die Waffelfabrik! Das war ja ein Riesenunternehmen, ehe es von diesem Konzern aufgekauft wurde!«

Die Gewissheit durchdringt mich wie Gift: Ich habe diesen Job nicht bekommen, weil irgendjemand wundersamerweise doch einmal von meinem Können und meiner Persönlichkeit überzeugt war. Ich habe ihn bekommen, weil die Geldgeberin Herrn Frank die Anweisung gab, mich einzustellen.

Und auch meine Gehaltserhöhung ist kein Zufall. Johanna zahlt mich weiterhin – zwar nicht mehr unter dem Deckmantel der Agentur, dafür auf andere Weise.

Zehn Minuten später verabschiede ich mich unter dem Vorwand, mir sei übel. Das ist nicht einmal gelogen. Ich muss nach Hause, um wieder einen klaren Kopf zu bekommen. Mein Leben der letzten Monate beruhte auf Lug und Trug. Mir ist, als hätte man mir den Boden unter den Füßen weggezogen.

Warum? – Die Frage bohrt in mir und bereitet mir Kopfschmerzen. *Warum* zahlt mich Johanna für meine Gesellschaft, warum bringt sie mich dann ausgerechnet bei ihrer eigenen Organisation unter, warum entlohnt sie mich über alle Maßen für meine Arbeit?

Zu glauben, dass es dabei um Liebe gegangen ist, scheint mir absurd. Kein einziges Mal hat Johanna über Gefühle dieser Art gesprochen oder irgendetwas zu erkennen gegeben, woraus man tiefere Emotionen für mich hätte ableiten können. Ich bin schließlich keine siebzehn und verwechsle Sex nicht mit Liebe.

Ich gehe in der Wohnküche auf und ab: Fünf Schritte hin, fünf Schritte zurück. Irgendwann koche ich mir Nudeln, bekomme aber keinen Bissen herunter. Ich versuche zu lernen, doch nichts geht in meinen Kopf hinein.

Am früheren Abend gebe ich meine Bemühungen, mich abzulenken, auf. Ich sehe ein, dass es nur einen Weg gibt, Klarheit zu gewinnen.

*

In Johannas Haus vermischt sich der Duft von Tannenzweigen mit dem Geruch frisch gebackener Kekse. Magdas Schürze zieren Spritzer flüssiger Schokolade. Es ist nicht schwer zu erraten, womit sie beschäftigt war, ehe sie mir die Haustüre geöffnet hat.

Der Duft und ihr vorweihnachtliches Tun lassen schmerzliche Erinnerungen in mir wach werden. In meinem Elternhaus roch es in der Vorweihnachtszeit genauso.

»Sie ist oben«, sagt Magda und deutet zum Dachgeschoss.

Mit klopfendem Herzen steige ich die Stufen nach oben. Ich bin wütend und auch enttäuscht. Und fühle mich hintergangen. Ihr Verhalten insgesamt verletzt mich. All das werde ich ihr mitteilen. Ich hoffe inständig, dass ich das auch schaffe. Denn so, wie ich mich im Augenblick fühle, ist es nicht unwahrscheinlich, dass ich in Tränen ausbreche, noch ehe ich meine Gefühle in Worte fassen kann.

Schon stehe ich im hell erleuchteten Dachbereich. Von Johanna fehlt jede Spur. Dafür lehnt Lisi mit nachdenklichem Gesicht an der Wand und sieht mich an.

Ich lasse meinen Blick durch den Raum schweifen. Johanna hat offenbar mit einem neuen Gemälde begonnen. Farbdosen und Palette stehen unverschlossen auf dem Tisch neben der Staffelei. Auf der Leinwand sind bisher nur Flecke in verschiedenen Blautönen zu sehen. Ansonsten hat sich seit meinem letzten Besuch hier oben wenig verändert.

Doch. Es gibt eine zweite Staffelei. Diese ist mit einem Leintuch bedeckt.

Ich hebe das Tuch hoch, um einen Blick auf das verborgene Bild zu werfen. Und erstarre. Es zeigt Lisi, am Rand des Whirlpools sitzend, im Jeansrock und mit weißer Bluse – ganz genau so, wie ich sie immer sehe.

Im selben Augenblick höre ich hinter mir das vertraute Geräusch langsamer Schritte und das Klackern auf dem Parkett.

»Paulina! Was machst du hier?!«

Damals

»Woher kennst du meine Schwester?«

Meine Stimme zittert. Johanna steht blass und mit dunklen Schatten unter den Augen vor mir.

»Ich hatte nicht mit dir gerechnet. Dieses Bild war nicht für dich bestimmt.«

Soviel also zu: *Paulina, du bist in diesem Hause immer willkommen.* Nichts, was Johanna je von sich gegeben hat, war ehrlich gemeint.

»Woher kennst du meine Schwester?«, wiederhole ich mit Nachdruck. »Erzähl mir jetzt bloß nicht, du hättest sie auf einem Foto gesehen, denn es gibt keines, auf dem sie diese Kleidung trägt!«

Johanna schließt die Augen. Sie sieht gequält aus, aber in dieser Minute habe ich kein Mitleid für sie übrig. Ich verdiene Antworten. Ich verdiene Ehrlichkeit.

»Ich werde hier nicht verschwinden, ehe du mir das alles erklärt hast: Weshalb du mich ständig mit Geld überhäufst. Mir einen Job beschaffst. Und dann auch noch Lisi malst! – Ich lasse mich nicht weiter mit Lügen abspeisen, Johanna!«

»Ich habe dich nie angelogen.«

»Ach ja? – Und was ist das?!« Ich reiße das Leintuch endgültig von der Staffelei. Lisi steht neben ihrem Bildnis und sieht uns beide abwartend an. »Ich habe dir mein Herz geöffnet, als ich dir vom Tod meiner Familie erzählte! Weißt du, was es mich an Überwindung gekostet hat, dir zu beichten, dass ich meine

Schwester immer noch vor mir sehe?! – Und du hast mir zugehört und kein Wort davon gesagt, dass es Lisi nicht nur in meiner Phantasie gibt! Dass auch du sie siehst! – Und jetzt versuch bloß nicht, dich herauszuwinden.«

Ich schüttle fassungslos über mich selbst den Kopf. Es gab so vieles, was ich in dieser Hinsicht ignoriert hatte: beispielsweise den Blick, mit dem Johanna so oft in jene Richtung sah, in der ich Lisi entdeckt hatte.

»Ich versuche überhaupt nichts«, sagt Johanna dumpf. »Du willst die Wahrheit? – Nun gut, dann ist wohl der unvermeidbare Zeitpunkt gekommen, an dem wir darüber reden müssen.«

Sie lässt sich auf den Stuhl vor ihrer Staffelei sinken und weist auf einen Hocker an der Wand. »Bitte hol ihn dir und setz dich. Es wird ein längeres Gespräch.«

Noch immer aufgebracht und voll von blanker Verwirrung, ziehe ich mir den Hocker heran.

»Also?«

»Auch ich dachte, dass sie nur ein Produkt meiner Phantasie ist, ehe du mir an diesem Abend von ihr erzählt hast. Ich dachte in all den Jahren, es sei mein Gewissen, dass mich unaufhörlich an die Schuld erinnert, die ich mit mir herumschleppe.«

Schuld? Gewissen?

»In all den Jahren? Du siehst sie nicht erst, seit ich in dein Haus gekommen bin?«

Johanna schüttelt den Kopf und versetzt mir damit den nächsten Schock. »Ich sehe sie seit zehn Jahren, fünf Monaten und elf Tagen.«

Johanna sieht meine Schwester seit dem Tag, an dem sie im Krankenhaus an den Folgen des Unfalls gestorben ist. Mir wird plötzlich siedendheiß.

»Lass es mich erklären«, sagt Johanna, doch in meinem Kopf hat sich schon eine Erklärung geformt. Schuld und Gewissen. Das viele Geld. Mit einem Schlag ergibt alles Sinn.

Ich springe auf, packe sie an den Schultern, schüttle sie heftig.

»*Du* ...! *Du* ...!! *Du* warst es, die sie getötet hat!! *Du* bist diesen Wagen gefahren, dem mein Vater so plötzlich ausweichen musste! *Du* hast meine Familie auf dem Gewissen, *du* hast sie alle getötet!!!«

Tränen laufen mir über das Gesicht.

»Paulina! Lass das!«, schreit mich Johanna an, und geschockt von der Zügellosigkeit meiner Wut lasse ich von ihr ab.

»Lass mich das doch alles erklären«, setzt sie in kontrolliertem Tonfall hinzu, während ich mich auf den Boden kauere, mein Gesicht in den Händen vergraben. Am liebsten würde ich in diesem Augenblick sterben. Dass ich damals nicht in diesem Auto saß, war ohnehin nur ein Versehen.

»Ich bin dieses Auto nicht gefahren! Ich hatte damals nicht einmal den Führerschein, geschweige denn, dass ich mit meiner körperlichen Behinderung in der Lage wäre, eine Gangschaltung zu betätigen. – Mein Mann war es, der fuhr.« Sie holt tief Luft. »Ich saß auf dem Beifahrersitz. Es hatte geregnet. Die Straßen waren so gut wie leer. Wir waren auf einer Fahrt vom Krankenhaus zurück zu unserem damaligen Haus in der Nähe von Waidhofen. Ich erinnere mich an eine Landstraße, mit Gräben links und rechts und ein paar Bäumen. Harald war aufgebracht. Wir hatten gerade erfahren, dass ich niemals schwanger werden kann. Mit meinen Eierstöcken funktioniert etwas nicht so, wie es funktionieren soll. Jedenfalls ... war er wütend und hatte etwas getrunken, um seinen Frust hinunterzuspülen. Er wurde beleidigend, nannte mich unfähig und wertlos. Genauso habe ich mich auch gefühlt. Ich versuchte mich abzuschirmen, indem ich mich innerlich zurückzog. Ihn machte das noch wütender. Wenn er wütend wurde, vergaß er sich selbst. Die charmante Fassade, mit der er alle in seinem Umfeld täuschte, fiel dann völlig von ihm ab. Vor Wut über mein Schweigen schlug er mir mitten ins Gesicht und verriss dabei das Lenkrad. Der Toyota Kombi, der uns in diesem Augenblick entgegenkam, versuchte in letzter Sekunde auszuweichen, doch die Straße war nass und sehr schmal. Beide Wagen schlingerten. Harald brachte unseren langsam zum Stillstand, der Toyota dagegen streifte erst einen Baum, dann überschlug er sich mehrmals, und dabei …« Johannas Stimme versagt. Als ich sie kurz ansehe, stelle ich fest, dass auch ihr Tränen über die Wangen laufen. »Dabei wurde das Mädchen durch die zerberstende Windschutzscheibe auf die Fahrbahn geschleudert. Das Auto kam in einem Acker zum Liegen. Wir … waren erst einmal vollkommen geschockt, konnten nicht fassen, was da vor unseren Augen passiert war. Wir stiegen beide aus, Harald lief zu dem Paar im Wagen … deinen Eltern. Ich zu deiner Schwester. Lisi. Sie war bei Bewusstsein, hat mich angesehen.«

Johanna weint nun genauso erschüttert wie ich. Es dauert, bis sie ihre Sprache wiederfindet.

»Ich habe mich zu ihr niedergebeugt. Ihre Augen waren … blutunterlaufen, aber sie war ansprechbar. Ich habe ihre Hand genommen und gehalten. – Da kam plötzlich Harald zurück und riss mich brutal hoch. Ich wollte bei ihr bleiben, doch er packte mich um die Taille und schleifte mich zurück zum Wagen. Er sagte: Wir müssen hier weg, wir können nichts mehr für diese Leute tun! Drückte mich in den Beifahrersitz und gab Gas. Zunächst war ich wie gelähmt, stand völlig unter Schock. Dann habe ich auf ihn eingeredet, ihn angeschrien, angefleht … Er brachte mich auf seine Art zum Schweigen.«

Ich begreife, was sie damit meint, aber Mitleid für sie will in dieser Minute nicht in mir aufkommen.

»Ihr habt sie alle sterben lassen«, sage ich. Meine Stimme ist fast tonlos.

»Nein … nein.« Johanna hält sich die Hand vor die Augen. »Deine Eltern waren schon tot. Wir konnten nichts mehr für sie tun.«

»Sagte dein toller Mann! Und du hast es brav und devot geglaubt«, platzt es aus mir heraus, obwohl ich weiß, dass sie recht hat. Im Unfallbericht stand nichts anderes. »Aber Lisi –

Lisi hat noch gelebt. Und ihr seid einfach weitergefahren!« Mein Schmerz wird zu ohnmächtiger Fassungslosigkeit. »Was seid ihr für Menschen, verdammt? Erst verursacht ihr einen Unfall, dann haut ihr ab und lasst ein Mädchen auf der Straße verrecken!«

Johanna hat die Hände immer noch vor dem Gesicht. Sie tut es, um mir bloß nicht in die Augen sehen zu müssen.

»Zu Hause hat Harald das Auto in der Garage verschwinden lassen ... Ich ... ich schickte unsere Haushälterin unter einem Vorwand zur Apotheke, die Unfallstelle lag auf dem Weg. Sie war es dann, die Rettung und Polizei rief.«

»Und? Wieviel Zeit ist wohl bis dahin verstrichen? Zwanzig Minuten? Eine halbe Stunde? – Komm, spuck es aus, Johanna! Wie viele kostbare Minuten habt ihr vergeudet, ehe Lisi ins Krankenhaus kam?«

Sie hebt die Schultern. Ihr ganzer Körper zittert, begleitet von lautem Weinen. Aber ich bin noch nicht fertig mit ihr.

»Was hast du anschließend getan? Die Polizei verständigt und deinen Mann angezeigt? – Das war Fahrerflucht, Johanna! Jahrelang hat die Polizei ergebnislos nach der Person gesucht, die den Unfall verursacht hat!« Ich schnaube vor Wut. »Also, Johanna, was hast du getan? Dich ins Bett gelegt, mit Schlafmitteln zugedröhnt und versucht, das Ganze zu vergessen? Bist du in die Kirche gegangen und hast fünf Vaterunser gebetet, damit du trotzdem in den Himmel kommst?«

Sie sieht mich gequält an.

»Paulina ... ich, ich ... war damals nicht ... ich war kein selbstständiger Mensch.«

»Ein Telefon bedienen und den Notruf wählen – dazu warst du also nicht in der Lage?!«

»Ich ... ich war nicht gewohnt, selbstständig zu denken und zu handeln. Meine ganze Kindheit und Jugend hindurch haben meine Eltern über mich bestimmt, mich aus falscher Rücksicht von allem ferngehalten! Und in meiner Ehe ... hat das dann

Harald übernommen. Alles. Ich war es nicht anders gewohnt. Mein Selbstbewusstsein, meine Persönlichkeit, nichts von alledem war vorhanden. Ich war nur eine willenlose Hülle, die einigermaßen nett anzusehen war ... zumindest, solange ich saß und mich nicht mühsam durch die Gegend schleppte. Ich fühlte mich als Krüppel – als ein Kind, das die Erwartungen seiner Eltern nicht erfüllt; als eine Frau, die ihren Mann enttäuscht und blamiert. Wenn du also eine Antwort auf deine Frage mit dem Telefon willst: Nein, ich habe es nicht geschafft, die Polizei zu verständigen und meinen Mann anzuzeigen.«

»Ich habe kein Mitleid mit dir. Mir scheint, du hast schon genug mit dir selbst.«

Verächtlich verschränke ich die Arme vor meiner Brust. Verachtung. Das ist das Einzige, das ich für diese Frau empfinde. Verachtung, Wut und Hass. Diese Frau hat meine Schwester sterben lassen, um ihren Mann, den Verbrecher, zu schützen.

»Ich will gar kein Mitleid.« Johanna wischt sich mit dem Handrücken über die Augen. »Ich versuche nur zu erklären ... was damals geschah und weshalb. Warum wir hier jetzt sitzen. Okay?«

Okay ist gar nichts. Aber ich will trotzdem endlich die ganze Wahrheit wissen. Damit ich handeln kann. Ich sehe mich bereits bei der Polizei Anzeige erstatten. Johanna wird sich als Mitwisserin vor Gericht verantworten müssen. Meiner Familie muss endlich Gerechtigkeit widerfahren.

»Für Harald habe ich schon vorher nicht viel empfunden, doch von da an habe ich ihn gehasst. Ich konnte seine Nähe nicht mehr ertragen«, nimmt Johanna den Faden wieder auf.

»Und trotzdem hast du noch jahrelang an seiner Seite gelebt. Klingt sehr überzeugend.«

»Das Wort *Scheidung* existiert nicht in den konservativen Kreisen, aus denen ich komme. Außerdem – ich hätte sie auch nicht in die Wege leiten können. Die Gründe dafür habe ich dir schon genannt. Allein mich von ihm zu trennen ... physisch und psychisch … war für mich ein gewaltiger Prozess. Doch ich wusste, ich musste es tun! Ich konnte so nicht mehr weiterleben. Dass mir das gelungen ist, habe ich gewissermaßen deiner Schwester zu verdanken.« Johanna macht eine Pause, sucht meinen Blick. Diesmal bin ich es, die ihr ausweicht. Ich will sie nicht länger anschauen müssen.

»Ich begann Lisi zu sehen. Überall. Immer wieder. Sie tauchte auf, wo auch immer ich mich aufhielt: in unserem Waidhofener Jagdhaus, wo wir die meiste Zeit wohnten, in unseren Wohnungen in Salzburg und Wien, ja, sogar in ausländischen Hotelzimmern. Sie sprach nie ein Wort, aber allein ihre Anwesenheit erinnerte mich immer wieder an die Schuld, die ich in mir trug, und führte mir vor Augen, dass ich irgendetwas tun muss. Aber in ihrer Anwesenheit war mehr als nur dieser stumme Vorwurf …« Johanna schluckt trocken. »Deine Schwester war auch in meinen dunkelsten Stunden an meiner Seite. Dann, wenn ich von Schmerzen gequält im Bett lag, wenn Harald mich mit Drohungen einschüchterte, was alles passieren würde, sollte ich ihn tatsächlich verlassen. Wenn sie nicht gewesen wäre – ich hätte es nicht geschafft, mich zu lösen.«

Wie rührend. Ich könnte kotzen.

»Mir hast du erzählt, dein Mann sei gestorben. Tatsächlich hast du dich bloß getrennt. Kannst du dich an deine eigenen Lügen nicht erinnern oder hältst du mich für so vergesslich?!«

»Ich habe nicht gelogen, Paulina! Er ist tot. – Ich hatte mich zwei Jahre nach dem Unfall von ihm getrennt und dieses Haus hier in Wien gekauft. Knapp acht Monate nach unserer räumlichen Trennung wurde Harald in New York von einer Prostituierten erstochen.«

»Wie praktisch!«

Johanna übergeht meinen Zynismus und fährt fort: »Als es mir körperlich und seelisch besser ging, habe ich mich mit dem Unfall befasst … mit der Familie, die damals ums Leben kam. Ich wollte wissen, wer dieses Mädchen ist, das so oft in meinem

Wohnzimmer auf mich wartet, wenn ich nach Hause komme, oder in meinem Garten sitzt ... und mich das, was damals geschehen ist, nicht vergessen lässt. Durch Zeitungsartikel und andere Recherchen stieß ich auf die Gärtnerei Ziegler und erfuhr, dass es noch eine lebende Schwester gibt.« Johanna hebt den Kopf, schickt mir einen kurzen Blick, ehe sie weiterspricht. »Es hat lange gedauert, bis ich deinen Aufenthaltsort ausfindig machen konnte. In der Zwischenzeit gründete ich die *Pinguine* als Organisation, um Kindern zu helfen, denen es so geht wie einst mir. Ich wollte ... musste irgendetwas tun! Für andere, um zu helfen. Mein Schuldgefühl wurde durch die *Pinguine* aber nicht geringer. Ich suchte weiter nach dir, stieß schließlich im Internet auf deinen Namen. Du hast einmal für kurze Zeit in einem Souvenirshop gearbeitet, da warst du auf der Website unter *Team* angeführt. Als ich dort nachfragte, hattest du aber schon wieder gekündigt. Aber zumindest erfuhr ich, wo du wohnst. Von da ab ließ ich dich immer wieder beobachten.«

Bis zu diesem Augenblick dachte ich, meine Fassungslosigkeit hätte ihren Zenit erreicht. Das war ein Irrtum. Ich erinnere mich an die Momente, in denen ich das Gefühl nicht loswurde, dass mich jemand verfolgt und beobachtet. An die Gänsehaut und das Herzklopfen, das mir reglose Schatten in vor dem Haus abgestellten PKWs bereitet hatten.

Ich schüttele stumm den Kopf, die Hände zu Fäusten geballt.

»Nach und nach ergab sich ein Bild von deinem Leben. Und deinen Schwierigkeiten ... mit all den Jobs, deiner Ausbildung.«

Toll. Auf diese Weise hatte sie also erfahren, dass ich wenig bis nichts auf die Reihe bringe! Die Erkenntnis, dass ich quasi einer Stalkerin aufgesessen war, hielt mich nicht davon ab, mich zu schämen: Ein schönes Bild hat sie da von mir bekommen!

»... und wie lieb und aufopfernd du dich um deine Großmutter kümmerst. Und um den Nachbarssohn.«

»Oskar ist mein Freund«, stelle ich klar. »Kein Objekt des Mitleids.«

Sie übergeht meinen Einwurf.

»Ich habe lange nach Möglichkeiten gesucht, dich zu unterstützen. Ich wollte euch Geld zukommen lassen, wusste aber nicht wie, ohne mich dabei zu offenbaren. Als ich erfuhr, dass dir dieses Angebot mit der Agentur gemacht worden war ..., da sah ich endlich eine Möglichkeit, dir zu helfen.«

»Woher wusstest du das?«

»Eine Mitarbeiterin der Detektei saß an einem Nachbartisch, als dir Jacqueline in einem Café den Vorschlag gemacht hat, für sie zu arbeiten. Sie erzählte mir von deiner vehementen Absage und davon, dass du höchstens bei einer Frau eine Ausmache machen würdest. Also habe ich mit Natascha Kontakt aufgenommen ... tja, den Rest der Geschichte kennst du.«

In meinem Inneren toben noch immer Wut, Schmerz und Enttäuschung. *Den Rest der Geschichte kennst du.* Ja. Auch in diesem Punkt wollte sie es sich wieder einfach machen!

»Was für eine brillante Idee«, bricht es bitter aus mir heraus. »So konntest du gleich zwei Fliegen mit einer Klappe schlagen: dein ach so tiefes Schuldgefühl befriedigen und dich gleichzeitig sexuell bedienen lassen. Sehr praktisch.«

Johanna sieht mich an, als hätte ich ihr einen Dolch mitten ins Herz gerammt. Zum ersten Mal seit Beginn dieses schrecklichen Gesprächs empfinde ich eine leise Genugtuung.

Sie hat Lisi auf dem Gewissen. Und ich werde ihr so wehtun, dass all ihre bisherigen körperlichen Schmerzen nichts dagegen sind. Ich tue es für meine Schwester!

»Das war n...nicht geplant. Ich habe niemals vorgehabt, mit dir ... ich wollte dich ... nur unterstützen! Das mit dem Sex war nicht ... nicht meine Idee«, stottert Johanna. »Ich w...wollte doch gar nicht, w...wusste gar nicht, m...mit einer Ffrau ... mit ... dir ...«

»Ach ja?« Meine Stimme trieft vor bösem Sarkasmus. »Das Küssen war ja auch soooo unangenehm für dich. Du wolltest das alles gar nicht. Du wolltest nur weiterhin die edle Kundin spielen, die mir, dem kleinen armen Escort Girl, Geld in den Rachen stopft, ohne etwas dafür zu verlangen. So edel bist du, Johanna – oder glaubst es zu sein. Aber jetzt sag ich dir mal etwas: Du bist nicht edel und gut! Du bist letztklassig! Du erschleichst dir mein Vertrauen, du spielst mit meinen Gefühlen, und du hast dir in deiner Rolle als Kundin ausgesprochen gut gefallen. Es muss ein enormer Egokick für dich gewesen sein, dass endlich einmal du die Zügel in der Hand halten konntest, nach all den Jahren mit deinem bösen, bösen Ehemann. Dass ich es dir im Bett so besorge, wie es dir gefällt, und du im Grunde nichts dafür geben musst – außer deinem Geld, von dem du sowieso dermaßen viel hast, dass du nicht weißt, wohin damit. Ja, du bist ein wirklich toller, edler Mensch, Johanna.«

Sie ist kalkweiß. Ihr ganzer Körper vibriert.

Auch ich vibriere. Vor Wut.

»Ich ... habe ... wirklich gar nicht gewusst, was ich ... mit dem S...Sex ... em...empfinden kann.« Johanna wirkt am Boden zerstört. Ich habe mein Ziel fast erreicht. »Ich ... beim letzten Mal, da ... habe ich ... dir erklärt, versucht zu erklären, ... m...mit meinem Mann, warum ich...ich ... Beim letzten Mal, ich habe ich ... dich ...«

»Zum Höhepunkt gebracht?«, helfe ich ihr kalt lächelnd auf die Sprünge. »Oh ja. Hast du. Gratuliere, aber falls dir das jetzt das Gefühl gibt, zu einer Sexgöttin mutiert zu sein, muss ich dich ernüchtern: Was da bei unserem letzten Sex gelaufen ist, war nur etwas Mechanisches. Mein Körper reagiert auf gewisse Dinge nun mal so, egal, wie stümperhaft es ausgeführt wird.«

Ich weiß, dass es nicht stimmt, aber Johannas entsetztes Gesicht zeigt mir, dass sie mir glaubt. Das gefällt mir.

Ich stehe auf. Ich habe alles gesagt, was ich ihr sagen will. Fast alles.

»Genieß die nächsten Stunden – es werden deine letzten in Freiheit sein. Du bist immer noch Mitwisserin eines Verbrechens. Fahrerflucht mit Todesfolge. Selbstverständlich werde ich dafür sorgen, dass du vor Gericht kommst. Ich will, dass du für deine Schuld auch rechtlich gerade stehst!«

»W…wenn du meinst, dass du irgendetwas damit besser machst.«

Johanna zittert wie Espenlaub. Gleich wird sie vom Stuhl fallen. Nicht mein Problem.

Ich setze mich in Bewegung, habe den Fuß bereits auf der ersten Treppenstufe, als etwas mit lautem Krachen hinfällt.

Einem Reflex folgend, drehe ich mich um.

Es ist die Staffelei mit Lisis Bild, das am Boden liegt. Und meine Schwester steht daneben und sieht mich so böse an wie noch nie. Ich haste die Stiege nach unten, laufe an Magda vorbei aus dem Haus und bis zur Straßenbahnhaltestelle, ohne innezuhalten.

Schweißüberströmt warte ich auf den nächsten Zug. Die kalte Dezemberluft lässt mich erbeben. Aber vielleicht ist es auch gar nicht die Außentemperatur.

Ich weiß es nicht. Ich weiß überhaupt nichts mehr.

Nächste Schritte

»Ich hoffe, Sie haben sich lange genug auskuriert und es geht Ihnen wirklich wieder besser, Paulina.« Herr Frank mustert mich über den Rand seiner Brille hinweg. »Mit so einem grippalen Infekt ist nicht zu spaßen. Wenn man da etwas verschleppt ...« Er nimmt ein Blatt Papier von dem kleinen Tisch, der in unserer Sofabesprechungsecke als Ablagefläche dient. Ich erkenne meine eigene Handschrift. »Aber kommen wir zu einem mindestens genauso wichtigen Punkt: Ihrem Kündigungsschreiben. – Was ist Ihnen denn da für eine Laus über die Leber gelaufen? Ich hatte immer den Eindruck, die Arbeit bei uns macht Ihnen große Freude.«

Ich kämpfe mit den Tränen. Man sollte meinen, in den vergangenen Tagen hätte ich genug geweint, doch mein Tränenspeicher scheint unendliche Kapazitäten zu haben.

»Die Arbeit macht mir auch Spaß«, presse ich hervor.

»Aber?«

Hat ihm Johanna nicht erzählt, was vorgefallen ist?

»Es ... es sind die Umstände«, sage ich leise.

Zu meinem Entsetzen zerreißt Herr Frank mein Kündigungsschreiben vor meinen Augen in lauter kleine Stücke.

»Es gibt keine *Umstände*«, sagt er bestimmt. »Sie erhalten Geld für Ihre Arbeitsleistung, für nichts anderes. Und Sie leisten gute Arbeit. Aus dem Grund will ich Sie als Mitarbeiterin nicht verlieren, Paulina.«

»Ich weiß aber, woher dieses Geld kommt. Und ich will dieses Geld nicht«, protestiere ich. Herr Frank bringt mich mit einer entschiedenen Geste zum Schweigen.

»Stellen Sie sich vor, Sie würden für einen Textilkonzern arbeiten: Da wird die Baumwolle von Kindern in der Dritten Welt geerntet, in billigen *Sweat Shops* unter schlimmsten Arbeitsbedingungen zu Stoffen gewebt und zu Klamotten zusammengenäht; nebenbei wird die Umwelt durch Färbemittel und Chemikalien zerstört, die unsachgemäß und auf das Billigste entsorgt werden. Wenn Sie dort kündigen, weil Sie die Umstände nicht mehr ertragen können, würde ich das verstehen. Aber hier? – Wir verbessern das Leben behinderter Kinder. Und Frau Engel ermöglicht uns das mit ihrem Vermögen.«

Es ist das erste Mal, dass er ihren Namen erwähnt. Vermutlich hat sie ihn also über alles informiert. Ich versuche mir vorzustellen, mit welch eleganten Worten sie wohl umschrieben hat, was zwischen uns geschah und weshalb. Doch ich komme nicht dazu, weiter darüber nachzudenken, denn Herr Frank ergreift schon wieder das Wort: »Sie hatten während Ihrer Arbeit nichts mit Frau Engel zu tun und werden auch in Zukunft nichts mit ihr zu tun haben. Also vergessen Sie die Sache mit der Kündigung. Sie schaden sich nur selbst. Ich will, dass Sie bleiben. Es mag sein, dass Sie den Job hier nur aufgrund gewisser ... wie sagten Sie ... Umstände ... bekommen haben, aber es ändert nichts daran, dass Sie eine meiner wertvollsten Mitarbeiterinnen sind. Bitte, Paulina, seien Sie vernünftig. Ich meine es nur gut mit Ihnen.«

Ich weiß, dass er das tut. Ich mag ihn. Ich liebe meine Arbeit. Ich möchte weiterhin für die *Pinguine* arbeiten und in Kürze Rafaelas Job übernehmen. Ich will das alles. Nur Johanna will ich nie wieder sehen.

»Ich werde beruflich nichts mit ihr zu tun haben? Versprechen Sie mir das?«

»Ich verspreche es, so wahr ich hier sitze«, sagt er. Und steht auf. »Also. Gehen Sie jetzt bitte wieder an Ihre Arbeit.«

Zögernd willige ich ein. Ich bin schon an der Tür, als er mich noch einmal zu sich zurückruft.

»Paulina, haben Sie eigentlich schon Pläne für die Weihnachtsfeiertage?«

Ein düsteres Thema. Ich schlucke. Ohne meine Großmutter und aufgrund der gewissen *Umstände* will ich mich nur vergraben.

Herr Frank deutet mein Schweigen richtig.

»Dann stehen Sie an Heilig Abend mit Ihren sieben Sachen bereit. Meine Frau und ich nehmen Sie mit ins Salzburger Land. Meine Tochter ist dort verheiratet. Wir verbringen Weihnachten bei ihr und den Enkelkindern.«

»Aber ...«, setze ich an, er fällt mir jedoch einfach ins Wort.

»Keine Widerrede. Meine Tochter und mein Schwiegersohn freuen sich schon auf Sie, und falls Sie Angst haben, sich als fünftes Rad am Wagen zu fühlen: Wir sind dort nicht die einzigen Gäste. Bei meiner Tochter ist an den Feiertagen immer *full house*. – Noch etwas, um Sie gleich vorweg zu beruhigen: Frau Engel hat mit dieser Einladung nichts zu tun. Sie kann mir sagen, wen ich hier einstelle, aber mit wem ich Weihnachten verbringe, kann sie nun wirklich nicht beeinflussen.«

*

Ich dachte, Weihnachten wird furchtbar. Ich dachte, dass es bei mir nur schreckliche Erinnerungen wecken wird, weil mich die Festlichkeiten in einer anderen Familie zu sehr an den Verlust meiner eigenen erinnern werden. Ich dachte, dass ich mich die ganzen furchtbaren Feiertage mit höflichem Lächeln durch langweilige Gespräche und Kindergeschrei quälen werde.

Doch alles kommt ganz anders. Bereits auf der Fahrt ins Pongau werde ich mit Herrn Frank und seiner Frau Gerda per du. Aus Herrn Frank wird für mich Günther. Daniela, seine Tochter, empfängt mich mit offenen Armen. Die drei Kinder, zwischen vier und zehn Jahren, sind erstaunlich gut erzogen. Die restliche Gästeschar setzt sich aus weiteren Verwandten und Freunden zusammen. Insgesamt sind wir fünfzehn Leute, am ersten Weihnachtsfeiertag zeitweise sogar über zwanzig, weil Nachbarn und weitere Freunde vorbeischauen. Daniela hat alles im Griff. Ich staune, wie sie in der zwar geräumigen, aber nicht auf Hotellerie ausgerichteten Küche Essen für so viele Menschen zubereiten kann, ohne dabei die Nerven zu verlieren. Selbstverständlich unterstütze ich sie, so gut wie ich kann, und lerne auf diese Weise die Zubereitung einer knackig braunen, saftigen Gans.

Tagsüber unternehmen wir Spaziergänge im Schnee, gehen mit den Kindern Schlitten fahren oder sitzen einfach nur vor dem offenen Kamin und unterhalten uns. Es ist wunderbar.

Es ist sogar mehr als das. Der Unfall, Lisis Tod, die erschütternden Erkenntnisse über Johanna – ich denke immer weniger daran. Zunächst, nehme ich an, liegt es daran, dass ich rund um die Uhr abgelenkt bin.

Mit beklommenem Gefühl betrete ich nach der Rückkehr nach Wien mein Haus. Ich rechne damit, Lisi zu sehen, doch ich bleibe allein. Tatsächlich habe ich meine Schwester auch vor meinem Weihnachtsurlaub nur noch selten wahrgenommen.

Trotzdem fühle ich mich nicht einsam. Ich spüre einen Frieden in mir, von dem ich nie geglaubt hätte, ihn je zu empfinden, sobald ich an den Tod meiner Familie denke. Der Gedanke an Johanna, die Erinnerung an unser letztes Gespräch – das alles verblasst allmählich.

Ich habe schon längst nicht mehr vor, zur Polizei zu gehen.

Ich will endlich leben. Und offen sein dafür, dass mir jemand die Sterne vom Himmel holt – so, wie es mir Oma versprochen hat.

Im Februar mache ich meine Prüfungen. Und kann es selbst kaum fassen: Paulina Ziegler, die früher mit jeder Klausur kämpfte, schließt den Lehrgang *Marketing und Werbung* als Jahrgangsbeste ab!

Im März übernehme ich Rafaelas Job. Ihr Bauch ist inzwischen so groß wie ihre Freude auf das Baby, das da in ihr heranwächst. Ich freue mich auch – aus ganz anderen Gründen. Endlich bin ich diejenige, die über die Gestaltung diverser Broschüren entscheidet. Allein. Günther, den ich auf der Arbeit weiterhin *Herr Frank* nenne, lässt mir völlig freie Hand.

Anfangs fühle ich mich in vielen Situationen oft überfordert. Mir wird erst jetzt bewusst, dass Rafaelas Job wirklich mehr umfasst, als nur Aufträge an Agenturen zu vergeben oder hin- und wieder einen Text zu schreiben. Von der Zusammenarbeit mit Druckereien hatte ich beispielsweise herzlich wenig Ahnung. Das ändert sich ab dem Tag, an dem ich mir den Leiter einer jener Druckereien, die besonders viele Aufträge von uns bekommen haben, zur Seite ziehe und ihn um eine Führung durch seinen Betrieb bitte. Er erklärt mir alles, was für meinen Job relevant ist – und erstmals verbinde ich mit der trockenen Theorie auch bewegte Bilder und Abläufe.

Nebenbei begleite ich Günther noch immer zu Familien, die uns um Unterstützung für ihr Kind bitten. Das war nie Teil von Rafaelas Aufgabengebiet, aber ich möchte den Bezug zu dem, wofür wir eigentlich arbeiten, über dem Erstellen von Broschüren und Info-Flyern einfach nicht verlieren. Ich möchte wissen, wofür ich das alles tue.

Da ist noch eine andere Art von Terminen, die ich weniger mag. Auch sie fallen nicht unmittelbar in meine Jobbeschreibung. Es geht darum, mit potenziellen Spendern zu sprechen, sie für unsere Arbeit und die Organisation zu begeistern. Ich nehme diese Termine gemeinsam mit Günther wahr, weil ich wissen möchte, aus welchen Quellen unsere Finanzierung kommt – abgesehen von jener großen, die ich geflissentlich ignoriere.

Die meisten Sponsoren sind wirklich wohlhabende Leute. Sie kommen nicht zu uns, um die *Pinguine* kennenzulernen, sondern bestellen uns zu sich. Auf diese Weise lerne ich edle Villen in Grinzing und Sievering von innen kennen sowie den sogenannten Speckgürtel rund um Mödling, einen Vorort der Hauptstadt. Anfangs fühle ich mich fremd in dieser Welt, doch mit jedem Termin gewinne ich an Selbstsicherheit. Nach einiger Zeit weiß ich genau, mit welchen Fallbeispielen ich diesen Leuten Geld entlocken kann und welche Fälle ich besser für mich behalte – auch wenn sie in meinen Augen oft unterstützenswerter erscheinen als andere. Ich spreche in Rätseln? – Nun, dann werde ich konkreter: Die kleine blinde Fatima, deren Nerven an der linken Körperhälfte seit einem Zimmerbrand irreparabel geschädigt sind, beeindruckt unsere Spender meist weniger als der im Rollstuhl sitzende Leo oder die mit einer verkrümmten Wirbelsäule geborene Eva.

Im Mai mache ich den Führerschein, weil Günther plötzlich meint, ich könnte einige Termine in Mödling und Umgebung doch auch ohne ihn wahrnehmen. Mit einem Smart – unserem einzigen Dienstwagen – quäle ich mich fortan regelmäßig durch die Großstadt und über die Stadtautobahn. Anfangs zittern mir die Beine und ohne fürsorglichen Fahrlehrer an meiner Seite ereilen mich wiederholt Schweißausbrüche, aber es wird besser.

Im Juni hat sich mein Job recht gut eingespielt. Anna, eine zweiundzwanzigjährige Soziologiestudentin, unterstützt mich zwanzig Stunden die Woche. Sie ist fleißig und geschickt – und im Gegensatz zu mir liebt sie es, stundenlang am Schreibtisch zu sitzen, um über Texten und Fotos zu brüten. Ich verbringe inzwischen die Hälfte meiner Tätigkeit im Außendienst und werbe neue Spender. Es war meine Idee, auf diversen Großveranstaltungen und Sportfesten mit Infoständen vertreten zu sein. Günther und mein Kollege Roland waren zunächst skeptisch, doch schließlich bekam ich grünes Licht. Offenbar konnte Günther auch Johanna, der grauen Eminenz im Hintergrund, die Idee schmackhaft machen. So gibt es plötzlich auch eine Menge ganz gewöhnlicher Leute, die den ein oder anderen kleinen Betrag für unsere Projekte locker machen. Zusammengerechnet ergibt sich daraus eine hübsche Summe.

Anfang Juli stellen wir eine weitere Teilzeitkraft ein, weil es inzwischen wirklich viel zu tun gibt und ich im Anschluss an meine Außentermine bis spät in die Nacht hinein über allem brüte, was liegen blieb. Daniel ist nur ein paar Monate jünger als ich, ein Studienabbrecher, der irgendwie mit sich selbst und seinem Leben nichts anzufangen weiß. Er erinnert mich sehr an mich selbst. Meine Geduld mit ihm zahlt sich aus – sein mangelndes Können macht er in Kürze mit doppeltem Arbeitseinsatz wett. Ich mag ihn, und schon bald treffen wir uns gelegentlich abends, um ins Freiluftkino zu gehen oder um auf der Donauinsel mit Inlinern zu skaten.

Daniel kennt viele unterschiedliche Leute und hat einen großen Freundeskreis. Durch ihn lerne ich eine gewisse Sophia kennen: fünfundzwanzig Jahre jung, sportlich, kurzes braunes Haar und schöne grüne Augen. Sophia ist lesbisch, macht keinen Hehl daraus – und ich entdecke wieder, dass es neben der Arbeit noch etwas gibt, das sich *Privatleben* nennt.

*

»Also, als ich dachte, wir verbringen den Tag bei dir, hatte ich eine andere Vorstellung im Kopf als das«, sagt Sophia und grinst mich über die Tomatenstauden hinweg an. Ihre Stimme klingt scherzhaft, doch ich kann den leicht vorwurfsvollen Unterton heraushören. Sie und ich kennen uns jetzt seit vierzehn Tagen. Bisher haben wir in einigen Lokalen miteinander geflirtet, uns bei einem Grillfest auf der Donauinsel das erste Mal geküsst und bei einem Radausflug in einer Wiese hinter

Kritzendorf das erste Mal länger herumgeschmust. Ich weiß, was sie sich von meiner Einladung nach Hause erwartet, und ich will es ja auch ... Aber erst einmal muss ich die reifen Tomaten ernten.

»Beschwer dich bei Petrus«, erwidere ich grinsend, während ich eine der prallen, kleinen, lilafarbenen *Black Cherry* vom Strauch pflücke und zu den anderen in meine Schale lege. »Für heute Abend ist Hagel angesagt. Ich will wirklich nicht, dass meine Ernte kaputt geht! – Abgesehen davon: Ich hatte dir ja schon am Telefon gesagt, dass ich Tomaten ernten muss! Du wolltest trotzdem kommen und mir helfen.«

»Woher sollte ich denn wissen, dass du eine ganze Plantage zu Hause hast?« Sophia schüttelt mit gespieltem Entsetzen den Kopf. Die Kreolen an ihren mehrfach durchstochenen Ohrläppchen schaukeln wild. Ich kann mir nicht vorstellen, dass das angenehm ist, aber Sophia scheint in Sachen Schmerz nicht so empfindlich zu sein. Sie trägt auch ein Piercing in der Zunge. Beim Küssen musste ich mich an dieses Metallteil erst einmal gewöhnen. Seit einer gefühlten Minute zwirbelt sie nun schon eine dicke Frucht vom Stiel. »Ich dachte, du hast ein paar Tomatenstöcke im Garten, wie jeder normale Mensch! – Was machst du denn mit dem ganzen Zeug?«

»Einkochen«, kläre ich sie auf, während ich unverdrossen weiterpflücke. Umso schneller ich pflücke, desto mehr Zeit bleibt uns, um den Tag anderweitig zu gestalten. »Ich mache Tomatensoßen, die ich dann zu Spaghetti esse, beispielsweise.«

»Einkochen? – Ist ja schräg!«

Eine halbe Stunde später sind wir fertig. Nur noch wenige grüne Früchte hängen an den Pflanzen; ich hoffe sehr, dass sie den Hagel halbwegs unbeschadet überstehen. Gemeinsam tragen wir die Ernte ins Haus.

Sophia verschwindet auf der Toilette. Als sie wiederkommt, sagt sie: »Ich bin an den Beinen ganz zerstochen. Und einen Zeck habe ich mir auch noch eingefangen. Echt eklig.«

»Oh je. Sollen wir zum Arzt fahren?«

In meinem Garten scheinen wirklich mehr Gefahren zu lauern, als mir jemals bewusst war.

»Zum Arzt? Wegen ein paar Insektenstichen?«

»Wegen der Zecke.«

»Ach, Quatsch. Ich studiere nicht umsonst Veterinärmedizin, hab schon x-mal bei Tieren einen Zeck entfernt. Heraus habe ich ihn bei mir auch bereits. Wenn sich ein *Erythema migrans* bildet, kann mir sowieso mein Papa Antibiotika verschreiben.«

Sophias Vater ist Kinderarzt. Das hat sie gleich bei unserem ersten Treffen erwähnt; es scheint ihr wichtig. Überhaupt spricht sie sehr viel von ihrer Familie: der Mutter, die ein eigenes Feng Shui-Studio eröffnet hat, und ihren zwei Brüdern, die beide Medizin studieren und mit denen sie im 8. Bezirk in einer WG wohnt.

Sophia hat aus meiner Sicht eine relativ normale, nette Familie; ich verstehe daher, dass sie gerne über sie erzählt, fürchte aber, sie versteht nicht, weshalb ich im Gegenzug nicht über meine spreche. Bisher habe ich ihr noch kein Wort über Lisi und meine Eltern erzählt; es schien mir nie ein guter Zeitpunkt.

»Eigentlich echt ein Wahnsinn, dass du alleine in so einem richtigen Haus wohnst! Echt cool, dass dir deine Oma das einfach so vererbt hat!«

Zumindest das hatte ich ihr erzählt. Sophia sieht sich um, und ich lese in ihrem Gesicht, was sie denkt: dass die Einrichtung schäbig und altmodisch ist. Was auch stimmt. Aber ich bin seit Omas Tod einfach noch nicht dazu gekommen, etwas zu verändern.

Ich wasche mir die Hände. Dann erinnere ich mich an meine Rolle als Gastgeberin.

»Möchtest du etwas trinken?«

»Nein.« Sophia geht auf mich zu und küsst mich. Ich spüre das Metallteil in ihrer Zunge an der meinen. Ein wirklich seltsames Gefühl. »Ich will mit dir schlafen.«

Sophia ist direkt. Im Grunde habe ich nichts gegen Direktheit. Es ist auch keine Überraschung, dass sie mit mir schlafen will. Wie gesagt: Ich will es ja auch. Aber irgendetwas ist an diesem Satz, das mich aus der Bahn wirft. Ich versuche, mir meine plötzliche Verwirrung nicht anmerken zu lassen.

»Dann komm mit.« Cool nehme ich sie bei der Hand und führe sie die kleine Wendeltreppe nach oben.

Sie sieht sich um, entdeckt Lisis Bild auf dem Schreibtisch. Sie nimmt es in die Hand und betrachtet es kurz.

»Deine Ex?«, fragt sie scherzhaft.

»Meine Schwester«, korrigiere ich und nehme ihr den Bilderrahmen aus der Hand. Mit der Vorderseite nach unten lege ich ihn auf den Schreibtisch.

»Süß. Du hast ein Foto von deiner Schwester am Schreibtisch?« Sophia ist sichtlich amüsiert. »Wenn ich mir vorstelle, dass ich Fotos von Jochen und Peter aufstellen würde ...« Sie lacht.

Möglicherweise wäre jetzt ein guter Zeitpunkt, ihr zu sagen, dass Lisi nicht mehr lebt, doch das einzige, was ich über die Lippen bringe, ist: »Na ja, du siehst die beiden ja sowieso jeden Tag, du wohnst mit ihnen zusammen.«

»Deine kleine Schwester macht ja auch bald Matura, so wie sie aussieht ... dann könnt ihr hier auch eine WG aufmachen.«

»Möglich«, sage ich ausweichend und beginne, Sophie zu küssen. Unsere intensiven Küsse verfehlen nicht ihre Wirkung: Ich fühle die Hitze, die in mir aufsteigt und sich in meinem Zentrum sammelt. Eindeutig will ich mehr. Sophia zieht mir mein T-Shirt über den Kopf. Ich knöpfe hastig ihre Bluse auf. Ehe wir auf dem Bett landen, entledigen wir uns noch beide unserer Shorts. Ich will weiterküssen und ihre Brüste entdecken, doch Sophia fährt bereits zielstrebig mit ihrer Hand unter meinen Slip.

Abrupt setze ich mich auf.

»Was ...?« Sophia schnappt überrascht nach Luft.

Ich will mit dir schlafen.

Ich höre mich selbst diesen Satz sagen – zu Johanna, ehe wir das erste Mal wirklich Sex hatten, in ihrem Bett, und in dieser Sekunde begreife ich, wie sehr sie mein Wunsch überfordert haben muss. Sie, die sexuell offenbar bisher nur Negatives erlebt hatte. Sie, die vermutlich keine langen Stunden damit verbracht hat, sich mit ihrer möglichen sexuellen Orientierung auseinanderzusetzen. Unwissentlich, aber auch wenig einfühlsam, hatte ich sie ja quasi schon damals in diesem Zimmer im *Le Méridien* einer Art Speed-Coming-out unterzogen. Was muss danach in ihr vorgegangen sein, als ich mich erst übergab und dann davonstürmte? Was hat sie wohl durchgemacht, so ganz alleingelassen in dieser für sie sicher befremdlichen Situation?

Erst allmählich werden mir die Ursachen ihres oft so seltsamen Verhaltens im Zusammenhang mit Sex richtig bewusst: Wie sie beispielsweise ins Badezimmer flüchtete, nachdem wir miteinander geschlafen hatten.

Johanna war mit ihren unerwarteten Empfindungen und meiner Erwartungshaltung überfordert – ähnlich, wie ich im Moment mit Sophias direktem Vorgehen überfordert bin. Ich bin nicht so weit, und Johanna war es damals nicht.

Und dann ausgerechnet Sex mit *mir*, die so viele Schuldgefühle in ihr auslösen musste, dass für andere Emotionen wohl kaum ein Platz sein konnte!

Trotzdem hat sie all ihre Ängste tapfer versteckt, weil sie glaubte, mir damit einen Gefallen tun zu können. Weil sie mich nicht verlieren wollte. Und weil es ihr wohl doch auch gefiel ...

Ein dicker Knödel bildet sich in meiner Kehle. Tränen steigen mir in die Augen.

Mein Körper reagiert auf gewisse Dinge nun mal so, egal, wie stümperhaft sie ausgeführt werden.

Schreckliche, vernichtende Worte.

»Was ist denn?«, erkundigt sich Sophia besorgt. Ich schüttle nur stumm den Kopf. Dann beginne ich zu weinen. Sämtliche

Gefühle und Gedanken an Johanna, die ich in den vergangenen Monaten so erfolgreich verdrängt habe, kommen wieder in mir hoch.

Sophia sieht mich mit einer Mischung aus Entsetzen und Ärger an. Ich beginne mich anzuziehen. Dann schicke ich sie weg.

*

Die Kruste, die sich über meine Wunden von damals gelegt hat, ist wieder aufgebrochen. Ich dachte, es wäre alles wunderbar verheilt. Und zum Teil ist es wohl auch so: Jetzt, da ich Gewissheit habe, was damals geschah, quält mich der Gedanke an den Unfall nicht mehr. Lisi habe ich seit über zwei Monaten nicht mehr gesehen. Ich habe es als positives Zeichen gewertet.

Aber das mit Johanna, das ist eben nicht verheilt. Ich denke nun in jeder freien Minute an sie, und wenn ich das tue, sehe ich nicht länger die Frau in ihr, die nicht unmittelbar einen Krankenwagen für meine Schwester rief und ihren fahrerflüchtigen Mann an die Polizei verpfiff. Ich sehe die Frau in ihr, die mich in meiner größten Phase des Kummers auffing, die mir half, mein Leben zu ordnen. Mit der ich gut reden konnte und von der ich mich verstanden fühlte. Die bei der Beerdigung meiner Oma an meiner Seite war. Die ich anziehend genug fand, um sie zu küssen und mit ihr zu schlafen, obwohl ich damit die Grenze von der Abendbegleitung zur Prostituierten überschritt.

Zwei Tage nach unserem missglückten Versuch, miteinander zu schlafen, rufe ich Sophia an und teile ihr mit, dass es mir sehr leid tue, aber ich sei über meine Ex offenbar noch nicht hinweg.

»Na, dann melde dich, wenn du es bist«, erwidert sie, als hätte ich ihr gerade mitgeteilt, dass ich noch Schnupfen habe. »Aber kann sein, dass ich dann schon vergeben bin!«

Ich fürchte in dieser Minute, dass ich nie über Johanna hinwegkommen werde, und stürze mich noch mehr in die Arbeit. Es gibt viel zu tun: Wir liegen mit unseren Vorbereitungen für das fünfjährige Jubiläum der *Pinguine* in der finalen Phase.

Günther, Roland und ich verbringen mehr als fünfzig Stunden die Woche in der Organisation, um neben unserer Arbeit ein entsprechendes Rahmenprogramm für den Abend zu erstellen, bei den geladenen Gästen nochmals nachzuhaken, wenn noch keine Zusage erfolgt ist, und die Festbroschüre druckfertig zu machen.

Dann, rund drei Wochen vor der geplanten Feier, erscheint Günther Frank plötzlich nicht zur Arbeit. Weshalb, erfahre ich noch am selben Tag von seiner Frau Gerda: Bei Günther ist ein Prostatakarzinom entdeckt worden. Er muss sofort operiert werden, mit anschließender Chemotherapie. Die Chancen auf vollständige Heilung sind da, aber unabhängig davon steht fest: für die nächsten paar Monate werden wir weitgehend ohne Chef auskommen müssen.

Ein Wiedersehen

Im Alter von noch nicht einmal sechsundzwanzig Jahren bin ich plötzlich für ein Fest, zu dem über zweihundert Persönlichkeiten aus Wirtschaft, Politik und Medien geladen sind, alleinverantwortlich. Mein Kollege Roland ist keine echte Stütze – er kennt sich nur mit Buchhaltung und Finanzen aus und ist obendrein alles andere als ein großer Redner.

Unsere Marketing- und Öffentlichkeitsarbeit des vergangenen Jahres trägt nun Früchte: Journalisten beginnen sich stärker für uns zu interessieren. Das ORF, das ja schon einmal eine Reportage über uns gedreht hat, schickt nochmals eine Journalistin mit Kamerateam vorbei. Am selben Abend noch erscheine ich österreichweit auf den Bildschirmen und höre mich sagen:

»Warum unsere Organisation den Pinguin im Logo und im Namen trägt, mag auf den ersten Blick verwundern. Doch der Hintergrund lässt sich einfach erklären: Ebenso, wie viele körperlich behinderte Kinder aufgrund ihrer Einschränkungen oftmals ungelenk und hilflos wirken, geht es auch dem Pinguin, wenn er am Land herumwatschelt. Er kann sich nur langsam fortbewegen und wirkt dabei nicht sehr elegant. Doch kaum ist er im Wasser, sind seine Bewegungen schnell und klar. So verhält es sich auch mit den Kindern, die wir unterstützen: In jedem von ihnen stecken Talente. Wir fördern diese Kinder, damit sie ihre Stärken genauso schnell und klar entwickeln und einsetzen können wie der Pinguin die seinen im Wasser.«

Ich bin so eingedeckt mit Arbeit, dass ich überhaupt nicht

dazu komme, mir Gedanken darüber zu machen, dass ich mehr oder weniger die Führungsaufgaben übernommen habe. Oft gibt mir Roland Rückendeckung. Erst, als ich ein paar Tage vor dem Event noch einmal meinen Blick über die Sitzordnung schweifen lasse, wird mir endgültig bewusst, dass sich die *Umstände* geändert haben. Günther kann sein Versprechen nicht halten. Ich muss seinen Platz einnehmen und werde daher bei unserem Galaabend mit dem Bürgermeister, einer Stadträtin, zwei weiteren Politikern in überregionaler Funktion, die sich für Behindertenanliegen einsetzen, sowie deren Begleitungen, an einem Tisch sitzen. Direkt neben Johanna Engel.

Dass ich darüber hinaus – unterstützt von einer professionellen Moderatorin, die durch den Abend führt – auch noch eine Rede halten muss, erscheint mir als das wesentlich geringere Problem.

*

Mit dunklen Schatten unter den Augen stehe ich in der Früh vor dem Spiegel und putze meine Zähne. Die Frau mit dem weißen Schaum vor dem Mund sieht ziemlich daneben aus: völlig übermüdet, mit Sorgenfalten, die sich über Nacht in die gar nicht mehr so jugendliche Stirn gefressen zu haben scheinen, und resigniertem Blick. Ihre rotblonden Haare hängen strähnig ins Gesicht.

Nein. So kann es nicht weitergehen.

Ich spucke den Schaum aus und spüle mir den Mund.

Tagtäglich spreche ich mit Medien, mit Leuten, für die tausend Euro unter Kleingeld fallen, sitze in deren Wohnzimmern und unterhalte mich mit ihnen, als wären es gute Bekannte. Ich bin nicht mehr diese kleine Studentin, die vor allem Angst hatte, am meisten vor dem Versagen. Ich bin erwachsen, ich bin erfolgreich. Und Günther Frank hat so unendliches Vertrauen in mich gesetzt, mich gefördert und beruflich dahin gebracht, wo ich jetzt stehe, dass ich ihn nicht enttäuschen darf.

Ich bin ein Profi geworden, daher gibt es für mich nur eine Lösung: Ich muss dem Stier, der mein Herz Nacht für Nacht mit seinen Hörnern durchbohrt, mutig entgegentreten. Und zwar ohne rotes Tuch. Denn nichts liegt mir ferner als Kampf.

An diesem Tag warte ich, bis ich alleine im Büro bin, ehe ich zum Telefon greife. Trotz meiner guten Vorsätze zittern mir die Hände, als ich Johannas Nummer wähle.

»Engel.«

Die *Pinguine* haben keine Rufnummernkennung.

Am liebsten würde ich sofort wieder auflegen. Doch ich reiße mich zusammen.

»Hallo. Hier ist Paulina. Ich ... ähm ... wollte mich noch ... für die pünktliche Zusendung deines Textes für die Broschüre bedanken und, ja ... nachfragen, wie viel Zeit ich für ... äh ... deine Rede einkalkulieren soll, im Programm.«

Der Zeitrahmen steht schon längst fest. Ich weiß das. Sie weiß das. Trotzdem spielt sie das Spiel mit.

»Bitte, gern geschehen«, sagt sie und klingt so höflich und neutral, als wäre ich irgendeine x-beliebige Mitarbeiterin. »Fünfzehn Minuten reichen für die Rede.«

»Gut, dann ... danke für die Info. – Einen schönen Abend noch ... und bis übermorgen.«

»Dir auch einen schönen Abend«, sagt Johanna, und nach einer kurzen Pause: »Danke für deinen Anruf, Paulina.«

Als sie aufgelegt hat, zittern meine Hände noch immer. Was ist nur mit mir los? Es lief doch alles gut. Sie weiß jetzt, dass ich ihr nichts mehr nachtrage, oder?

Doch schon macht sich die nächste Sorge in meinem Herzen breit: Ich trage nichts mehr nach – aber was ist mit ihr?

Für den Event wähle ich das schönste Kleid in meinem Schrank. Es stammt von Johanna – sie hat es mir damals geschenkt, als ich ihr in ihrem Schlafzimmer von Lisi und dem Unfall meiner Eltern erzählt habe und sie in bravouröser Souveränität so tat, als höre sie davon tatsächlich das erste Mal.

Ich habe das Kleid mit dem tiefen Ausschnitt und dem Gitternetz am Rücken noch nie zuvor getragen. Abgesehen davon, dass es mich zu sehr an Johanna erinnerte – zu welchem Anlass hätte es gepasst?

Ich ziehe elegante Absatzschuhe an – keine High Heels, in denen ich keine drei Schritte gehen könnte – und eine glänzende Seidenstrumpfhose, stecke mein Haar nach oben, trage Make-up auf. Als ich in den Spiegel schaue, sehe ich die Frau, die ich an diesem Abend sein will: die seriöse Repräsentantin einer Care-Organisation – zugleich aber auch sexy und begehrenswert.

Ich beiße mir auf die Lippen, kaum, dass ich mir dieses Ansinnen bewusst gemacht habe. Ich weiß durchaus, warum ich so ausschauen will, und verstehe mich selbst nicht. Fast ein Jahr ist vergangen. So viele Tränen, so viel Schmerz, so viele böse Worte. Und dann stehe ich vor dem Spiegel und will *sexy* sein für eine Frau, die mich sicher am liebsten aus ihrem Gedächtnis streichen will.

Zwei Stunden vor der Eröffnung treffe ich am Veranstaltungsort in den Anlagen von Schloss Schönbrunn ein. Die Eventagentur hat die Räumlichkeiten festlich gestaltet. Das Mikrofon ist aufgebaut, die Moderatorin macht bereits eine Sprechprobe. Wir begrüßen uns.

Sie weiß von Günther Franks Erkrankung, und sie weiß, weshalb ein Küken wie ich die Eröffnungsrede hält und die Organisation vorstellt. Ich bin so nervös, dass ich sterben könnte, aber das liegt noch immer nicht nur an meinem bevorstehenden Auftritt.

»Wir machen das schon.« Die nette Moderatorin, die fast

meine Mutter sein könnte, klopft mir auf die Schulter. »Da vorne zu stehen ist gar nicht so schlimm.«

Ja. Aber die nächsten Stunden an diesem Tisch zu sitzen, sicher schon.

Lange habe ich nicht Zeit, mir den Kopf zu zerbrechen. Rund eine Dreiviertelstunde vor dem offiziellen Start der Feier beginnen die Gäste einzutrudeln. Ich bin fortan nur mit Händeschütteln und Dauerlächeln beschäftigt.

Und plötzlich steht sie vor mir: Johanna Engel, in einem eleganten dunklen Kleid, mit ähnlich hochgestecktem Haar. Ich denke an die gemeinsam besuchte Vernissage und habe eine Art stilistisches Déjà-vu.

Ich sehe in ihre blauen Augen und weiß, dass auch sie sich erinnert. Wir sagen beide kein Wort.

»Willst du mich nicht begrüßen?«, fragt sie dann in einem Tonfall, der nichts als Freundlichkeit erkennen lässt. In letzter Sekunde sehe ich ihre ausgestreckte Hand, doch es ist schon zu spät: Vor lauter Enthusiasmus, dass sie freundlich zu mir ist, bin ich ihr um den Hals gefallen.

Verlegen richte ich mich auf, froh, dass das gedämmte Licht meine Schamesröte überdeckt. Ich will mich entschuldigen, doch im selben Augenblick kommt eine der Hostessen, die im Eingangsbereich die Namen der Gäste abhaken, zu uns herüber und will eine Auskunft von mir.

»Bitte – du hast zu tun.« Ein kleines Lächeln umspielt Johannas Lippen. »*Miss Most Important* des heutigen Abends.«

»Das bist ja wohl du«, erwidere ich. Die Hostess neben mir scharrt sprichwörtlich ungeduldig mit den Hufen.

»Wir können uns später um diesen Titel streiten.« Mit diesen Worten lässt sie mich verwirrt zurück.

Ich atme tief durch.

Wir sind uns begegnet und haben es beide überlebt. Vorläufig.

Ich sitze neben Johanna. Eine Viertelstunde habe ich auf der Bühne geredet und rede auch jetzt so viel, dass ich kaum dazu komme, die köstliche Kürbiscremesuppe zu löffeln, die uns serviert wurde.

Ich rede und rede, aber nicht mit Johanna. Doch was soll ich sonst tun? – Ich muss Günther vertreten, und das beinhaltet gepflegten Small Talk mit dem Bürgermeister und den anderen wichtigen Persönlichkeiten, die mit am Tisch sitzen. Ich bemühe mich nach besten Kräften, unterhaltsam zu sein und den Fokus nicht aus den Augen zu verlieren: Geld und Förderungen für unsere Projekte zu lukrieren.

In meinem Innersten wächst der Wunsch, mit Johanna zu reden, obwohl ich immer noch nicht recht weiß, was ich ihr sagen soll. Ich will nur so sehr ... mit ihr reden.

Der Abend nimmt seinen Lauf. Mit freundlicher Genehmigung des ORFs dürfen wir Ausschnitte aus seiner Doku zeigen, in der wir vor Monaten unsere Organisation und Arbeit das erste Mal öffentlich vorgestellt haben.

Dann betritt Johanna die Bühne. Langsam, Schritt für Schritt, geht sie mit ihrer Krücke die kleine Treppe nach oben und biegt sich das Mikrofon zurecht. Sie wirkt nervös, was ich verstehe. Mir ging es vor einer Stunde genauso.

»Guten Abend«, beginnt Johanna mit angenehmer, warmer Stimme. »Mein Name ist Barbara Johanna Engel. Ich verstehe, falls Sie mit meinem Namen nichts verbinden – zum einen hieß ich noch vor einigen Jahren Waldenfels, zum anderen bin ich keine Person, die gerne in der Öffentlichkeit steht. Doch unabhängig davon, ob ich das will oder nicht, werde ich es künftig häufiger tun. Denn die *Kleinen Pinguine* sind meine Organisation – jenes große Unterstützungsprojekt, das ich ins Leben gerufen habe, um Kindern und Jugendlichen mit körperlicher Behinderung bessere Chancen zu bieten und ihnen zu mehr Selbstbewusstsein und Lebensfreude zu verhelfen.«

Ich lasse meinen Blick durch den leicht abgedunkelten Saal

schweifen. An den Gesichtern mancher Anwesender erkenne ich, das Johanna mit ihrer Einleitung den Nagel auf den Kopf getroffen hat: Die meisten kannten sie tatsächlich nicht.

»Dass es diese Kinder aufgrund ihrer körperlichen Defizite aus vielerlei Gründen nicht leicht haben, weiß ich aus eigener Erfahrung. Wie Sie sehen, bin ich selbst gehbehindert – die Folge einer Kinderlähmung. Aufgrund einer ungünstigen Kombination mehrerer Faktoren habe ich weite Teile meiner Jugend mit Schmerzen und im Bett liegend verbracht. Ich stehe heute hier, um Ihnen zu sagen: jeder Einzelne von Ihnen kann mit einer kleinen oder größeren Spende dazu beitragen, dass heutzutage Kinder und Jugendliche nicht dieselbe Leidensgeschichte durchleben müssen wie ich. Ein Leben mit Schmerzen und Einschränkungen bedeutet ein Leben in Isolation, ein Leben ohne Freunde, ohne Erlebnisse, ohne altersgerechte Entwicklung. Es ist daher mein größtes Anliegen, dafür zu sorgen, dass körperlich behinderte Kinder, wenn sie schon nie ganz gesund werden können, nicht auch noch zu seelischen Krüppeln werden.«

Johanna nimmt Bezug auf Erlebniswochen, die die *Pinguine* organisieren und finanzieren, auf einzelne Fördermaßnahmen, auf weitere Veranstaltungen, in die auch die Eltern miteinbezogen werden. Ich sehe diese zierliche, schmale Frau, die sich so gut darauf versteht, mit ihrer angenehmen, schönen Mikrofon-Stimme die Menschen in Bann zu ziehen, und mein Respekt vor ihr wächst von Minute zu Minute. Johanna offenbart in dieser Rede viel von sich selbst. Es berührt mich, dass sie so offen dazu steht.

»In jedem Menschen stecken unzählige Talente. Ein fehlender Arm, ein krummer Rücken oder ein deformiertes Bein bedeuten nicht, dass aus diesem einen Kind nicht doch alles werden kann, was es sich erträumt: Ein weltweit anerkannter Wissenschaftler, ein Olympiasieger, ein Topmodel.«

Leises Gemurmel entsteht, unterbrochen durch verstecktes

Gelächter. Johanna lässt sich nicht beirren. Die Reaktion der Anwesenden ist eingeplant.

»Sie glauben mir nicht? – Sehen Sie selbst.«

Sie gibt dem Techniker ein Handzeichen, und schon erscheinen hinter ihr auf der Leinwand Bilder von Stephen Hawking, dem Paralympics-Sieger Kurt Fearnley und Mario Galla, der trotz verkürztem Bein und Prothese auch schon für Hugo Boss über den Laufsteg lief.

»Natürlich wird nicht jedes Kind Spitzenleistungen auf einem Gebiet erzielen. Auch darin gibt es keinen Unterschied zwischen nicht behinderten und behinderten Kindern. Aber es geht darum, Interessen zu erkennen, Stärken zu fördern und mit eventuellen Schwächen umzugehen lernen. Das ist das, was wir mit den *Pinguinen* erreichen wollen.«

Einen Moment lang sieht es so aus, als wäre dies Johannas Schlusssatz. Einige Leute im Publikum setzen schon zum Applaus an. Doch nach einer kurzen Atempause ergreift sie nochmals das Wort.

»Mein eigener Weg war mühsam. Vor sechsunddreißig Jahren war ein behindertes Kind ein familiäres Unglück, über das meist nicht gesprochen wurde, besonders in ländlichen Regionen. Obwohl meine Eltern wohlhabend waren, wurde ich nicht gefördert und nicht gestärkt, was für meine Lebensjahre als junge Erwachsene nur von Nachteil war. Dass ich Ihnen heute meine Organisation präsentieren kann, habe ich zwei Frauen zu verdanken, die mir viel bedeuten.«

Sie richtet ihren Blick auf mich. Mein Herz schlägt schneller.

»Eine von ihnen ist Paulina Ziegler, die dankenswerterweise sehr schnell und sehr professionell die Rolle unseres erkrankten Geschäftsführers Günther Frank eingenommen hat. – Danke, Paulina, für dein Engagement und deinen Einsatz.«

Der Lichtkegel richtet sich auf mich, ich erhebe mich kurz mit weichen Knien, obwohl seit meiner Eröffnungsrede im Saal ohnehin alle wissen dürften, wer ich bin. Wie aus dem Nichts taucht eine der Hostessen auf und überreicht mir einen riesigen Strauß roter Rosen.

Ich bin wahrlich keine Expertin in Danksagungen bei großen Feierlichkeiten, doch dass ein Strauß roter Rosen als Dankeschön eher ungewöhnlich ist, dämmert sogar mir – und zwar noch ehe die Gemeinderätin und die Frau des Bürgermeisters tuschelnd die Köpfe zusammenstecken. Weiß Johanna, was sie da tut?

Der Kegel blendet ab, doch jetzt sind es Johannas Augen, die sich wieder auf mich richten. »Die andere ist Elisabeth ›Lisi‹ Ziegler, die mir geholfen hat, mich von der Vergangenheit zu lösen und neue Wege zu gehen. Lisi kann heute leider nicht mehr bei uns sein, aber auf diesem Weg möchte ich ihr sagen: Es tut mir so leid, dass ich dein Leben nicht retten konnte, aber du hast mir das meine gerettet, und dafür danke ich dir aus tiefstem Herzen.«

Im Saal ist es Bruchteile von Sekunden ganz still. Ich fühle, dass alle Blicke auf mich gerichtet sind. Es braucht nicht viel Phantasie, um zu verstehen, dass Lisi mit mir eng verwandt sein muss. Meine Augen werden feucht. Ich will aber nicht weinen. Schon gar nicht vor all den Leuten.

Ich entschuldige mich und gehe zügig aus dem Saal, hinaus auf die Terrasse. Hinter mir höre ich Johannas Stimme:

»Genug der Worte. Wir sind heute auch hier, um zu feiern. Und dazu lade ich Sie nun alle herzlich ein. Wie Sie wissen, wird es um Mitternacht eine Tombola geben. Kaufen Sie Lose, unterstützen Sie damit die *Pinguine* – und schwingen Sie jetzt das Tanzbein ...!«

Die Band spielt auf, als ich die Terrassentüre hinter mir schließe. Kühle Luft und Zigarettenrauch schlagen mir entgegen. Ein paar eingefleischte Raucher haben bereits während der Reden das Weite gesucht und sich draußen im Schein der Laterne zusammengefunden.

Ich schlendere ans andere Eck der Terrasse hinüber. Der

Schlosspark liegt in ruhiger Dunkelheit vor mir, nur an wenigen Stellen erleuchtet durch das Dämmerlicht einzelner Lampen. Auf dem Hügel erstrahlt die Gloriette im hellen Glanz. Es riecht nach Stadtluft und feuchtem Laub. Irgendwo ganz in der Ferne ist die Sirene eines Rettungswagens zu hören.

Ich denke an die Rosen, an Lisi, an Johanna. Ich sehe die Sterne am nachtblauen Himmel und höre Oma sagen: Irgendwann wird jemand kommen, der dir die Sterne vom Himmel holt.

In diesem Moment möchte ich gar nicht, dass jemand diese funkelnden Punkte von da oben herunterholt. Ich wäre schon zufrieden, wenn in meinem Kopf nicht so ein Gedankenchaos und in meinem Herzen kein Durcheinander an Gefühlen mehr herrschen würde.

Doch ich bin erst fünfundzwanzig, muss plötzlich eine Art Geschäftsführerin abgeben und – das ist wesentlich bewegender als alles andere – bin noch immer verliebt in eine Frau, deren Leben mit dem Drama meiner Familie auf immer verflochten sein wird. Eine Frau, die ich übel beschimpft habe und die mir jetzt einen Strauß roter Rosen schenkt.

»Paulina.«

Langsam drehe ich mich um. Johanna steht auf der Terrasse, nur wenige Schritte von mir entfernt.

»Alles okay?«

Ich nicke knapp. Dann halte ich die Distanz und Ungewissheit zwischen uns keine Sekunde länger aus. Mit wenigen Schritten bin ich bei ihr, werfe mich ihr in die Arme und bringe sie damit fast zu Fall. In letzter Sekunde kann ich uns vor einem Sturz bewahren, indem ich meinen Arm um ihre Taille schwinge und sie an mich drücke. Die Krücke kracht bei diesem akrobatischen Manöver zu Boden, einige Raucher schauen kurz in unsere Richtung, wenden sich aber gleich wieder ihren Gesprächen zu.

Johanna liegt in meinen Armen. Ich kann ihren Herzschlag

fühlen. Ich weiß, dass sie spüren muss, wie schnell mein eigenes Herz angesichts der plötzlichen Nähe schlägt.

Wir schauen uns in die Augen. Ich sehe keinen Hass. Keine Ablehnung. Nichts, was darauf hindeutet, dass sie mir meine Worte noch nachträgt. Was ich sehe, ist lediglich jene Unsicherheit, die ein Teil von Johannas Persönlichkeit zu sein scheint. Die Frau, die eben noch selbstbewusst auf der Bühne stand und eine bewegende Rede hielt, meistert private Situationen weitaus weniger bravourös. Nach allem, was ich über Johannas Leben weiß, sollte ich das inzwischen begriffen haben. Den ersten Schritt wird nicht sie machen.

Ich würde meine hässlichen, im Affekt geäußerten Worte gerne für immer vergessen, doch ich weiß, wir müssen darüber reden. Also nehme ich meinen ganzen Mut zusammen.

»Johanna, ich …«

»Ah, hier stecken Sie beide!« Wie aus dem Nichts steht plötzlich die Moderatorin vor uns. »Nachdem der offizielle Teil jetzt vorbei ist, wollte ich mich verabsch…« In diesem Moment wird nicht nur ihr schlagartig bewusst, dass ich Johanna immer noch in meinen Armen halte. Während sich auf den Gesichtszügen der Frau Erkenntnis breitmacht, erinnere ich mich, wie unangenehm es Johanna einmal gewesen war, vor Damen der Gesellschaft mit mir in Verbindung gebracht zu werden. Damals auf der Vernissage hatten wir nicht einmal Körperkontakt. Erschrocken lasse ich sie los. Ich will sie nicht kompromittieren.

»Paulina!«

Johanna greift panisch nach meinen Schultern.

Verdammt, die Krücke. Schnell lege ich meinen Arm wieder um ihre Taille. Die Moderatorin, die Johannas Problem erfasst hat, bückt sich und reicht ihr die Stütze. Trotzdem lässt Johanna ihre freie Hand auf meiner Schulter ruhen.

»Entschuldigen Sie bitte, ich wollte nicht stören.« Die Moderatorin hat die Sprache schneller wiedergefunden als Johanna und ich. »Ihre Beziehung ist also nicht nur beruflicher Natur, wie ich sehe …« Sie lächelt uns beide an. Ich fühle, wie mir das Blut in den Kopf steigt. Vermutlich dürfte Johanna gerade einer Ohnmacht nahe sein. Ein quasi öffentliches Outing als Lesbe! Und dann mit mir, die sie vermutlich nicht einmal mehr privat und als platonische Freundin haben will.

»Ja, so ist es.« Johanna nimmt ihre Hand von meiner Schulter und wendet sich der Moderatorin zu. »Vielen Dank für Ihre Unterstützung heute.«

So ist es? – Wie im Trance verfolge ich den Austausch einiger weiterer Höflichkeitsfloskeln, ehe sich die beiden endgültig voneinander verabschieden. Hat Johanna das wirklich gesagt? Hat sie überhaupt richtig verstanden, was die Moderatorin ihr da unterstellt?

Ich habe keine Zeit, weiter darüber nachzudenken, denn da ist dieses Ehepaar, das ein paar Fragen zu den *Pinguinen* hat, und ich gehe mit ihnen und Johanna zurück in den Saal, wo Infomaterial und Prospekte bereitliegen.

*

Es ist fast drei Uhr früh, als die letzten Gäste gehen. Auch die Garderobenfrau ist schon nach Hause gegangen. Unsere Mäntel hängen verlassen an der Garderobe.

»Ich bestelle ein Taxi«, sagt Johanna, als ich ihr in das Kleidungsstück helfe, und zückt ihr Handy.

»Kannst du mir eines mitbestellen?«

»Ja, natürlich.«

Wir haben noch immer nicht miteinander geredet, und dieser Umstand setzt mir zunehmend zu. Ich will ihr endlich sagen, wie unendlich leid mir alles tut, was ich ihr in meiner Verzweiflung an den Kopf warf. Ich will alles wiedergutmachen. Ich will eine zweite Chance. Ich will Johanna.

Zumindest dieser Wunsch hat sich im Laufe der vergangenen Stunden in meinem gedanklichen und emotionalen Chaos klar herauskristallisiert. Ich hoffe so sehr, dass ihr *Ja, so ist es* wirklich ernst gemeint war, kann es aber nicht wirklich glauben, ehe wir uns ausgesprochen haben. Gleichzeitig habe ich noch immer Angst vor diesem Gespräch, weil ich mich vor einer negativen Antwort fürchte. Also stehe ich nun fröstelnd in der kalten Septemberluft, den Strauß Rosen an mich gepresst, warte auf mein Taxi und ringe nach Worten.

Mut, wo bist du?

Ich stelle mir vor, wie sie in Kürze in ihr Taxi steigen und aus meinem Blickfeld verschwinden wird, und schon allein bei diesem Gedanken zieht sich mein Herz schmerzhaft zusammen. Ich gebe mir innerlich einen Ruck.

»Johanna, ich ...«, beginne ich, doch im selben Augenblick fährt das erste Taxi vor. Ich bekomme Panik, als ich sehe, wie sie sich in Bewegung setzt. Ohne Abschied? Ich will das nicht, ich ertrage das nicht länger ...

Johanna hat ihre Hand schon am Türgriff.

»Ich liebe dich.«

Sie verharrt in der Bewegung. Langsam dreht sie sich zu mir um. Ich weiß nicht, wer von uns fassungsloser aussieht. Ich selber kann einfach nicht glauben, dass ich das, was ich so lange schon in meinem Herzen trug, endlich ausgesprochen habe – in diesem ungünstigen Moment, in dem doch noch nichts geklärt ist. Sie muss mich nun endgültig für verrückt halten.

»Tut mir leid«, schiebe ich in dem Bemühen, die Situation zu retten, nach. »Ich meine ... ich wollte nicht ...«

Der Taxifahrer steigt aus und öffnet Johanna die Türe. Ihr Zögern hat er eindeutig missverstanden.

»Ruderst du jetzt zurück?«

Johannas Blick ruht fragend auf mir.

Ich will keine Lügen mehr und keine falsche Zurückhaltung. Ich atme tief durch. »Nein. Ich meine das so.«

»Gut.« Johanna nickt. Fast scheint sie erleichtert. Oder deute ich ihren Gesichtsausdruck falsch? »Aber vielleicht sollten wir jetzt doch endlich einsteigen. Es ist ziemlich frisch hier draußen.«

»Mein … mein Taxi ist noch nicht da.«

»Das ist auch *dein* Taxi, Paulina.«

Ich blinzle. Dann trifft mich der Blitz der Erkenntnis: Sie hat kein zweites bestellt. Und das zu einem Zeitpunkt, an dem ich die magischen drei Worte zwar in meinem Herzen, aber noch nicht auf meinen Lippen hatte.

Zu Hause

Als ich Johannas Haus nach all den Monaten wieder betrete, fühle ich mich, als wäre ich endlich zu Hause. Ich hänge meinen Mantel zu ihren Jacken in den Garderobenschrank und atme den Geruch ein, der so charakteristisch ist für dieses Gebäude: eine dezente Mischung aus Johannas blumigem Parfum, unlackiertem Holz und Essensduft vom Vortag.

»Eine Vase für die Rosen findest du hinten links im Abstellraum.«

Es ist der erste Satz, den Johanna mit mir spricht, seit wir in das Taxi gestiegen sind. Viel ist damit noch nicht zwischen uns geklärt – außer, dass ich sie liebe und sie offenbar vorhatte, mich mit zu sich nach Hause zu nehmen. Was auch immer das letztendlich wirklich bedeutet.

Als ich die Rosen versorgt habe, höre ich Johanna bereits im Bad. Ich setze mich auf die Truhe im Vorraum und warte, todmüde und gleichzeitig nervös. Was stellt sie sich für uns vor?

Ich denke an meinen letzten Besuch. Die bösen Worte, die zwischen uns gefallen sind, dröhnen noch immer als Echo von den Wänden.

Johanna steht vor mir. Sie trägt eines ihrer Seidennachthemden, die mehr offenbaren als verbergen. Das blonde Haar fällt ihr über die Schultern. Sie sieht aus wie ein Engel. Verlegen wende ich meinen Blick ab.

»Bist du nicht müde? Willst du nicht ins Bett kommen?«

»Johanna …« Ich erhebe mich von der Truhe. Jetzt oder nie.

»Ich … war damals wütend und selbstgerecht, ich war aufgebracht wegen Lisi und dem, was du mir erzählt hattest … Ich wollte dich verletzen und habe daher Dinge gesagt, von denen ich geahnt, ja sogar gehofft habe, dass sie dir unter die Haut gehen. Ich war enttäuscht und ich fühlte mich von dir in jeder Hinsicht betrogen. Ich möchte dir sagen … es tut mir leid. Bitte lass es mich wiedergutmachen.«

Johanna tritt auf mich zu und nimmt mich wortlos in die Arme. Ihre Wange berührt die meine, ich spüre ihren warmen Atem an meiner Haut.

»Komm ins Bett«, höre ich sie leise sagen. »Lass uns morgen reden. Ich bin müde, und du bist es sicher auch.«

Ich nicke stumm, fühle mich aber nicht minder ratlos als zuvor. Als ich mir im Badezimmer das Gesicht wasche, bin ich noch sicher, dass ich trotz meiner Müdigkeit keinen Schlaf finden werde. Ich will endlich Klarheit. Will wissen, was jetzt zwischen uns ist. Zwischen uns sein wird.

Doch dann schlüpfe ich zu Johanna unter die Decke, fühle ihren Körper dicht an meinem, und meine Ängste sind vorerst vergessen. Ich schließe die Augen.

*

Wärme. Ein Kribbeln auf der Haut, das meinen ganzen Körper durchzieht. Eine Haarsträhne, die an meiner Wange kitzelt. Lippen, die meinen nackten Hals mit federleichten Küssen bedecken.

Ein Traum, von dem ich nicht will, dass er endet. Ich halte die Augen weiter geschlossen, will ihn auskosten. Dann fühle ich die Hand, die sich unter mein T-Shirt geschoben hat und meinen Bauch streichelt, und ich weiß: Es ist kein Traum. Ich bin bei Johanna, in ihrem Bett, und es ist ihre Hand, die mich so sanft und zärtlich streichelt, es sind ihre Lippen, die mich berühren, ihre Brüste, die ich so dicht an meinem Rücken spüre.

Ich halte die Augen noch immer geschlossen. Tief in mir ist die Angst, dass ihre Liebkosungen aufhören, sobald sie spürt, dass ich wach bin. Ich bewege mich nicht.

Gratuliere, falls dir das jetzt das Gefühl gibt, zur Sexgöttin mutiert zu sein.

Schreckliche Worte, die noch immer zwischen uns stehen.

Ich will nicht mehr daran denken. Johanna macht es mir leicht, sie zu verdrängen. Ihre Hand berührt jetzt meine Brüste. Sanft umkreisen ihre Finger meine Brustwarzen, die sich sofort versteifen.

Das, was da bei unserem letzten Sex gelaufen ist, war nur etwas Mechanisches.

Ich halte mich noch immer ganz still, beiße mir auf die Lippen, um nicht zu stöhnen, während ihr heißer Atem in meiner Halsbeuge brennt und ihre Hand erneut nach unten auf meinen Bauch gleitet. Ihr Streicheln ist nicht länger nur zärtlich, sondern erregend. Ich spüre, wie sich die Lust in mir aufbaut.

Mein Körper reagiert auf gewisse Dinge nun mal so, egal, wie stümperhaft sie ausgeführt werden.

Unverzeihlich verletzende Worte für jemanden, der auf diesem Gebiet ohnehin so sehr verunsichert ist wie Johanna.

Als ich ihre Zunge an meinem Ohrläppchen spüre, kann ich mich nicht länger schlafend stellen. Und will es auch nicht mehr. Ich möchte sie wissen lassen und ihr zeigen, dass mich ihr Tun erregt, dass ich das, was sie tut, will. Dass ich sie liebe, auf geistiger wie auch auf körperlicher Ebene.

Das lustvolle Ziehen zwischen meinen Beinen ist übermächtig. Ich weiß, dass ich feucht bin. Vorsichtig greife ich nach Johannas Hand und führe sie zwischen meine Schenkel. Dann überlasse ich mich ihren Berührungen.

Johanna ist zärtlich und geschickt; die Scheu, mich zu berühren, die sie bei jenem ersten Mal in meinem schmalen Bett noch hatte, ist verflogen. Ich höre mich selbst laut stöhnen, als sie schließlich in mich geht, während ihr Daumen gleichzeitig über meine Klitoris streift. Leidenschaftlich bewege ich meine Hüften, passe mich ihrem Rhythmus an. Die Hitze schlägt über mir zusammen wie eine Welle. Sie reißt mich mit, wirbelt mich durcheinander und raubt mir den Atem, ehe sie mich wieder freigibt und in Johannas Arme zurücklegt.

Ein paar Minuten verstreichen, ehe ich meinen bebenden Körper wieder unter Kontrolle habe. Langsam drehe ich mich zu Johanna um, küsse sie sanft auf die Lippen.

»Guten Morgen.«

»Guten Morgen.« Ein abwartendes, fast vorsichtiges Lächeln umspielt ihre Lippen. »Gut geschlafen?«

»Gut aufgewacht«, sage ich leise. Wir sehen uns beide an. Johannas Augen erstrahlen in einem Blau, in dem ich zu versinken drohe. Und dann sind sie plötzlich wieder da: meine Schuldgefühle.

»Johanna …«, beginne ich, doch sie legt mir zwei Finger auf die Lippen.

»Psst. Du hast doch gestern schon alles gesagt. Es ist nicht notwendig, das nochmals durchzukauen.« Sie macht eine kurze Pause, schöpft Atem. »Ich bin an der Reihe, mich zu entschuldigen. Für alles.«

»Das hast du ja schon. Damals, in deinem Malzimmer … Ich wollte dir nur nicht zuhören.«

»Ich habe auch Fehler gemacht. Viele. Große. Den größten brauche ich wohl nicht noch einmal nennen.«

Ich nicke leicht. Nichts macht Lisi wieder lebendig, auch wenn sie noch weitere hundert Male die damalige Situation erläutern würde. Und letztendlich ist es auch nicht sie gewesen, die hinter dem Steuer saß.

Johannas Finger malt unsichtbare Blumen auf meinen Busen. »Ich will nicht noch mehr Fehler machen. – Die vergangenen Monate waren schrecklich für mich. Ich habe die ganze Zeit nur an dich gedacht – an den Klang deiner Stimme, deine schönen Augen, deine Berührungen. Ich war so verzweifelt, weil ich wusste, du hasst mich. Ich hatte dir damals versprochen, dass sich für dich im Job nichts ändert, sollte es zwischen uns privat nicht mehr funktionieren, erinnerst du dich? – Das war einer von vielen Gründen, weshalb ich mich nicht mehr bei dir gemeldet habe. Also habe ich still vor mich hingelitten. Ich habe so etwas noch nie in meinem Leben empfunden … Dieses Gefühl, jemanden so zu vermissen, dass man glaubt, wahnsinnig zu werden – das hatte ich wirklich noch nie zuvor!« Die Blume auf meiner Brust erblüht in zart gezogenen Linien. »Als du dich dann gemeldet hattest, hatte ich das Gefühl, die Sonne geht auf. Trotzdem habe ich mich davor gefürchtet, dir wieder unter die Augen zu treten. Ich wusste nicht, was du … über mich denkst. Was du fühlst. Ich hatte das mit uns nie so geplant, nicht einmal gedanklich in Erwägung gezogen. Mit dem Tod meines Mannes waren die Kapitel Beziehung und Sex für mich komplett abgehakt. Damals in diesem Hotelzimmer … als du … ich war komplett paralysiert. Dass du mich dermaßen berühren würdest, war nichts, womit ich gerechnet hatte. Ich wusste lange nicht, wie ich damit umgehen sollte.« Ihr Gesicht ist jetzt ganz ernst, ihre Stimme nur noch ein Flüstern. »Das, was du gestern gesagt hast – meinst du es ernst, Paulina?«

Ich weiß im ersten Moment nicht, was genau sie meint. Sie deutet mein Schweigen auf ihre Weise.

»Ich verstehe, wenn du zögerst. Ich kann dir … im Grunde nicht viel bieten. Ich bin in deinen Augen sicher steinalt, dazu behindert und nicht wirklich versiert in … gewissen Dingen, «

»Johanna, bitte!« Ähnliches hat sie mir schon einmal gesagt, und es tut mir jetzt noch mehr weh als damals. »Ich liebe dich! Ich will dich! Lass uns bitte nicht länger über die Vergangenheit reden. Nichts macht Lisi wieder lebendig.«

Sie schluckt, streckt ihre Hand nach mir aus. Als ihre Finger zärtlich über meine Wange streichen, schließe ich die Augen.

»Ich verspreche dir, ich werde dir alles geben, was ich kann. Ich werde für dich sorgen. Du wirst dir nie wieder Gedanken machen müssen über Geld.«

Fassungslos reiße ich die Augen auf. Die Enttäuschung überwältigt mich und treibt mir fast die Tränen in die Augen. Ich setze mich auf.

Geld! Geld. Ist das alles, worum ihre Gedanken kreisen? Schuld, das ist der Kern. Nicht Liebe. Es ist egal, was ich ihr sage, ob ich mich gefühlsmäßig vor ihr offenbare wie noch nie einem Menschen zuvor, sie hört mich nicht. Alles, womit Johanna reagieren kann, ist ihr schlechtes Gewissen.

»Ich will dein verdammtes Geld nicht, begreif das endlich!« Der Tag, der so gut begann, präsentiert sich plötzlich grau und trist. Ich springe aus dem Bett, greife nach meinem Kleid. Am helllichten Vormittag im Abendkleid nach Hause zu fahren ist ungewöhnlich, aber auch schon egal. Von Johanna werde ich sicher nichts ausleihen! Nicht unter diesen Umständen.

Ich schlüpfe in das Kleid. Johanna hat sich ebenfalls aufgesetzt. Wie vom Donner gerührt sieht sie zu, wie ich mich anziehe.

»Paulina!«

Ich mache eine abwehrende Handbewegung.

»Lass es einfach gut sein, okay? – Ich habe schon verstanden. Ich wollte es nur immer noch nicht glauben, aber ich begreife durchaus, dass das, was du mir damals als SMS geschrieben hast, auch heute noch gilt: Du kannst mir nicht das geben, was ich mir erhoffe. – Nur eben Geld. Das ist deine Lösung. Aber verzeih, es ist eben nicht die meine!«

Johanna wirft die Bettdecke zur Seite und steht auf. Sie greift zu ihrer Krücke. Ehe ich aus dem Zimmer flüchten kann, erwischt sie meine Hand und zieht mich mit einer Kraft, die ich ihr nicht zugetraut hätte, zurück.

»Ich habe keine Lust mehr auf dieses Hin und Her, Paulina!« Der Griff um mein Handgelenk ist hart, Johannas Stimme ebenso. »Ich war Jahre meines Lebens unglücklich, und ich habe genug davon.« Sie sieht mich an, ihr Blick wird weich. »Bitte lauf nicht wieder weg. Das vorhin ... war ein Missverständnis. Es ist alles noch immer so neu für mich; ich bin einfach nur ungeschickt. Aber lass es mich noch einmal versuchen. Bitte.« Als mein offensichtlich vermuteter Widerspruch ausbleibt, fährt sie fort: »Paulina. Ich liebe dich. Ich brauche dich, ich möchte diesen Tag mit dir verbringen und auch alle folgenden. – Gestern habe ich dir nicht umsonst Rosen geschenkt. Ich hatte gehofft, du als Gärtnerstochter verstehst die Sprache der Blumen ...«

Mein Widerstand bricht in sich zusammen. Ich ziehe sie an mich und küsse sie, und Johanna lässt sich in diesen Kuss sinken. So stehen wir eng umschlungen vor ihrem Bett, ich im Abendkleid und sie in ihrem Seidennachthemd, küssend und liebkosend, bis die Kleider zu sehr stören und zu Boden fallen.

*

An einem Sonntag Anfang November stehen Johanna und ich am Rande einer schmalen Straße, die über Umwege nach Waidhofen an der Ybbs führt. Das kleine Kreuz am Straßenrand, links neben einer großen Pappel, trägt die Namen von drei Unfalltoten. Es ist mit Moos bewachsen und morsch. Irgendwann wird es auseinanderfallen. Seine Reste werden überwuchert werden von Unkraut. Termiten werden die Inschrift zersetzen, bis nichts mehr von ihr übrig ist. Der frische Strauß bunter Herbstblumen, den ich zum Zeichen des Gedenkens niederlege, wirkt befremdlich neben dieser plakativen Vergänglichkeit.

Wir sind allein. Es nieselt leicht.

Seit wir hier stehen, sind nur drei Autos vorbeigekommen.

Die Fahrer haben uns und Johannas am Straßenrand abgestellten Wagen kaum beachtet, alle fuhren sie viel zu schnell für diese kleine, kurvige Straße. Es fällt mir nicht schwer, mir vorzustellen, was damals passiert ist, als mein Vater um diese Kurve bog, zügig, seinen Nachmittagstermin im Kopf, während Harald Waldenfels glaubte, die Straße gehöre ihm.

Ich halte Johannas warme Hand.

»Lass uns nach Hause fahren«, schlage ich vor.

Es ist der erste Satz, der über meine Lippen kommt, seit wir hier angekommen sind. Auch Johanna hat bisher geschwiegen. Sie muss mir nicht sagen, was in ihr vorgeht. Ich weiß auch so, dass sie in der vergangenen Viertelstunde nur an den Unfall dachte – und an die sterbende Lisi, deren Hand sie hielt, zumindest für ein paar Sekunden.

Wir beide sehen Lisi nicht mehr. Woran dies liegt, wissen wir nicht, akzeptieren diesen Umstand aber genauso wie zuvor ihr Fortbestehen in unserer beider Leben, in welcher Form auch immer. Eine rationale Erklärung für ihr früheres Erscheinen haben wir nicht und suchen auch nicht danach.

Die Gegenwart und die Zukunft sind für mich inzwischen wichtiger als das, was früher war. Neben mir steht die Frau, die ich über alles liebe – die mich versteht, unterstützt und die mir in jeder Hinsicht vertraut.

Wenn es Nacht wird, leuchten die Sterne noch immer am Himmel. Und da sollen sie auch bleiben. Ich will gar nicht, dass sie mir jemand herunterholt. Dass Johanna mich genauso sehr liebt wie ich sie und den Rest ihres Lebens mit mir verbringen will, genügt mir vollkommen.

CAROLIN SCHAIRER

wuchs in Niederbayern auf. Die Diplom-Journalistin schrieb als Freie für Zeitungen und Magazine, war in der Medienbeobachtung, in der Markt- und Meinungsforschung und als PR-Mitarbeiterin eines Großunternehmens tätig. Sie lebt in Wien. Bislang erschienen elf Romane von ihr bei Helmer, zuletzt »Vesna« und der Krimi »In jener Nacht«. Lieferbar sind auch ihre frühen Erfolgsromane, darunter »Ellen« und »Die Spitzenkandidatin«.

Mehr von Carolin Schairer …

… unter www.ulrike-helmer-verlag.de

Verlieren – vergessen – verzeihen

Roman. 277 Seiten. ISBN 978-3-89741-355-9

Eva-Maria Sollenau ist eine international gefeierte Stargeigerin. Durch ein schweres Unglück stürzt sie in eine tiefe Krise … Erst eine neue Aufgabe lässt sie wieder Lebensmut schöpfen: Sie wird eine rumänische Pianistin auf deren erster Europa-Tournee begleiten. Was aber verbirgt diese junge Frau, der der Name Ceausescu mehr als nur einen Schauder über den Rücken jagt?

Aprikose im Kopf

Roman. 296 Seiten. ISBN 978-3-89741-330-6

Als die Fernsehjournalistin Katja Dannhausen aus Afrika zurückkehrt, hält sie sich für abgebrüht. Doch dann begegnet ihr Irina … und sie fühlt sich zu der jungen Russin hingezogen. Eingewoben in die Lebensgeschichten zweier ungleicher Schwestern, erzählt Carolin Schairer von der Liebe und aufrüttelnden Erfahrungen.

Marie anderswie

Roman. 300 Seiten. ISBN 978-3-89741-297-2

Marie ist keine, mit der die Studentin Sarah Rosenberg freiwillig ganze Tage verbringt. Doch bald empfindet sie eine rätselhafte Zuneigung zu der verschlossenen Biologin – und begegnet einer jungen Frau, die mit ihrem Autismus leben und lieben muss …

Riskantes Spiel

Roman. 304 Seiten. 978-3-89741-340-5

Schauspielerin Mia erhält ein mysteriöses Angebot: Sie soll in das Leben einer Anderen schlüpfen! Mia wagt das riskante Spiel, bei dem viel Geld und ein Urlaub in Brasilien winken. Doch die Lebensverhältnisse der Unbekannten sind rätselhaft.

Lass keine Fremden ins Haus

Roman. 300 Seiten. 978-3-89741-311-5

Die seltsame Frau, die Laura bei der morgendlichen Fahrt zur Arbeit trifft, geht ihr nicht mehr aus dem Sinn. Als sie die Fremde an einem eiskalten Abend völlig verfroren an der Haltestelle wiedersieht, nimmt sie sie mit zu sich nach Hause ...

Todesursache: ungeklärt

Kriminalroman. 280 Seiten. ISBN 978-3-89741-366-5

Kaum hat Ärztin Gesine Hofmann eine Landpraxis in Niederbayern übernommen, erhängt sich eine Frau im Geräteschuppen ... Gemeinsam mit ihrer Nachbarin Holly taucht Gesine in den Strudel der Ermittlungen ein. Bald zeigt sich, dass hinter den Kulissen der idyllischen Gemeinde ein erbitterter Kampf tobt.

Wir werden niemals darüber reden

Kriminalroman. 304 Seiten. 978-3-89741-347-4

Ein alter Bauernhof im Süddeutschen birgt düstere Geheimnisse. Nach dem Tod der Bäuerin kommen sie ans Licht. Als ihre Enkel Isabell und Jan zur Beerdigung der Großmutter zurückkehren, beginnt eine harte Reise in die Vergangenheit ...